Debbi Michiko Florence

Ein Sommer, der nie enden soll

DEBBI MICHIKO FLORENCE

Ein Sommer, der nie enden soll

Aus dem Englischen von
Ilse Rothfuss

dtv

Debbi Michiko Florence in der Reihe Hanser:
Gib deinem Glück eine Chance, Keiko Carter
Bleib einfach cool, Jenna Sakai

MIX
Papier | Fördert gute Waldnutzung
FSC® C083411

1. Auflage 2023

Titel der Originalausgabe: Sweet and Sour
(Scholastic Press, an imprint of Scholastic Inc., New York, 2022
Published by arrangement with Rights People, London

Umschlaggestaltung: ZERO Werbeagentur GmbH
Umschlagmotive: Shutterstock.com
Gesetzt aus der Berling
Satz: Gaby Michel, Hamburg
Druck und Bindung: CPI books GmbH, Leck
Printed in Germany · ISBN 978-3-423-65000-7

Für Lisa Fung und unsere lebenslange Freundschaft,
die begann, als wir vier Jahre alt waren,
und uns durch Höhen und Tiefen,
Dramen mit Jungs und College-Abenteuer führte.
Danke, dass du immer für mich da warst.

1

Erinnerungen sind etwas Seltsames. Es ist, als führten sie ein Eigenleben – sie sprudeln immer dann in einem hoch, wenn man es am wenigsten erwartet. Und wenn sie erst einmal in Gang gekommen sind, gibt es fast nichts, was sie noch aufhalten könnte.

Manche Erinnerungen sind süß, von der Art, die man nicht oft genug in seinem Kopf abspielen lassen kann. Sie zaubern einem ein Lächeln ins Gesicht und lassen das Herz schneller schlagen. Mit solchen Erinnerungen würde man sich am liebsten zusammenrollen und sie ganz fest an sich drücken. Aber es gibt auch bittere Erinnerungen. Scharfe, schmerzliche, vor denen man zurückzuckt, die einem das Herz schwer machen. Das Problem ist nur, dass man keinen Einfluss darauf hat, welche Erinnerungen in einem aufsteigen und welche nicht. Und deshalb ist es oft besser, wenn man sich an gar nichts erinnert.

Aber manchmal passierte es einfach. So wie jetzt, als das Flugzeug auf der Landebahn aufsetzte und ich aus tiefstem Schlaf hochschreckte. Wir waren wieder in Mystic, Connecticut, wo ich elf Jahre lang, also fast mein ganzes Leben, die Sommerferien verbracht hatte. Aber seit unserem letzten Sommer dort waren zwei ganze Jahre vergangen, und als ich das vertraute Schild »TF Green Airport« anblinzelte, verdrängte ich die Erinnerungen an alle vorigen Sommer aus meinen Gedanken. Ich vergrub sie tief in meinem Inneren und ließ sie dort, als wir aus dem Flugzeug ausstiegen, unsere Koffer von einem der vier Gepäckbänder herunternahmen und schließlich in den bestellten Wagen kletterten, der am vereinbarten Treffpunkt auf uns wartete. Meine Eltern lachten über mein schlaftrunkenes Gesicht – es war das erste Mal, dass ich auf dem Flug in unser Ferienparadies einfach eingenickt war. Aber in diesem Sommer war eben alles anders.

Ich versuchte die Dinge positiv zu sehen und mich für Mom zu freuen, die es kaum erwarten konnte, Holly, ihre beste Freundin aus der Collegezeit, endlich wiederzusehen. Holly hatte kurz nach ihrem Highschool-Abschluss Wes Koyama geheiratet und war von Kalifornien nach Fairfield, Connecticut, gezogen. Aber Mom und Holly hatten sich geschworen, einander mindestens einmal im Jahr zu besuchen. Zum Glück besaßen die Koyamas ein Ferienhaus in Mystic, in dem wir alle zusammen den Sommer verbringen konnten. Mom und Holly konnten also das Versprechen halten, das sie einander gegeben hatten, bis Hollys Mann von seiner Firma für zwei Jahre nach Japan versetzt wurde. Der Sommer in Mystic war daher im letzten Jahr zum ersten Mal ausgefallen, und jetzt, nach zwei Jahren, würden sie endlich wiedervereint sein. Ich lächelte und dachte an Lila, meine beste Freundin zu Hause. Unsere Freundschaft würde ewig halten, davon war ich überzeugt – so wie Moms und Hollys.

»Schön, dass man dich mal wieder lächeln sieht«, sagte Mom, als wir von Rhode Island nach Connecticut fuhren.

»Hm.« Ich verzichtete darauf, ihr zu erklären, dass mein Lächeln nichts damit zu tun hatte, dass wir den Sommer endlich wieder in Mystic verbringen konnten. Für Mom war es natürlich das Höchste – sie konnte die ganze Zeit mit ihrer besten Freundin zusammen sein, während ich sechs Wochen lang von meiner getrennt war. Ich hatte Lila in Kalifornien zurücklassen müssen, und bei diesem Gedanken lösten sich alle meine guten Gefühle sofort in Luft auf.

»Ach, Mai …« Mom legte mir ihren Arm um die Schultern und zog mich an sich. »Schau nicht so traurig. Ich weiß, dass du Lila vermisst, aber sie wird uns ja in ein paar Wochen besuchen kommen. Das ist doch immerhin etwas, oder?«

Mom hatte recht. Ich atmete aus und klebte ein Lächeln in mein Gesicht. Meine Eltern liebten mich, klar, aber sie konnten es nicht ertragen, mich traurig zu sehen. Damit konnten sie nicht gut umgehen. Und prompt stieg eine alte Erinnerung in mir auf, aus der Zeit, als ich in die dritte Klasse ging. Eine meiner Mitschülerinnen, die ich bis dahin als Freundin betrachtet hatte, lud mich nicht zu ihrer Geburtstagsparty ein, und ich weinte hemmungslos, konnte einfach nicht damit aufhören, bis Mom schließlich ungeduldig wurde und mich kurz abfertigte. Okay, sie war mitten in einer Telefonkonferenz, das musste ich ehrlicherweise zugeben.

»Und außerdem«, sagte Dad, der vorn auf dem Beifahrersitz saß und sich lächelnd zu mir umdrehte, »kannst du jetzt den ganzen Sommer mit Zach verbringen!«

Ja, genau. Meine Eltern glaubten immer noch, dass Zach Koyama mein bester Freund war. Und wie auch nicht? Wir beide waren früher unzertrennlich gewesen, hatten jede wache Minute unserer Sommerferien miteinander verbracht, hatten endlos gespielt, geredet und gelacht. Und das restliche Jahr über hatte ich die Tage gezählt, bis wir uns endlich wiedersehen würden.

Aber das war vorbei. In unserem letzten gemeinsamen Sommer hatte Zach mich verraten und unsere Freundschaft für immer zerstört. Meine Eltern wussten nichts davon und seine vermutlich auch nicht. Wären die Koyamas letzten Sommer nach Mystic zurückgekommen, statt in Japan zu bleiben, hätten Zach und ich vielleicht die Chance gehabt, uns zu versöhnen. Aber jetzt war es zu spät. Zu viel Zeit war vergangen, und mein Groll war noch gewachsen. Ich wollte nur noch eins: mich an Zach rächen. Ihn bestrafen. Rache ist süß, heißt es doch, und ich war wild entschlossen, meine Rache zu bekommen.

Wie jedes Mal bat Dad den Fahrer, die Ausfahrt 90 zu nehmen, die landschaftlich schönere Strecke, auch wenn wir dadurch mitten in das Verkehrschaos gerieten, das vor dem Aquarienhaus und dem Museum stattfand. Aber Traditionen waren uns wichtig, und diese hier kam mir sehr entgegen, weil sie unsere Ankunft bei den Koyamas noch eine Weile hinauszögerte.

Wir fuhren an Motels und Tankstellen vorbei, an einer Fabrik und malerischen (wie Mom es nannte) Neu-England-Häusern, die so ganz anders waren als die protzigen Stuckvillen in den Vororten von Silicon Valley. Ich presste mein Gesicht an die Fensterscheibe, als wir am Fluss entlangfuhren, und hielt nach den Kormoranen Ausschau, die hier und da ins Wasser tauchten.

Nach und nach wich meine Wut auf Zach einer leisen aufkeimenden Vorfreude. Ich hatte fast nur schöne Erinnerungen an Mystic, und jetzt lagen sechs lange Wochen vor mir, in denen ich alles machen konnte, was ich liebte – Vögel beobachten, wandern, Steine und Federn sammeln und einfach in der Natur sein. Aber als der Wagen die richtige Abfahrt nahm, um den Fluss hinter sich zu lassen, wurde mir schwer ums Herz. Die Wut kämpfte mit der Vorfreude, und am Ende siegte die Wut.

Mit einer scharfen Kehrtwendung bog der Fahrer in die Egret Pond Road ein, den Privatweg der Koyamas. Ich wunderte mich, dass ich keinen Kies unter den Reifen knirschen hörte.

»Oh!«, rief Dad, als hätte er meine Gedanken gelesen. »Sie haben die Straße gepflastert!«

Das glatte Räderrollen auf dem Asphalt war irgendwie fremd und überraschend. Nach der Biegung kam der Egret Pond – der Reiherteich – in Sicht, und die Sonne verstreute Funkelsterne über die Wasserfläche. Wenigstens war die Aussicht noch dieselbe. Der Wagen hielt vor der frei stehenden Garage, und mein Herz klopfte schneller, als ich zu dem zweistöckigen Haus im Kolonialstil der Koyamas aufsah, denn jetzt würde ich jeden Moment Zach gegenübertreten müssen.

Erinnerungen wirbelten mir durch den Kopf, drängten an die Oberfläche. So viele Erinnerungen, süße und bittere, an dieses Haus und diesen Teich, den Duft des Flieders, den Schlammgeruch und die brütende Hitze. Und Zach. Immer wieder Zach.

Dad öffnete die Wagentür.

»Na, dann wollen wir mal«, murmelte ich vor mich hin, während ich die Erinnerungen in den hintersten Winkel meines Gehirns zurückdrängte und aus dem Wagen stieg.

2

»Mai! Mai!« Zwei wilde kleine Gestalten warfen sich auf mich, und vier dünne Arme umschlangen meine Beine. Ich lachte und drückte Zachs Zwillingsbrüder an mich, so fest ich nur konnte.

Als sie mich endlich losließen, ging ich vor ihnen in die Hocke. »Wow. Ihr seid aber groß geworden!«

»Wir sind ja auch schon sechs«, verkündete Mason stolz.

Ethan nickte. Er war kleiner als sein Zwillingsbruder, obwohl er zwanzig Minuten älter war, hatte aber die gleichen pechschwarzen Haare mit der unverwechselbaren Koyama-Stirnlocke. Ich hatte nicht erwartet, dass die Zwillinge mich sofort wiedererkennen würden – bei unserem letzten Besuch waren sie ja erst vier gewesen –, und es machte mich glücklich, dass sie mich nicht vergessen hatten.

Als ich mich aufrichtete, sah ich, wie Holly, ihr langes Haar zu einem Seitenzopf geflochten, durch die Hintertür fegte und auf Mom zustürzte. Dann fielen sie sich kreischend in die Arme, als wären sie immer noch zwei College-Studentinnen. Ihr Anblick versetzte mir einen Stich ins Herz, und ich vermisste Lila in diesem Moment entsetzlich. Ich nahm mir vor, mit ihr zu telefonieren, sobald ich mich in meinem Zimmer eingerichtet hatte.

Dann kam Holly herüber, um Dad und mich zu umarmen, während der Wagen wendete und davonfuhr. Die Zwillinge hatten bereits genug von der Begrüßungszeremonie, rannten ins Haus zurück und riefen etwas von Keksen.

»Du siehst ja richtig erwachsen aus, Mai!«, sagte Holly lächelnd. »Toller Haarschnitt! Wenn ich nur auch so schöne Naturwellen hätte wie du!«

Meine Augen wurden feucht, als ich den anderen ins Haus folgte. Ich hatte diesen Ort vermisst. Und ich hatte Holly und die Zwillinge vermisst. Da ich jeden einzelnen Sommer meines Lebens in Mystic verbracht hatte (außer dem letzten), war das hier mein zweites Zuhause geworden. Und die Koyamas waren wie Familie für mich.

Ich schlenderte in den Garten hinaus, nahm die vertraute Atmosphäre in mich auf, die leuchtenden Blumen, die Bienen, die von Blüte zu Blüte summten. Eine wahre Farbexplosion, die mich an das Feuerwerk vom Vorabend erinnerte, als ich mit Lila und ihren Eltern zum Shoreline Amphitheatre gegangen war. Ich vermisste meine Freundin schon jetzt.

Mom und Holly redeten ohne Punkt und Komma,

während sie Arm in Arm durch den Garten spazierten. Dad schleppte unterdessen unser Gepäck durch die Hintertür ins Haus.

Ich blieb stehen, fragte mich, wo Zach war. Ich hatte mir noch nicht zurechtgelegt, was ich ihm sagen wollte, aber meine Worte mussten scharf und abweisend sein, damit er merkte, dass ich ihm nicht verziehen hatte. Ich wunderte mich, dass er nicht herausgekommen war, um wenigstens Mom und Dad zu begrüßen. Meine Eltern waren ihm genauso vertraut wie mir seine. Oder war er etwa in unserer Festung?

»Zach ist nicht da«, rief Holly schließlich zu mir heraus.

»Und wo ist er?«, fragte ich, meine Hand an der Fliegengittertür.

»Er ist mit Wes nach Fairfield gefahren, um das Feuerwerk anzuschauen. Aber sie kommen morgen rechtzeitig zur Party zurück und bringen noch ein paar Freunde von Zach mit.«

Ach ja. Die Party. Ich war so auf meine Rachepläne fixiert gewesen, dass ich Zachs Geburtstag ganz vergessen hatte. Wie jeden Sommer wurde sein Geburtstag an unserem ersten gemeinsamen Wochenende in Mystic gefeiert und meiner am letzten. Ich verzog das Gesicht.

Holly schien meine Grimasse falsch verstanden zu haben. »Keine Sorge, Mai. Er ist bald wieder hier. Er freut sich sehr auf dich, das weiß ich.«

Ja, klar.

Immerhin wusste ich jetzt, dass ich Zach nicht direkt in die Arme laufen würde, also ging ich schnurstracks ins Haus und lief die zwei Treppen zum Dachgeschoss hinauf. Oben angekommen, stieß ich die Tür zu dem Zimmer auf, in dem ich untergebracht war. *Mein* Zimmer. Der Raum war fast dreimal so groß wie mein winziges Zimmer zu Hause in Sunnyvale. Dad hatte meinen Koffer schon neben dem Bett abgestellt. Ich blieb mitten im Raum stehen und schaute mich um, fühlte mich ein bisschen verloren und fehl am Platz.

Schließlich streifte ich meinen blaugrünen Stoffbeutel von der Schulter, und er landete mit einem dumpfen Aufprall auf den Holzdielen. Erleichtert atmete ich auf. Nichts hatte sich verändert.

Warmes Spätnachmittagslicht strömte durch die Fenster herein, als ich auf den Reiherteich hinausschaute. Meine Eltern hatten ihr Zimmer direkt unter mir, und großzügig wie die Koyamas waren, überließen sie uns die Räume mit dem besten Ausblick. Meiner war sogar der allerbeste, weil die Fenster im zweiten Stock weit genug über den Baumwipfeln lagen, um freie Sicht auf den Teich, die Apfelbäume und die Garage zu haben. Von hier aus konnte ich unsere Festung zwar nicht sehen, aber ich wusste, dass sie direkt hinter der Garage in der Nähe des Teichs lag. Perfekt für meine Vogelbeobachtungen.

Am liebsten wäre ich sofort hinübergerannt, aber es war schon fast Abendessenszeit. Außerdem wartete noch der traditionelle Geschenkeaustausch zwischen unseren beiden Familien auf uns. Ich war gespannt auf die Geschenke, die Holly uns aus Japan mitgebracht hatte. Die Festung musste also bis zum nächsten Morgen warten. Ich nahm mir vor, früh aufzustehen und hinüberzuschleichen, bevor Zach mit seinen Freunden auftauchte.

Langsam ging ich durch mein Zimmer, ließ meine Finger über den Schreibtisch gleiten und blieb vor dem Bücherregal mit meiner Kaninchensammlung stehen. Kaninchen waren schon immer meine Lieblingstiere gewesen, und die Koyamas hatten mir zu jedem Geburtstag eine neue Figur geschenkt. Ich nahm meinen Stoffbeutel vom Boden hoch und starrte auf den Schlüsselanhänger in Form eines flauschigen rosa Kaninchens, der an einem der Riemen hing. Lila hatte ihn mir gestern Abend gegeben. Wir waren beide BTS-Fans, und Cooky war die BT21-Figur, die für Jungkook stand, mein Idol in dieser Band. Lila hatte den gleichen Stoffbeutel in Pink mit einem Chimmy-Schlüsselanhänger für Jimin.

Ein Geruch nach gegrilltem Lachs driftete in mein Zimmer herauf, und mir knurrte der Magen. Ich konnte genauso gut später auspacken, wenn ich Lila angerufen hatte. Mit einem Lächeln im Gesicht lief ich die Treppe hinunter, mein Herz war plötzlich ganz leicht.

Abendessen gab es in der verglasten hinteren Veranda, wo wir uns immer zu den Mahlzeiten versammelten. Hier konnten wir Hollys leckeres Essen in aller Ruhe genießen, ohne von den Moskitos zerstochen zu werden. Holly hatte schon immer gern gekocht, aber in Japan hatte sie verschiedene Kochkurse gemacht und war noch um Klassen besser geworden.

Nach dem Essen gingen wir ins Wohnzimmer, um unsere Geschenke auszutauschen. Mom und Holly machten immer fast so etwas wie eine Wissenschaft daraus und brachten es fertig, die Zeremonie auf eine gute Stunde oder sogar länger auszudehnen. Aber sosehr ich diese Familientradition auch liebte, erschien es mir irgendwie falsch, ohne Zach und seinen Dad anzufangen.

Die Zwillinge bekamen Unmengen von Geschenken, über die sie mit einer Begeisterung herfielen, wie nur Kinder sie aufbringen, die noch ein gutes halbes Jahr auf ihren Geburtstag warten müssen. Aber nach einer Weile, als die Ahs und Ohs der Erwachsenen beim Austausch von Schals, Tellern und Tee (von Holly) oder Schokolade, Mützen und Sauerteigbrot (von uns) kein Ende nehmen wollten, wurden Ethan und Mason allmählich zappelig.

»Und dich haben wir natürlich auch nicht vergessen«, sagte Holly und drückte mir eine Tüte in die Hand.

»Umeboshi!«, rief ich begeistert und zog ein Glas Salzpflaumen heraus, mein absoluter japanischer Lieblings-Snack.

Ethan rümpfte die Nase. »Igitt!«

»Nicht gut?«, fragte ich und schwenkte das Glas vor seiner Nase herum. Eingelegte japanische Pflaumen sind herb und salzig und passen perfekt zu Reisgerichten, aber ich esse sie auch einfach so aus dem Glas. Mir lief das Wasser im Mund zusammen, wenn ich nur an den leckeren *Ume*-Geschmack dachte.

»Ethan ist eine Naschkatze, genau wie Zach«, sagte Holly und verwuschelte Ethans Haare. »Er mag lieber Süßes.«

Holly hatte mir nicht nur Salzpflaumen, sondern auch eine Tüte *Ume*-Bonbons mitgebracht, und ich warf mir ein Stück in den Mund. Zuerst schmeckte ich nur reinen Zucker, aber sobald der harte Überzug sich aufgelöst hatte, überschwemmte die prickelnde Säure des *Ume* in der Mitte meine Zunge. »Das ist fantastisch! Danke!«

Zuletzt kam noch ein Schal mit einem hübschen Kirschblütenmuster in meiner Geschenktüte zum Vorschein, zusammen mit ein paar lustigen Kaninchen-Anhängern und -Stickern. Als Holly anfing, meiner Mutter von ihren Lieblingsläden in Tokio vorzuschwärmen, entschuldigte ich mich und huschte nach oben.

Sobald ich in meinem Zimmer war, rief ich Lila an, und mein Herz machte einen Satz vor Freude, als ihr Gesicht im Display erschien.

»Ich vermisse dich!«, sagte sie und begrüßte mich mit einem kleinen Trommelwirbel. Lila durfte ihre Drumsticks nicht in die Schule mitnehmen, aber zu Hause behielt sie sie immer in ihrem Stoffbeutel bei sich oder in den Händen.

»Ich dich auch.« Mir brannten bereits Tränen hinter den Augenlidern, und ich blinzelte sie schnell zurück.

»Und?«, fragte sie.

Ich schüttelte den Kopf. »Er kommt erst morgen her.«

Und prompt stürzten wir uns in unser Lieblingsspiel: neue Ideen für meinen Racheplan ausdenken.

»Augenbrauen abrasieren«, schlug Lila vor.

»Oder seine Video-Spiele in den Teich werfen«, sagte ich.

»Sein Lieblings-T-Shirt verbrennen.«

»Ein Spinnennest in sein Bett werfen.«

»Ein peinliches Foto von ihm auf Instagram posten.« Lila hielt ihre Trommelstöcke über Kreuz in die Höhe.

Wir lachten und verdrehten die Augen. Kein guter Vorschlag. Unsere Eltern hatten ihre Regeln, und eine davon lautete: keine sozialen Medien, bevor wir in die Highschool kamen. Also erst in einem Jahr. Und soviel ich wusste, war Zach auch nicht auf Instagram oder sonst irgendwelchen sozialen Medien.

Dann redeten wir über die Band, die Lila gerade auf die Beine zu stellen versuchte. Morgen würden die *Hot Pinx* zum ersten Mal zusammen proben. Lilas Dad hatte die Garage schallisoliert, so gut es ging, und bisher hatte sich noch niemand über ihre Trommel-Sessions beschwert.

»Und alle machen mit?«, fragte ich. Lila hatte die Mitglieder ihrer neuen Band im Musik-Club der Schule angeworben.

Sie nickte. »Ich am Schlagzeug, natürlich. Iris Yamaguchi als Sängerin, Quinn Henderson an der Gitarre und Alex am Bass.«

»Super! Dann ist dein Plan ja aufgegangen«, zog ich sie auf. »Eine echte Powermädchen-Band, *plus* Alex.« Lila schwärmte seit der siebten Klasse für Alex.

»Na klar und das nicht ohne Grund«, sagte sie und wurde rot. »Alex ist tatsächlich der Beste am Bass.«

»Ja, natürlich. Nur das Allerbeste für die *Hot Pinx*«, sagte ich.

»Schade, dass du nicht dabei bist.«

Ich lachte. »Ich spiele kein Instrument und kann nicht singen.«

»Aber du tanzt wie eine Königin«, sagte Lila.

Das stimmte.

»Fühlt sich total komisch an«, sagte sie. »Ich meine, dass wir getrennt sind.«

Ich nickte. Lila und ich waren seit der Sechsten beste Freundinnen. Den ganzen letzten Sommer waren wir praktisch unzertrennlich gewesen. Wir waren beide Einzelkinder, aber Lila war inzwischen längst wie eine Schwester für mich.

»Ja, aber zum Glück kommst du mich ja bald besuchen«, sagte ich.

»Richtig, und dann helfe ich dir, den Fiesling in seine Schranken zu weisen«, sagte Lila und ließ ihre Drumsticks herumwirbeln.

»Mai! Mai!« Mason stürmte in mein Zimmer herein. »Kommst du jetzt endlich? Du sollst uns ins Bett bringen und eine Gutenachtgeschichte vorlesen!«

»Ich muss aufhören«, sagte ich zu Lila. »Sprechen wir uns morgen? Nach deiner Bandprobe?«

»Auf jeden Fall.« Sie hielt ihren kleinen Finger in den Bildschirm.

Ich machte dasselbe, und wir sagten gleichzeitig: »Stay gold!«, bevor wir uns ausloggten.

Mason packte meine Hand und zerrte mich über den engen Flur zu Zachs Zimmer. Das war neu.

»Schlaft ihr diesmal in Zachs Zimmer?«, fragte ich ihn.

»Ja!«, brüllte Ethan von seinem Bett aus. »Weil wir jetzt groß sind!«

Im vorletzten Sommer hatten die Zwillinge noch bei ihren Eltern im Zimmer geschlafen. Wie Zach wohl damit zurechtkam? Aber vielleicht war es ihm nicht so wichtig, weil wir sowieso meistens in unserer Festung abhingen. Jedenfalls früher mal.

»Vorlesen! Du musst uns ein Buch vorlesen!«, kommandierte Ethan, während Mason auf seine Matratze kletterte. Die Betten der Zwillinge standen am anderen Ende von Zachs Zimmer. Zach hatte sein Bett direkt unter der Dachschräge, wie ich auch. Wir hatten immer Buch darüber geführt, wie oft wir uns im Lauf des Sommers den Kopf an der schiefen Wand anstießen.

Ich schaute mich in Zachs Zimmerhälfte um. Während

bei mir alles unverändert geblieben war, erkannte ich hier kaum etwas wieder. Und nicht nur, weil Ethan und Mason mit eingezogen waren. In der Mitte des Raums stand jetzt ein Tisch mit einem angefangenen Lego-Teil darauf und ein paar Stühlen darum herum. Neue Poster an Zachs Wänden hatten die alten Nintendo- und Rennwagenbilder ersetzt, die ich erwartet hatte. Eines dieser Poster zeigte ein japanisches Mädchen, das angestrengt in die Kamera blickte, ein rotes Tuch halb über ihr Gesicht gebreitet. Das andere war von einer Band namens *vivid undressed.* Das Mädchen von dem ersten Poster war auch auf diesem hier, mitten unter den anderen vier Bandmitgliedern, die alle Jungs waren. Das Mädchen sah sehr schön aus.

»Zach liebt Kiila«, johlte Ethan und hüpfte in seinem Schlafanzug auf dem Bett herum.

»Daisukidesu«, stimmte Mason ein, und ich staunte, wie perfekt sein Japanisch klang. Ich konnte Japanisch weder sprechen noch verstehen, aber ich wusste, dass *Daisukidesu* »Ich mag dich« oder »Ich liebe dich« hieß.

Wow. Erst in diesem Moment wurde mir bewusst, dass die Zwillinge wahrscheinlich fließend Japanisch sprachen. Ob Zach auch Japanisch gelernt hatte? Anscheinend stand er auf japanische Bands. Und auf Mädchen.

Ich hatte ihn noch gar nicht gesehen, und schon kam er mir verändert vor. Das tat weh. Obwohl ich wütend auf ihn war und es kaum erwarten konnte, meine Rachepläne in die Tat umzusetzen, wünschte ich mir, dass er noch derselbe alte Zach wäre, den ich mein Leben lang gekannt hatte.

»Mai!« Mason riss mich aus meinen Gedanken.

»Okay«, sagte ich. »Was soll ich euch vorlesen?«

Als ich mich wieder zu der Zimmerhälfte der Zwillinge umdrehte, wanderte mein Blick über die Poster und blieb an etwas Vertrautem auf Zachs Nachttisch hängen.

Er hatte immer noch die Taschenlampe.

Süß

Vier Sommer davor

»Aaargh!«

Mitten in der Nacht riss mich ein Schrei aus dem Schlaf, und ich schoss kerzengerade in meinem Bett hoch und stieß mir dabei den Kopf an der niedrigen Decke an. Es war bereits das siebte Mal in diesem Sommer, womit ich Zach um zwei Beulen voraus war.

»Oh mein Gott! Amai! Wo bist du?«

Es war also kein Albtraum gewesen. Ich rieb mir die Augen und schlüpfte aus dem Bett, und diesmal behielt ich meinen Kopf vorsichtshalber unten. Obwohl ich erst acht und klein für mein Alter war, musste ich mich ducken, wenn ich mir nicht den Kopf anstoßen wollte, so steil fiel die Decke hier ab.

Im schummrigen Mondlicht, das durch das Fenster strömte, tappte ich durch mein Zimmer, und der Ventilator an der Decke schickte warme Luftwirbel hinter mir her, als ich über den Flur huschte.

»Zach?« Vorsichtig spähte ich in sein Zimmer.

»Wieso brauchst du so lang?« Zachs Stimme war dünn und brüchig vor Angst. »Ich könnte längst tot sein.«

Ich streckte die Hand aus und knipste das Licht an. Zach hatte sich am Fußende seines Betts zusammengerollt.

»Was ist los?«, fragte ich, während wir einander anblinzelten, bis unsere Augen sich an das Licht gewöhnt hatten.

»Da war was in meinen Haaren.« Zach rieb sich heftig den Kopf, wodurch seine Stirnlocke noch besser zur Geltung kam. Er war ein ganzes Jahr älter als ich, aber ich war schon immer die mutigere von uns beiden gewesen.

Ich tappte zu seinem Bett und schaute an ihm vorbei auf die Wand. »Wahrscheinlich war es die Spinne dort«, sagte ich und zeigte hinüber.

Zach kreischte wie eine Sirene und schleuderte sein Kissen nach ihr. Zum Glück verfehlte er sie.

»Hör auf«, sagte ich. »Du tust ihr noch weh! Sie hat dir doch gar nichts getan!«

»Das ist *mein* Zimmer! Sie hat hier nichts zu suchen. Außerdem beißen Spinnen!« Zach purzelte rücklings aus dem Bett und landete mit einem dumpfen Schlag auf dem harten Dielenboden. Er hatte seine lila-gelbe Basketball-Shorts und ein rotes Mario-Kart-T-Shirt an, eine unmögliche Kombination, wie üblich. Zach hatte überhaupt keinen Kleidergeschmack. Er durfte sich anziehen, wie er wollte, aber seine Eltern hätten wenigstens dafür sorgen können, dass die Farben einigermaßen zusammenpassten.

Ich stieg auf Zachs Bett, um die Spinne zu retten, aber sie hatte sich bereits verkrochen. »Ich seh sie nicht mehr«, verkündete ich.

»Was? NEEEIIIN!« Zach sprang auf die Füße und riss die Hände über den Kopf.

»Ja, sie ist weg.« Ich krabbelte vom Bett herunter, den Kopf eingezogen, um nicht wieder an die Decke zu stoßen. »Und jetzt schlaf weiter.«

»Sie ist nicht weg! Sie versteckt sich! Vielleicht ist sie sogar in meinem Bett!«

Ich packte die Decke und schüttelte sie. »Nein, nichts.«

»In meinem Bett«, wiederholte er flüsternd.

Ich schlug die dünne Decke zurück und riss auch das Laken hoch. »Da ist keine Spinne, Zach.«

»Dann ist sie unter meinem Bett!«

Ich ging auf alle viere und spähte unter sein Bett. »Ich kann nichts sehen, es ist zu dunkel da unten. Aber ich bin mir sicher, dass sie dich in Ruhe lässt.«

Als ich mich wieder aufrichtete, saß Zach in der Mitte des Zimmers, die Knie an die Brust hochgezogen, Kinn auf den Knien, mit weit aufgerissenen Augen. Die Haare standen ihm büschelweise vom Kopf ab. Irgendwie hatte Zach im letzten Jahr eine schreckliche Spinnenangst entwickelt. Und ich durfte ihn nicht im Stich lassen, weil er auch immer auf mich aufpasste. Freunde beschützen einander. Das hatte Zach mir beigebracht.

»Nicht bewegen«, sagte ich, während ich aus dem Zimmer huschte.

Ich lief in meines zurück und schnappte mir die Taschenlampe, die ich für nächtliche Ausflüge im Schrank aufbewahrte – obwohl unsere Eltern uns im Sommer davor verboten hatten, nachts ohne Erlaubnis das Haus zu verlassen. Wir waren um Mitternacht ins Freie hinausgeschlichen, weil Zach die Sterne sehen und ich einen Ochsenfrosch fangen wollte. Die Frösche quakten nachts immer so laut. Holly war nicht erfreut gewesen, als sie im Nachthemd am Teich erschien, um uns ins Haus zurückzuholen. Die neuen Regeln würden uns allerdings nicht davon abhalten, ein bisschen auf Erkundungstour zu gehen.

Ich huschte wieder zu Zach hinüber, der noch genauso dasaß, wie ich ihn zurückgelassen hatte. Also knipste ich meine Taschenlampe an, kroch erneut unter sein Bett und schwenkte den Lichtkegel herum. »Aha!« Die Spinne krabbelte an der Fußbodenleiste entlang. »Bring mir ein Stück Papier«, sagte ich und konnte nur hoffen, dass Zach vor Angst nicht ganz erstarrt war.

Ein paar Sekunden später drückte er mir eine Zeitschrift in die Hand. Ich robbte auf dem Bauch herum und schubste die Zeitschrift vorsichtig auf die Spinne zu. Es kostete mich einiges an Überredungskunst, bis sie endlich auf die *Electronic Gaming Monthly* krabbelte. Langsam wich ich zurück, bis ich samt Spinne unter dem Bett heraus war.

»Du musst sie töten!«, verlangte Zach, als ich aufstand.

»Vergiss es.« Ich ging vorsichtig an sein Fenster und stieß es auf. Ein süßer Rosenduft, vermischt mit Salzluft, drang mir in die Nase. Ich hielt die Zeitschrift schräg nach unten, damit die Spinne auf den Außensims krabbeln konnte.

»So, jetzt bist du in Sicherheit«, sagte ich zu Zach, während ich das Fenster schloss.

»Und wenn sie Freunde und Verwandte hat?« Zachs Blick huschte hektisch in seinem Zimmer herum.

Ich rutschte also eine gute Stunde lang mit meiner Taschenlampe auf dem Fußboden herum oder kletterte auf die Stühle, um Zachs komplettes Zimmer nach unerwünschten Eindringlingen abzusuchen. Als ich ihm endlich bewiesen hatte, dass sein Zimmer insektenfrei war, plumpsten wir erschöpft auf sein Bett. Die Decke lag noch auf dem Boden, wo ich sie vor einer Stunde hingeworfen hatte.

»Danke, Amai«, flüsterte Zach schläfrig. »Du bist meine Heldin.«

»Ja, das stimmt, ich bin so was von toll«, sagte ich gähnend, bevor wir beide einschliefen.

3

Als ich am nächsten Morgen aufwachte, hatte die Sommersonne mein Zimmer bereits so stark aufgeheizt, dass ich völlig verschwitzt war und das Bettzeug an mir klebte. Der einzige Nachteil meines Dachzimmers war diese gnadenlose Hitze. Wes brachte die Fenster-Klimaanlage meistens erst Ende Juli an, wenn die Hitze unerträglich wurde, und das bedeutete, dass ich vorläufig mit dem Deckenventilator und einem weiteren auskommen musste, der in der Ecke stand. Beide hatte ich abends einzuschalten vergessen. Sobald die Zwillinge eingeschlafen waren, hatte ich mich in Zachs Zimmerhälfte geschlichen. Auf meiner alten Taschenlampe klebte noch immer ein Schild, auf dem in Zachs ordentlicher Handschrift »Amais Spinnenlampe« stand.

Ich schaute auf mein Handy. Es war schon zehn! So viel zu meinem Plan, früh aufzustehen. Aber ich brauchte immer ein paar Tage, um mich an die neue Zeitzone zu gewöhnen. Ich nahm eine kurze Dusche, und während ich mich trocknen ließ, fiel mein Blick auf Zachs Handtuch, das an dem Gestell hing. Vielleicht sollte ich eine Tüte Juckpulver online kaufen? Nein. Ich schüttelte den Kopf: Diese Strafe war viel zu mild. Zach hatte eine richtige Demütigung verdient, so wie er mich gedemütigt hatte, und er sollte genauso leiden, wie ich gelitten hatte. Trotzdem riss ich sein Handtuch vom Trockner, bevor ich das Badezimmer verließ, und warf es auf den Boden.

In meinem Zimmer schlüpfte ich in mein Lieblingskleid mit dem Blümchenmuster und den tiefen Taschen für Steine, Federn und andere Schätze. Dann rannte ich die zwei Treppen hinunter und fand die ganze Familie in der Veranda am Frühstückstisch vor. Dad hob zur Begrüßung seinen Kaffeebecher, und die Zwillinge stürzten sich begeistert auf mich.

»Hallo, Mom, Dad – habt ihr auch verschlafen?«, fragte ich meine Eltern, während ich die beiden Zwillings-Tornados umarmte, wie Zach sie nannte, weil sie immer eine Spur der Verwüstung hinter sich herzogen, egal, was sie machten.

»Nein, Holly und ich waren heute Morgen schon mit dem Rad unterwegs«, sagte Mom.

Ich setzte mich an meinen Platz, nahm mir ein Croissant, und im selben Moment stand Dad so abrupt auf, dass sein Stuhl lautstark über die Holzdielen schrappte. »Seid ihr fertig, Jungs?«

»Ja!«, brüllten Ethan und Mason im Chor.

»Kommst du auch mit, Mai?«, fragte Dad. »Wir wollen

noch ein paar Sachen für Zachs Party besorgen und hinterher irgendwo in der Stadt Eis essen gehen.«

In der Stadt. Seit jenem verhängnisvollen Tag in der letzten Ferienwoche war ich nicht mehr in Mystic gewesen. Also ganze zwei Jahre. Ich verdrängte schnell die Erinnerung an diesen demütigenden Tag, bevor sie meinen Kopf überfluten konnte.

»Ich bleibe hier«, sagte ich.

Holly warf einen Blick auf ihr Smartphone. »Das ist gut – Wes wird mit Zach und seinen Freunden auch bald da sein.«

»Okay.« Ich stopfte mir den Rest des fluffigen Croissants in den Mund, entschuldigte mich und stand vom Tisch auf. Ich musste nicht erst erklären, wo ich hinwollte. Das wussten alle hier.

Ich schnappte mir den Schlüssel, der an der Hintertür hing, und schlüpfte in meine grauen Converse Slipper. Wir durften das Haus nicht mit Schuhen betreten, und weil ich den ganzen Tag über ein- und ausging, waren die Slipper am bequemsten. Zach lief hier immer nur in seinen vergammelten Flipflops herum, was ich bei seiner Insektenphobie ziemlich merkwürdig fand.

Ich ging zur Hintertür hinaus, überquerte die breite Einfahrt und lief über den Rasen und durch den Apfelgarten. Mom und Holly hatten bereits ihre Hängematten (gleiches Modell) zwischen den Bäumen aufgehängt. Ich folgte dem vertrauten Weg um die Garage herum und am

Teich entlang, bis die Festung in Sicht kam und mein Herz einen Schlag lang aussetzte. Von all den Dingen, die ich verloren hatte, als die Koyamas nach Japan gezogen waren, hatte ich die Festung am meisten vermisst.

Ich rannte die restlichen Meter und hielt erst an der Tür an. Als ich unser altes Schild vor mir sah, wurde mir ganz warm ums Herz.

Festung Amazuppai. Amazuppai war der Spitzname, den unsere Eltern Zach und mir gegeben hatten. Es bedeutete süß und bitter auf Japanisch. Obwohl Zach ein ganzes Jahr und einen Monat älter war als ich, waren wir beide unzertrennlich gewesen, seit ich krabbeln konnte. Und das, obwohl wir nicht gegensätzlicher hätten sein können. Zwei Naturkräfte, die einander perfekt ausbalancierten. Ich hatte Zach immer damit aufgezogen, dass er der Bittere war – Amai bedeutete schließlich nichts anderes als »süß«.

Zach war auch der Einzige, der mich immer noch bei meinem vollen Vornamen nannte.

Langsam ließ ich meine Finger über das verwitterte Schild gleiten. In dem Sommer, in dem die Zwillinge geboren wurden, hatten Wes und Dad diese Hütte für Zach und mich gebaut, damit wir einen Rückzugsort hatten. Als wir zum ersten Mal die Tür zu unserer Festung öffneten, legte Zach eine Regel fest. Niemand außer uns beiden durfte jemals seinen Fuß in diesen Raum setzen, auch wenn wir manchmal gezwungen waren, eine Ausnahme für unsere Eltern zu machen. Aber zum Glück kamen sie nur selten vorbei.

Ich schloss die Tür auf und knipste das Licht an. Die Koyamas waren bereits Ende Juni eingetroffen, und Zach war schon hier gewesen, das wusste ich. Aber ich wusste auch, dass ich all meine Sachen unberührt vorfinden würde. Zach respektierte meine Privatsphäre und ich seine. Außerdem schüttelte er sich vor Ekel bei dem bloßen Gedanken an meine Sammlung aus Federn, Knochen und abgestreiften Zikadenpanzern.

»Ich habe dich vermisst«, sagte ich laut.

Zachs orangener Sitzsack lag in der Ecke neben einer Kiste, in der er wahrscheinlich noch die alten Game-Boy-Module aufbewahrte, die längst seiner geliebten Nintendo-Switch-Konsole hatten weichen müssen. In seinem Bücherregal drängten sich zerfledderte Manga- und Graphic Novels, zusammen mit Funko-Pop-Figuren, die er eine Ewigkeit lang gesammelt hatte, hauptsächlich Marvel-Charaktere. Nichts hatte sich hier verändert.

Zumindest dachte ich das, bis ich eine Reihe von Büchern entdeckte, die ich hier noch nie gesehen hatte. Reisebücher! Nicht nur für Japan, sondern auch für Korea, Vietnam, Australien, Spanien und andere Länder. Als ich mich genauer umsah, entdeckte ich die gerahmten Fotos von japanischen Landschaften an Zachs Wand. Das war auch neu. Hatte Zach sich in Japan zum Weltreisenden gemausert, oder was?

Ich starrte auf seinen Sitzsack und straffte die Schultern, während ich mir zurechtlegte, was ich ihm sagen wollte, wenn er endlich vor mir stand.

»Du gehörst nicht hierher«, sagte ich mit eiskalter Stimme – zumindest versuchte ich es.

Nein. Das war Blödsinn. Zach war hier zu Hause, das ganze Anwesen gehörte seinen Eltern. Ich räusperte mich und nahm einen neuen Anlauf.

»Unsere Festung ist nur für Freunde, die zusammenhalten. Und deshalb hast du hier nichts mehr zu suchen.« Aber auch das klang nicht so kalt und schneidend, wie ich es mir vorgestellt hatte.

»Wenn es nach mir ginge, hättest du in Japan bleiben können, dann hätten wir uns wenigstens nicht mehr sehen müssen.« Das war besser. Nicht perfekt, aber ich würde Zach schon zeigen, was ich von ihm hielt. Und dass er bei mir komplett unten durch war. Ja, vielleicht sollte ich mit diesem Satz anfangen. Wieder kochte die Wut in mir hoch. Vielleicht schaffte ich es dann endlich, ihn aus meinem Kopf zu vertreiben.

Auf meiner Seite der Festung hingen kabellose Lautsprecher in den Ecken unter der Decke. Ich widerstand der Versuchung, meine Lieblings-Playlist anzuhören. Tanzen kam in diesem Sommer nicht infrage!

Die Holzbank, die Wes für mich gemacht hatte, stand immer noch vor dem großen Fenster, das auf den Reiherteich hinausblickte. Ich klappte den Deckel hoch und stellte voller Freude fest, dass mein Fernglas und meine Vogel-Notizbücher noch da waren.

Auch meine Natursammlung stand noch in dem kleinen Bücherregal, so wie ich sie zurückgelassen hatte – Steine und Muscheln und Federn –, und natürlich meine Vogelbücher, unter anderem mein geliebter *Sibley's Vogelführer.* Zach hatte mich immer damit aufgezogen, dass ich so viele Bücher brauchte, aber jedes einzelne davon war anders und vom häufigen Lesen schon ganz abgegriffen. Anhand dieser Bücher konnte ich Vögel wie Falken und Eulen bestimmen oder auch Vogelarten, die nur in Connecticut heimisch waren. Ich blätterte die an den Rändern eingerollten Seiten meines Wasservogel-Handbuchs durch, das außerdem noch stockfleckig war, nachdem es mir einmal am Teichufer aus der Hand gefallen war.

Dann nahm ich mein Buch über heimische Vogelarten in die Hand und ließ mich damit auf die Bank nieder. Als ich gerade mein Fernglas an die Augen halten wollte, ging die Tür auf, und mein Herz knallte so heftig in meiner Brust herum, dass es wehtat.

Ich war immer noch nicht auf eine Konfrontation mit Zach vorbereitet. Ich hatte mir keine perfekte Beleidigung ausgedacht und auch keinen Plan, wie ich ihn dafür büßen lassen konnte, dass er mich verraten hatte. Ich hatte ihm nichts entgegenzusetzen als meinen verknoteten Magen und meinen brennenden Hass auf den Jungen, den ich so lange für meinen besten Freund gehalten hatte.

Aber als ich aufschaute, stand jemand Fremdes in der Tür. Ein Mädchen mit pfauenblauen Augen und spatzenbraunem Haar, das ihr in weichen Wellen über die Schultern fiel. Ihre abgeschnittene Jeans und ihr pinkfarbenes Tanktop zeigten viel von ihrer goldschimmernden Haut. All das hatte ich blitzschnell registriert. Dank meiner jahrelangen Vogelbeobachtungen war ich geübt darin, Einzelheiten rasch aufzufassen.

»Hallo, Mai«, sagte das Mädchen lächelnd. »Ich bin Celeste. Eine Freundin von Zach … Celeste Williams? Zach bringt noch unser Gepäck ins Haus, aber er hat mir gesagt, dass ich dich hier antreffen würde.«

Ich musste mich beherrschen, um nicht laut mit den Zähnen zu knirschen. Zach hatte ein fremdes Mädchen in unsere Festung eingeladen? Er hatte also schon wieder unsere Regeln missachtet. *Seine* Regeln.

Bitter

Zwei Sommer davor

Zach war mit seinem Vater zum Einkaufen gefahren, während ich mit den Zwillingen spielte. Mit ihren vier Jahren konnten die beiden schon ziemlich anstrengend sein, aber sie waren auch unwiderstehlich. Im Augenblick lieferten wir uns eine wilde Dinosaurier-Schlacht. Masons Stegosaurus verprügelte meinen T-Rex, und Ethan baute unterdessen eine Mauer aus Stöcken um seinen Triceratops herum.

»Schlafenszeit«, rief Holly durch die Hintertür.

Ethan und Mason umarmten mich, dann rannten sie zu ihrer Mom davon. Ich warf die Dinosaurier in einen Plastikeimer, brachte sie ins Haus zurück und nahm mir Moms iPad. Obwohl ich bald elf wurde, war ich in ihren Augen zu jung, um ein eigenes zu haben.

In der Festung stellte ich das iPad auf mein Bücherregal und klickte mein Lieblings-Tanz-Video an: »Boy With Luv« von BTS. Ich straffte die Schultern, nahm in Gedanken die Anfangsakkorde vorweg und zählte mit, um genau im richtigen Moment meinen imaginären Mantel zurückschleudern zu können. Ich bewegte die Schultern, neigte mich nach links, dann nach rechts, verlor mich bald völlig in der Musik. Meine Arme kribbelten, als ich über den Boden hüpfte, mein Lächeln wurde mit jedem Schritt strahlender. Es war fast wie Fliegen. Zach hatte mich den ganzen Sommer beim Üben angefeuert, bis ich die Choreografie perfekt beherrschte.

Als das Video zu Ende ging, warf ich mich in Jungkooks Schlusspose. Ich grinste vor mich hin und wollte das Ganze gerade zum zweiten Mal durchspielen, als mich ein lautes Beifallsjohlen herumwirbeln ließ.

Mir blieb buchstäblich die Luft weg.

Dort, in der Tür, stand Zach mit zwei Jungs, die ich noch nie gesehen hatte. Wie lange waren sie schon da? Zach und ich hatten eine eiserne Regel: Die Festung Amazuppai war allein unser Reich, das sonst niemand betreten durfte. Keine Besucher. Keine Geschwister. Keine Freunde.

»Das war toll!«, rief Zach begeistert. »Jetzt hast du es drauf!«

Ich lächelte. »Im Ernst? Findest du das wirklich?« Mir war leicht schwindlig, aber ich wusste nicht, ob es an Zachs Kompliment lag oder daran, dass mir zwei Fremde beim Tanzen zugesehen hatten.

»Auf jeden Fall!«

Zach kam herein, gefolgt von den beiden Jungen, die sich in unserem Reich umsahen. Ich beobachtete sie aus dem Augenwinkel. Zum Glück starrten sie jetzt nicht mehr mich an, sodass ich mir kein künstliches Lächeln ins Gesicht kleben musste. Die beiden waren Brüder, das konnte ich sehen. Der ältere musste ungefähr fünfzehn sein, der jüngere war eher in Zachs Alter. Beide hatten kurz geschorene aschblonde Haare.

Ich warf Zach einen wütenden Blick zu, und er besaß zumindest den Anstand, ein bisschen zerknirscht auszusehen.

»Ich hab Ryder und Colt im Baumarkt getroffen«, sagte er, »sie machen hier noch bis zum Wochenende Ferien.«

»Hey«, sagte Colt, der Jüngere der beiden.

Der andere, Ryder, ignorierte mich und wühlte einfach Zachs Kiste durch. So was Unhöfliches! Er hatte Zach gerade erst kennengelernt und tat so, als wäre er hier zu Hause. Ich nahm Moms iPad und drückte es an mich, während ich Zach einen finsteren Blick zuwarf. Er kannte mich lange genug, um zu wissen, was ich von dieser ganzen Sache hielt.

»Wollen wir mal zum Teich gehen?«, schlug Zach plötzlich vor.

»Ja, klar. Warum nicht. Ist sowieso langweilig hier.« Ryder hatte sich inzwischen Zachs Regalen zugewandt und ließ die Mario- und Luigi-Figuren, die er inspiziert hatte, einfach auf den Boden fallen. »Los, komm«, sagte er und schubste Colt zur Tür.

Zach schaute mich kurz an, bevor er ihnen hinausfolgte, sagte aber nichts. Die Tür klickte zu, und mein Herz zog sich zusammen.

Ich nahm die beiden Figuren, die Ryder so achtlos auf den Boden geworfen hatte, und legte sie ins Regal zurück, wo sie hingehörten. Etwas Schweres, Drückendes hatte sich über die Festung gesenkt. Ich versuchte, die ungute Stimmung abzuschütteln, und ging eine Weile ratlos hin und her. Was sollte ich jetzt mit mir anfangen? Die Lust zum Tanzen war mir vergangen. Aber mit diesen beiden Typen wollte ich erst recht nichts zu tun haben. Warum hatte Zach sie überhaupt mitgebracht? Das hier war doch unser Reich, und niemand sonst hatte etwas darin zu suchen. Außerdem blieben uns nur noch wenige Sommerwochen, um es zu genießen. Ich konnte nur hoffen, dass dieser Auftritt eine Ausnahme gewesen war und ich Zach bald wieder für mich allein haben würde.

Irgendwann hörte ich auf, hin und her zu rennen, und verließ den Raum. Ich schloss die Tür hinter mir ab und ging ins Haus zurück. Der Nachmittag in der Festung war mir gründlich verdorben worden.

4

Zach war also immer noch nicht fähig, seine eigenen Regeln zu befolgen.

Das fremde Mädchen lächelte mich an. Ich konnte sie unmöglich wegschicken, ohne unhöflich zu sein. Es war schließlich nicht ihre Schuld.

»Hi«, sagte ich und versuchte einigermaßen freundlich zu klingen. »Ich bin gleich so weit.«

Wenigstens war diese Celeste nicht einfach hereingeplatzt. Ich ließ sie in der Tür warten und verstaute meine Sachen, dann trat ich in die helle Sommersonne hinaus und schloss hinter mir ab.

Während wir zum Haus zurückgingen, bombardierte Celeste mich mit Fragen.

»Freust du dich auf Zachs Party?«

»Magst du den Teich?«

»Gibt es hier draußen viele Mücken?«

Sie ließ mir keine Zeit für eine Antwort, was mir nur recht sein konnte. Ich war immer noch wie vor den Kopf gestoßen von ihrem unerwarteten Auftauchen.

Plötzlich wurde Celestes Monolog von einer tiefen Stimme unterbrochen. »Amai!«, rief jemand vom Haus her.

Ich blinzelte verwirrt, in der Annahme, dass Wes gleich um die Ecke kommen würde. Aber es war Zach. Er hatte meinen Namen gerufen.

Ein Junge, der ihm irgendwie ähnlich sah, der aber viel größer war, als ich Zach in Erinnerung hatte, lief in vollem Tempo auf uns zu. Mitten auf dem Weg prallte er mit mir zusammen, und als er seine Arme um mich schlang, nahm ich den vertrauten Duft seines Kokosshampoos wahr.

Ich schloss die Augen. Zach. Dieser Geruch trug mich sofort in unsere Sommermorgen zurück, als wir Seite an Seite unter den Apfelbäumen lagen und dem Gesang der Vögel lauschten, während wir Pläne für den Tag schmiedeten. Wärme und Frieden rieselten auf meinen Geist herab wie ein sanfter Regen. Dann zuckte die Erinnerung an Zachs Verrat in meinem Kopf auf, wie ein greller Blitz, der mich in die Gegenwart zurückriss, zu dem Zach, wie er wirklich war.

Der Druck seiner Hände versengte mir die Haut. Die Umarmung kam für mich so unerwartet, war ein solcher Schock, dass mein Gehirn blockierte und mich vergessen ließ, wie man Arme und Beine bewegte. Ich stand stocksteif da. Dass Zach mich umarmen könnte, wäre mir im Traum nicht eingefallen, sooft ich mir auch das Wiedersehen mit ihm ausgemalt hatte. Es raubte mir buchstäblich den Atem, auch wenn es blitzschnell vorbei war. Als Zach sich von mir löste, sah ich die Verletztheit in seinen Augen.

Er fing sich jedoch schnell wieder und zeigte auf die Leute, die hinter ihm standen. Mit der tiefen Stimme, die ich im ersten Moment nicht erkannt hatte, stellte er uns alle vor. »Noah Murdocca, Owen Mitchell, Evan Hall, Jesse Diaz und Bennett Morris. Celeste hast du ja schon kennengelernt. Leute, das hier ist Mai.«

Ein freundlicher Begrüßungschor schlug mir entgegen. Ich blieb als Einzige stumm, weil mir die Umarmung nicht aus dem Kopf ging. Und weil ich fassungslos war, wie sehr sich Zachs Stimme verändert hatte. Schweigend stand ich da, zu keinem schnippischen oder abfälligen Kommentar fähig, ja noch nicht einmal zu einer anständigen Begrüßung.

Zach war seit März wieder in den USA, und ich hatte mir hin und wieder Gedanken gemacht, wie er damit klarkommen würde, die achte Klasse in Fairfield abzuschließen, nachdem er so lange fort gewesen war. Aber das hätte ich mir sparen können. So wie er mit den anderen lachte und scherzte, konnte es nicht sehr schlimm gewesen sein. Immerhin hatte er jede Menge Freunde gefunden, die er zu seiner Party einladen konnte. Zach und Noah waren seit der Grundschule miteinander befreundet, und vielleicht hatten sie sich während Zachs Abwesenheit geschrieben oder so. Nicht wie Zach und ich –

wir hatten außerhalb der Sommerferien nie Kontakt zueinander.

»Zachary Koyama!«, rief Holly mit einer Stimme, die über das ganze Grundstück schallte. »Was fällt dir ein, dein ganzes Gepäck einfach im Flur unten stehen zu lassen?«

»Ups, ich glaube, wir sollten besser mal zurückgehen«, sagte Zach. Er lief vor den anderen her zum Haus, und Celeste, das einzige Mädchen in der Gruppe, blieb an meiner Seite.

Zu spät dämmerte mir, dass ich die perfekte Gelegenheit, mich an Zach zu rächen, ungenutzt verstreichen lassen hatte. Am liebsten hätte ich mich selbst dafür geohrfeigt. Mir war schließlich sein enttäuschter Ausdruck nicht entgangen, als ich seine Umarmung nicht erwidert hatte. Und genau das hätte ich für meine Zwecke nutzen können. Ihn zum Beispiel vor allen anderen zurückstoßen und etwas Abfälliges über seine Frisur sagen (obwohl ich sie ehrlich gesagt gut fand). Das wäre der Gipfel der Demütigung für ihn gewesen.

Ich schaute Celeste an, die neben mir ging, dann die Jungs vor uns. So verlockend es auch sein mochte, Zach vor allen anderen bloßzustellen – ich kannte diese Leute nicht. Nein, das war keine gute Idee. Die perfekte Rache wäre für mich, ihn genauso bloßzustellen, wie er mich bloßgestellt hatte, ohne dass die Welt jemals erfahren würde, wer dahintersteckte. Nur Zach sollte es wissen.

»Ohmeingott«, sagte Celeste und riss mich aus meinen Gedanken. »Zach hat die ganze Zeit nur über dich geredet.«

»Ach ja?«

»Aber so was von! Mai dies, Mai das, so geht es die ganze Zeit.« Celeste kicherte, und ihr Lachen klang melodisch, fast wie ein Vogeltrillern. »Wir nannten es ›die Mai-Show‹.«

Das überraschte mich. Und war auch irgendwie schräg.

»Du hast ja keine Ahnung, wie froh ich bin, dich endlich kennenzulernen! Zach hat gesagt, dass ihr seit einer Ewigkeit befreundet seid. Stimmt das? Das ist so was von megacool!«, plapperte Celeste weiter, ohne zu merken, dass ich gar nicht geantwortet hatte, oder vielleicht war es ihr auch egal. »Ich bin erst letztes Jahr von Arizona nach Connecticut gekommen. Zach und Noah und die anderen Jungs waren supernett zu mir.«

Celeste redete ohne Punkt und Komma. Nicht, dass es mir etwas ausmachte, weil mir sowieso nichts einfiel, was ich ihr antworten konnte. Als wir die Einfahrt erreichten, wusste ich fast alles über sie: dass sie 80er-Retro-Rock und -Filme mochte, Reality-TV hasste, ein mintgrün-violettes Schlafzimmer hatte, Krimis las und dass ihre ältere Schwester an der Georgia Tech Industrie-Design im Hauptfach studierte.

Für das Mittagessen hatten die Koyamas ein Pavillonzelt über einem langen Tisch aufgebaut, der mit Sandwiches und Schüsseln voller Chips beladen war. Es waren eine Menge Schüsseln.

Zach drehte sich um und erklärte: »Das sind alles spezielle Chips-Sorten aus Japan, die ich für die Party mitgebracht habe.«

Zach und die anderen Jungs stürzten sich sofort auf das Büfett und schaufelten in einem unglaublichen Tempo Sandwiches, Chips und Kartoffelsalat auf ihre Teller, bis diese praktisch überquollen. Ich musste an die Comics denken, in denen hungrige Heuschreckenschwärme über die Felder der Bauern herfallen und alles restlos kahl fressen.

Als Celeste und ich endlich an die Reihe kamen, war von der großen Auswahl nicht mehr viel übrig. Celeste nahm sich ein vegetarisches Sandwich, und ich schnappte mir das letzte mit Hähnchen und Avocado. Dann schlenderten wir am Tisch entlang und füllten unsere Teller mit Kostproben der Chipssorten, die Zach aus Japan mitgebracht hatte.

Zach und die anderen Jungs hatten es sich unter ein paar Apfelbäumen bequem gemacht und balancierten ihre Teller auf den Knien.

»Wollen wir uns auf die Veranda setzen?«, fragte ich Celeste. »Dort können wir am Tisch essen.«

»Ja, genau, wie zivilisierte Menschen! Gern«, sagte Celeste mit einem unbefangenen Lächeln.

Ich lotste sie auf die Veranda zurück, wo die restliche

Familie – die Eltern und die Zwillinge – gerade mit dem Essen fertig war, und wir wechselten ein paar belanglose Worte, während sie ihre leeren Teller einsammelten und aufstanden, um uns Platz zu machen. Dann gingen sie alle in den Garten hinaus.

Zumindest fiel es weniger auf, dass ich Zach aus dem Weg ging, solange ich Celeste bei mir hatte. Unsere Eltern brauchten nicht zu wissen, dass ich wütend auf ihn war – das war wirklich das Letzte, was ich wollte. Wenn Zach und ich uns früher gestritten hatten, wurde immer ein großes Tamtam um die »Friedensgespräche« gemacht, die wir miteinander führen sollten, um uns wieder zu versöhnen. Und auf diese Art Friedensgespräch mit Zach konnte ich im Augenblick gut verzichten. Ich *wollte* mich nicht mit ihm versöhnen, hätte am liebsten kein Wort mit ihm geredet.

Celeste knabberte an einem Chip. »Ohmeingott, ist das eklig!« Sie rümpfte angewidert die Nase. »Wonach soll das schmecken?«

Ich biss ein Stück von dem Chip auf meinem Teller ab, der wie ihrer aussah. Bevor ich ihr sagen konnte, dass es ein Krabbenchip war, sprang sie auf und stürzte von der Veranda. Ich sah, wie sie zu den Jungs hinüberrannte und direkt vor Zach eine Vollbremsung einlegte, die Hände herausfordernd in die Hüften gestemmt. Er schaute zu ihr hoch, lachte und zeigte auf den Tisch. Celeste raste hinüber, und ehe ich wusste, wie mir geschah, war sie zurück, setzte sich neben mich und knallte eine Reihe leerer Chipstüten auf den Tisch.

»Krabben, Rindfleisch mit Wasabi, Seetang, Fischeier und irgendwas namens Salzpflaumen.« Celeste streckte die Zunge heraus und rollte mit den Augen. »Krass, iiieh!«

Wie taktlos war das denn? Eine hässliche Erinnerung stieg in mir auf, aber ich drängte sie schnell zurück. Ich hatte keine Lust, mir den Sommer verderben zu lassen, so wie den vor zwei Jahren.

»Für dich vielleicht.« Ich musste mich beherrschen, um sie nicht anzufauchen. »Aber Millionen von Japanern sehen das anders.«

»Oh, tut mir leid!« Celeste packte mich am Arm. »Ich wollte dich nicht kränken. Das ist mir einfach so rausgerutscht.« Sie klang aufrichtig zerknirscht. Und zumindest hatte sie sich bei mir entschuldigt. Also Schwamm drüber. Dieses eine Mal noch.

»Und welches ist jetzt die Salzpflaume?«, fragte ich sie. »Ich liebe *Umeboshi*.«

Celeste blätterte die Chipstüten durch und reichte mir eine pinkfarbene. Ich schaute mir das Foto an, suchte auf meinem Teller nach dem richtigen Chip und biss hinein. »Mhm, ja – das ist es!« Der säuerliche Geschmack, der einem den Mund zusammenzog, vermischt mit der salzigen Würze, war einfach superlecker! Ich verputzte schnell den Rest.

Und Celeste, das musste ich ihr lassen, überwand ihren Ekel, nahm sich auch einen *Umeboshi*-Chip und knabberte ein bisschen daran. »Hm. Nicht ganz mein Geschmack«, gab sie ehrlich zu.

»Macht nichts, dann esse ich deine auf.«

Während ich Celestes *Ume*-Chips verschlang, sagte sie plötzlich: »Du bist vielleicht ein Glückspilz, Mai! Ich meine, weil ihr schon so lange befreundet seid, du und Zach.«

»Findest du?« Ich fühlte mich kein bisschen wie ein Glückspilz.

»Ja, ehrlich. Davon kann ich nur träumen. Ich bin in den letzten dreizehn Jahren fünfmal umgezogen. Keine meiner Freundschaften hat länger als ein, zwei Jahre gehalten. Und ich hatte nie eine beste Freundin.«

Das war allerdings traurig. »Und warum zieht ihr so oft um?«, fragte ich.

»Wegen Moms Job. Sie richtet neue Büros für die Firma ein, in der sie arbeitet, und wird deshalb häufig versetzt. Aber leider ziehen wir immer nur in langweilige Gegenden und nie ins Ausland, so wie Zach.«

Die Koyamas konnten ihr Glück kaum fassen, als Wes das Angebot bekommen hatte, zwei Jahre lang für seine Firma nach Tokio zu gehen. Zach war bis dahin noch nie außerhalb der USA gewesen, und Holly hatte seit dem College keinen Fuß mehr nach Japan gesetzt. Also hatten sie das Angebot natürlich angenommen. Für Zach und die Zwillinge konnte es nur gut sein, ein anderes Land kennenzulernen und mit ihren Wurzeln in Berührung zu kommen.

Meine Eltern hatten zum Glück Berufe, für die sie nicht viel reisen mussten, die ihnen aber genügend Freiheit ließen, dass wir jeden Sommer unsere Ferien in Mystic verbringen konnten.

»Und was machen deine Eltern?«, fragte Celeste, als hätte sie meine Gedanken erraten.

»Mom berät Schulen bei der Einführung neuer Technologien. Und Dad …« Ich hielt einen Augenblick inne. »… Dad ist Ty Hirano.«

»Was?«, kreischte Celeste mit aufgerissenen Augen. »Du meinst *den* Ty Hirano? Der die Time-Trekkers-Graphic Novels geschrieben hat?«

»Ja«, sagte ich zögernd. Irgendwie war es komisch, einen Vater zu haben, der so etwas wie eine Berühmtheit war. Dad zeichnete Buchcover und Bilderbücher und erfand Comic-Figuren, seit ich denken konnte. Vor zwei Jahren war seine erste Graphic Novel erschienen, und sie wurde ein Riesenerfolg. Zum Glück hatte er den zweiten Band der Serie schon fast fertig, als der erste die Bestsellerlisten stürmte. Aber mit dem dritten Band stand er jetzt ziemlich unter Zeitdruck.

»Wow!« Celeste schaute sich nach meinem Dad um. »Würdest du mich ihm vorstellen? Vielleicht kann ich in diesem Sommer noch mal herkommen und meine Time-Trekker-Bücher von ihm signieren lassen?«

»Ja, klar.«

»Und was ist mit dir? Hast du eine beste Freundin?«, wollte Celeste plötzlich wissen. Ich war froh, dass sie das Thema wechselte und nicht die ganze Zeit nur noch über meinen Dad reden wollte. Was nicht heißt, dass ich nicht stolz auf ihn war. Ich liebte seine Bücher, aber es machte mich irgendwie verlegen, wenn andere von ihm schwärmten. Ich meine, klar, für mich war er einfach nur mein Dad.

»Ja, sie heißt Lila Tan.« Ich lächelte, als ich an Lila dachte. »Sie besucht mich gegen Ende des Monats.«

»Wow, das ist toll! Woher kennt ihr euch?«

»Von der Schule. Wir haben gleich am ersten Tag in der Sechsten in unserem Klassenzimmer ganz zufällig nebeneinandergestanden, und weil wir beide Asiatinnen sind, dachte die Lehrerin, wir würden uns kennen, und hat uns zusammengesetzt.« Ich verzog das Gesicht. »In den ersten beiden Tagen haben wir uns keines Blickes gewürdigt, geschweige denn miteinander geredet.«

Celeste nickte.

»Aber am dritten Tag war das Eis gebrochen, als Lila mir sagte, dass sie genauso wütend auf unsere Klassenlehrerin war wie ich. Ich meine, nur weil wir beide einen asiatischen Hintergrund haben, müssen wir doch nicht befreundet sein! Von da an wusste ich, dass Lila und ich uns verstehen würden, schon weil sie denselben starken Gerechtigkeitssinn hat wie ich. Und wir haben auch sonst eine ganze Menge gemeinsam.«

»Toll. Und dann seid ihr Besties geworden?« Celeste zuckte mit den Schultern. »Entschuldige bitte, dass ich dir so viele Fragen stelle, aber ich höre wahnsinnig gern Besties-Geschichten, weil ich ja selber keine beste Freundin habe.« Sie sagte es ganz sachlich, als Feststellung, und nicht, um irgendwie Mitleid zu erregen. Celeste war ein nettes Mädchen, offen und ehrlich und liebenswert.

»Na ja, eine Weile hat es noch gedauert, so ungefähr zwei Wochen«, erzählte ich. »Und das kam so: Auf dem Weg zu meinem Schließfach habe ich gesehen, wie zwei Mädchen im Flur auf Lila eingeredet haben. Und Lila sah total eingeschüchtert aus. Als ich näher kam, hörte ich, wie das eine Mädchen Lila anpflaumte, dass sie gefälligst bei einem Instrument bleiben sollte, so wie alle anderen auch, statt praktisch das halbe Orchester zu stellen.« Ich verdrehte die Augen. »Lila ist eine geniale Musikerin, musst du wissen. Sie kann jedes Instrument supergut spielen, nachdem sie nur ein paar Tage geübt hat. Und das scheint einige Leute in ihrem Orchester geärgert zu haben.«

»Ah, ich verstehe«, sagte Celeste.

»Ich hasse solche Gemeinheiten. Ich kann es nicht ertragen, wenn jemand gemobbt wird, schon gar nicht meine Freundin. Freunde halten schließlich zusammen.«

Celeste nickte heftig. »Auf jeden Fall. Loyalität in einer Freundschaft geht über alles! Da bin ich total mit dir einig.«

»Jedenfalls bin ich zu diesen Mädchen hin und habe ihnen die Meinung gesagt. Das hat gewirkt – sie wurden ziemlich kleinlaut und haben sich verkrümelt. Und seither sind Lila und ich beste Freundinnen. Für immer!«

»Wow, das ist voll mega!«, sagte Celeste mit großen Augen. »Hoffentlich habe ich eines Tages auch so eine tolle Freundin.«

»Bestimmt«, versicherte ich ihr, und ich meinte es wirklich so.

»Zeit für die Geschenke!«, rief Holly vom Pavillonzelt herüber, und die Jungs stürzten johlend an den Tisch, der mit einem Berg von bunt verpackten Geschenken beladen war.

»Was hast du für Zach?«, fragte Celeste, als wir zusammen hinüberschlenderten.

»Keine Ahnung.«

Zach und ich suchten nie selbst Geschenke füreinander aus. Darum kümmerten sich unsere Eltern. Außer in jenem Sommer vor zwei Jahren.

Süß

Zwei Jahre davor

Ich roch schon von Weitem, dass der Grill angeheizt wurde, nachdem Zach die Tür zu unserer Festung hinter sich abgeschlossen hatte und wir zum Haus zurückgingen. Zach hatte sich Burger zu seinem zwölften Geburtstag gewünscht. Aber meine Eltern und ich waren erst vor zwei Tagen angekommen, und mein Magen hatte sich noch nicht auf die kalifornische Zeit umgestellt. Ich war also nicht wirklich hungrig, was aber nichts ausmachte, weil Zach sowieso immer alles aufaß, was auf meinem Teller liegen blieb.

»Ich will eine Ankündigung machen«, sagte Zach, sobald wir in den Garten kamen. Unsere Eltern drehten sich erwartungsvoll zu ihm um, nur die Zwillinge, die damals erst vier waren, tobten weiter durch den Garten und spritzten sich mit ihren Wasserpistolen voll. »Ich habe beschlossen, meinen Geburtstag auf später zu verschieben!«

»Was?« Wes ließ beinahe den Burger fallen, den er gerade auf dem Grill wendete. »Was soll das heißen?«

Holly lächelte. »Und was ist mit deinen Geschenken? Sollen wir die jetzt wegwerfen?«

»Ich habe nicht gesagt, dass ich meinen Geburtstag ausfallen lasse. Ich will ihn nur mit Amai tauschen.«

»Was?« Diesmal war ich diejenige, die aufschrie.

»Ja, du hast richtig gehört«, sagte Zach. »Du ärgerst dich doch immer, dass wir nie gleich alt sind, aber wenn wir unsere Geburtstage miteinander tauschen, sind wir beide eine Zeit lang zwölf.«

Wes schüttelte den Kopf. »So funktioniert das nicht, Zach. Das ist dir doch klar?«

»Ja, aber wir könnten doch einfach so tun, als ob«, beharrte Zach.

»Das hättest du uns früher sagen müssen«, sagte Holly, die sonst immer zu allem bereit war. »Wir sind schon fast fertig mit den Vorbereitungen für deine Party. Auch wenn es natürlich ein schöner Gedanke ist.«

Damit war das Thema erledigt. Die Erwachsenen kümmerten sich wieder um das Abendessen, während Zach sich stöhnend die Verandastufen hinaufschleppte. Ich folgte ihm.

»Das war supernett von dir, Zach«, sagte ich und setzte mich neben ihn.

»Eltern! Warum müssen sie einem immer alles verderben?«

»Ist doch egal«, sagte ich. »Was zählt, ist der gute Wille, oder? Außerdem, Zach – das habe ich mir vielleicht früher mal gewünscht, als ich noch klein war, sieben oder so. Jetzt ist es mir nicht mehr so wichtig, ob wir dasselbe Alter haben oder nicht.«

»Okay«, sagte Zach versöhnlich. »Ist mir ja selber erst vor einer Stunde eingefallen.«

Wir sahen uns an und lachten. Zach war nicht gerade der große Planer.

»Mir genügt es, dass du was Nettes für mich tun wolltest«, sagte ich. »Danke, Zach.«

»Jedenfalls habe ich ein Geschenk für dich, auch wenn wir jetzt nicht unsere Geburtstage tauschen dürfen.«

Ich richtete mich auf. »Wirklich?« Zach hatte noch nie selbst ein Geschenk für mich ausgesucht. Ich streckte beide Hände aus. »Her damit!«

Zach lachte, und seine Augenwinkel kräuselten sich. »Wow, bist du aber gechillt!«

»Seit wann verbergen wir unsere Gefühle voreinander?« Ich wedelte demonstrativ mit meinen Fingern.

Zach kramte in seiner Jeanstasche, und eine Sekunde lang fürchtete ich, er würde ein vergammeltes altes Bonbon hervorziehen oder so was. Stattdessen legte er mir etwas Kleines, Kaltes in die Hand.

Ich schaute hinunter. »Ein Kaninchenamulett!«, stieß ich hervor. »Das ist super! Danke!«

»Schau mal hinten drauf.« Zach klang sehr zufrieden mit sich selbst.

Ich drehte das Amulett um, und mein Herz fing an zu

flattern, so schnell wie die Flügel eines Kolibris. »Hast du das gemacht?«, fragte ich. In die Rückseite des Amuletts war ein winziges A eingeritzt.

»Ich weiß doch, wie sehr du Kaninchen liebst«, sagte Zach. »Aber guck mal, wie das hier springt! Sieht fast aus, als ob es tanzt. Das hat mich an dich erinnert.«

Aus irgendeinem Grund wurde ich plötzlich verlegen. Ich hielt das Amulett fest umschlungen, so wie ich es gern mit Zach gemacht hätte, und sagte nur: »Danke.«

Später zog ich eine Schnur durch das Amulett und trug es den restlichen Sommer über am Handgelenk, ein Symbol für das enge Band zwischen meinem besten Freund und mir.

Ich würde es niemals ablegen.

5

Während Zach seine Geschenke auspackte, saß ich etwas abseits von den anderen in einem Gartenstuhl – nicht weit genug, um abweisend oder ungesellig zu wirken. Das wäre Mom sofort aufgefallen. Ich wollte nur einfach nicht mitten in dem Trubel sein. Und so tun müssen, als wäre zwischen Zach und mir alles in Ordnung.

Zum ersten Mal hatte ich die Gelegenheit, ihn genauer zu betrachten. Er kam mir verändert vor, älter auf jeden Fall. Was auch kein Wunder war, nachdem wir uns zwei Jahre nicht gesehen hatten. Er war jetzt eindeutig größer als ich, aber immer noch ziemlich dünn und ein bisschen schlaksig, wie ein junger Hund, der zu schnell gewachsen ist. Und er hatte offenbar in Japan eine Zahnspange getragen: Ich hatte die süße kleine Lücke zwischen seinen beiden Schneidezähnen immer geliebt, aber jetzt war nichts mehr davon zu sehen.

Ach, und seine Klamotten! Ich konnte natürlich nicht wissen, ob Zach sich extra für die Party aufgestylt hatte, aber jedenfalls sah er aus wie ein K-Pop-Idol in seinem coolen Outfit: verwaschene Jeans mit ausgefransten Löchern in den Knien, langes lavendelblaues T-Shirt und Timberlands. Ich hatte Zach so gut wie nie in richtigen Schuhen gesehen.

Aber nicht sein Aussehen brachte mich so seltsam durcheinander. Nein, es war die Umarmung. Hatte Zach nur eine Schau vor seinen Freunden abgezogen? Oder glaubte er im Ernst, dass wir noch Freunde waren?

Ich ballte vor Zorn die Fäuste bei diesem Gedanken, so fest, dass sich mir die Nägel in die Handflächen bohrten. Gut so. Das würde mich den restlichen Tag daran erinnern, wie sehr ich ihn hasste. Unsere Freundschaft war tot. Ich hatte seit Stunden kein Wort mit ihm geredet (zumindest kam es mir so vor), aber da er ständig von seinen Freunden umringt war, schien es ihm nicht aufzufallen.

Als Zach das nächste Geschenk aufriss und ein neues Nintendo Switch Joy Con zum Vorschein kam, lachte er laut auf vor Freude. Wenigstens war er noch genauso wild auf Video-Spiele wie früher.

»Amai!«, rief er und schwenkte die Packung in der Luft herum. »Guck mal, wir können Mario Kart spielen!«

Ähm, nein? Ich warf ihm einen vernichtenden Blick zu, und Zachs Mundwinkel zuckten vor Verblüffung. Er ließ sich jedoch nichts anmerken, nahm einfach das letzte Geschenk vom Tisch. Aber ich kannte ihn. Vor mir konnte er nicht verbergen, wie tief ihn meine Zurückweisung getroffen hatte.

Das Geschenk, das er in der Hand hielt, war in ein Silberpapier eingewickelt, das ich sofort wiedererkannte. Es kam von unserer Familie. Zach riss das Päckchen auf und zog einen Rucksack heraus. Ich rümpfte die Nase. Was? Mom hatte ihm etwas für die Schule gekauft? Wie langweilig. Aber nach Zachs Gesichtsausdruck zu urteilen, war es für ihn ein tolles Geschenk.

»Wahnsinn!«, schrie er strahlend.

»Ist das ein Osprey-Rucksack?«, fragte Noah.

»Das Trinksystem ist mega!« Zach zog noch etwas aus der Packung. »Danke, Amai!«

Meine Eltern beobachteten uns, daher lächelte ich und nickte. Wandern war immer Zachs Ding gewesen, und daran schien sich nichts geändert zu haben. Das beruhigte mich.

Während wir alle Holly halfen, das Zelt aufzuräumen, baute Wes ein paar Holzbretter mit Löchern darin in der Einfahrt auf.

»Cornhole!«, johlte Celeste. Sie stürzte zu mir herüber und packte mich am Arm. »Mai und ich gegen Noah und Zach!«

»Hey, warte mal! Was soll das werden?«, fragte ich, während Celeste mich buchstäblich in die Einfahrt hinüberzerrte.

»Was?« Sie wirbelte herum. »Du hast noch nie Cornhole gespielt?«

»Ich weiß noch nicht mal, was das ist.«

Celeste erklärte mir kurz die einfachen Regeln. Jeder von uns musste vier Cornhole-Säckchen in die Löcher der gegnerischen Bretter werfen. Für jedes Säckchen, das in ein Loch fiel, würden wir drei Punkte bekommen. Wenn es auf dem Brett landete, einen Punkt. Die Mannschaft, die als erste fünfundzwanzig Punkte erreichte, hatte gewonnen.

Zachs Freunde standen an den Seitenlinien. Sie johlten, als Celeste ein Säckchen in dem Loch versenkte, dann johlten und lachten sie noch lauter, als Noahs Wurf übers Ziel hinausschoss und das Brett komplett verfehlte. Schließlich war ich an der Reihe. Ich nahm ein violettes Säckchen hoch und hielt den Atem an, als ich meinen ersten Wurf machte.

Das Säckchen segelte durch die Luft und landete auf dem Brett, verfehlte aber das Loch. Und dann passierte etwas Merkwürdiges: Zach johlte Beifall für mich. Obwohl ich in der gegnerischen Mannschaft war! Wir wechselten uns weiter mit Werfen ab, und als ich einmal Zach herausknallte, fing die Sache an, mir sogar Spaß zu machen. Besonders, nachdem ich meine beiden nächsten Würfe einlochte. Am Ende gewannen Celeste und ich, und sie klatschte mich ab.

»Wir haben die Jungs vom Brett gefegt!«, rief sie begeistert. Dann schaute sie Zachs andere Freunde an. »Also gut, Leute, wer von euch traut sich, gegen die Cornhole-Champions anzutreten?«

Nachdem wir das zweite Spiel verloren hatten, setzte ich mich in Moms Hängematte, um den anderen beim Spielen zuzusehen. Endlich war das Turnier zu Ende, und Celeste rannte zu Noah hinüber und nahm seine Hand. Ah, Celeste und Noah waren also zusammen! Ein süßes Pärchen, das musste ich zugeben. Celeste flüsterte Noah etwas ins Ohr, dann kam sie zu mir herüber und setzte sich in Hollys Hängematte.

»Hey, ich habe gerade mit Noah geredet, und wir würden gern am nächsten Wochenende wieder herkommen«, sagte sie zögernd. »Wäre das okay für dich?«

»Ja, klar.« Sie musste mich schließlich nicht um Erlaubnis fragen. Das Haus gehörte den Koyamas und nicht mir.

»Ich will dir aber nicht den Spaß verderben. Ich meine, vielleicht willst du lieber mit Zach allein sein?«

»Was? Nein! Überhaupt nicht!«

Celeste zwirbelte eine Haarsträhne um ihren Finger und ließ sie wieder los. »Dann ist es also okay für dich, wenn ich wiederkomme?«, fragte sie nervös.

Ich nickte etwas verwirrt.

»Ich meine, ich würde gern mit dir abhängen. Während Noah und Zach was anderes zusammen machen.«

»Oh«, sagte ich, als ich endlich verstanden hatte, was sie wollte. »Ja, natürlich. Das wäre schön.«

Ich mochte Celeste wirklich. Es war leicht, mit ihr auszukommen. Außerdem war ich froh, eine Freundin in

Mystic zu haben, nachdem Zach und ich jetzt nichts mehr miteinander zu tun hatten.

Ich musste wieder an Lila denken. Ich vermisste sie. Unsere Freundschaft war superstabil, das wusste ich, und dennoch beschlich mich ein mulmiges Gefühl, das mir die Kehle zuschnürte. Zach und ich hatten einen einzigen Sommer getrennt voneinander verbracht, und schon waren wir uns komplett fremd geworden. Ja, wir hatten uns so stark verändert, dass zwischen uns nichts mehr wie früher werden konnte, selbst wenn ich nicht so wütend auf ihn gewesen wäre. Der Gedanke, dass mir dasselbe mit Lila passieren könnte, erschreckte mich.

»Das ist so cool!« Celeste riss mich aus meinen Gedanken. Sie hörte auf, ihre Haarsträhne herumzuzwirbeln, und strahlte mich an.

»Wir gehen jetzt, Cece!«, rief Noah herüber.

»Okay … kommst du mit?« Celeste sprang von der Hängematte herunter.

»Wo wollt ihr hin?«, fragte ich.

»In die Stadt.«

»Ach so … nein, danke. Geht ihr nur alle, ich will lieber hierbleiben.« In die Stadt wollte ich auf keinen Fall, schon gar nicht mit Zach.

Celeste zog mich am Arm. »Bitte? Ohne dich macht es keinen Spaß.«

Dad winkte mir aus Hollys Auto in der Einfahrt zu. »Ich fahre euch, Mai.«

Die Jungs quetschten sich zu Wes in den Honda Pilot.

»Warum fahren wir mit dem Auto?«, fragte ich. Es waren doch höchstens zwanzig Minuten zu Fuß.

»Mr Koyama bringt uns später alle nach Hause«, erklärte Celeste. »Außerdem hast du versprochen, mich mit deinem Dad bekannt zu machen.«

»Also gut.«

Celeste hängte sich bei mir ein und rief den Jungs zu: »Ich fahre mit Mai!«

Im Auto stellte ich Celeste meinem Dad vor, und sie himmelte ihn nach Strich und Faden an. Dad war nett wie immer. Er versprach ihr, alle ihre Teen-Time-Trekkers-Bücher zu signieren, und dann – musste das sein? – erzählte er ihr auch noch, dass die Figur der Amelia in den Geschichten auf mir beruhte. Celeste flippte fast aus vor Begeisterung. Sie sagte, sie könne es kaum erwarten, die Bücher alle noch einmal unter diesem Blickwinkel zu lesen. Was mir an Amelia gut gefiel, war ihr Mut. Eine Heldin.

Auf der kurzen Fahrt in die Stadt überschüttete Celeste Dad mit einer Million Fragen, und ich war ehrlich gesagt froh, dass ich nicht reden musste. Ich hatte genug damit zu tun, die Erinnerungen an meinen letzten Besuch in der Stadt zu verdrängen.

Dad setzte uns an der üblichen Stelle vor der Kirche ab, um dem Touristenverkehr zu entgehen. In einer Stunde würde er zurückkommen und mich dort wieder abholen.

Ich musste mich beherrschen, um nicht genervt die Augen zu verdrehen. Ich war schließlich fast dreizehn! Warum traute er mir nicht zu, dass ich groß genug war, um allein nach Hause zurückzufinden? Aber vor Celeste wollte ich nicht mit ihm streiten.

»Mann, wie cool! Ich bin zum ersten Mal in Mystic«, sagte Celeste, als wir die Hauptstraße entlanggingen.

Die Innenstadt von Mystic bestand nur aus wenigen Straßenzügen. Früher war das hier mein Lieblings-Ausflugsziel gewesen. Wie oft war ich mit Zach durch diese Straßen gestromert, bevor er alles verdorben hatte! Celeste, die viel mehr von der Welt gesehen hatte als ich, würde wahrscheinlich die Nase über unsere »City« rümpfen, die praktisch nur aus einer schmalen zweispurigen Straße bestand, mit Läden und Restaurants zu beiden Seiten.

Aber nein, sie fand alles »voll mega«, als wäre Mystic der spannendste Ort der Welt. Celeste gehörte zu den Leuten, die immer das Beste aus einer Situation machen, so viel hatte ich schon begriffen. Sie strahlte einen ansteckenden Optimismus aus, und das gefiel mir an ihr.

Beim Doughnut Shop bog ich scharf nach links zu der Brücke mit dem Eiscafé ab, denn dort hatten wir uns mit den Jungs verabredet.

Lautes Hupen zerriss die Luft, und wir zuckten beide zusammen. Dann lachte ich. Die verflixte Brückenwarnung! Immer wieder fiel ich darauf herein. »Hier kannst du die Einheimischen leicht von den Touris unterscheiden«, erklärte ich Celeste. »Die Einzigen, die nicht vor Schreck fast aus den Schuhen springen, sind die Leute, die in Mystic wohnen.«

Celeste johlte, als die Brücke langsam hochging und den Verkehr aufhielt. Obwohl ich das schon oft gesehen hatte, schaute ich immer noch gern zu. Normalerweise herrschte hier ein ziemliches Gedränge – Touristen wuselten überall herum, gingen in den Läden ein und aus, schlenderten die Straße auf und ab. Aber sobald die Brücke hochging, kam alles zum Stillstand. Die Leute hielten an und schauten gebannt zu. Es war ein unbeschreiblicher Moment, dieses Gefühl, an etwas Bedeutsamem teilzuhaben, wenn auch nur für wenige Minuten.

»Es ist übrigens keine richtige Zugbrücke, obwohl sie von allen so genannt wird«, sagte ich zu Celeste.

»Ach nein?«

»Ja, es ist eine Basķül- oder Klappbrücke, die von Gegengewichten auf- und zugezogen wird.« Ich zeigte auf die Betonblöcke, die sich zur Straße absenkten.

»Megacool.«

Als die Brücke endlich senkrecht hochstand wie ein Gebäude, zerstreuten sich die Leute, um ihre Einkaufsbummel wieder aufzunehmen, oder was auch immer sie gerade machten. Wir trafen die Jungs in einer Schlange vor dem Eisladen direkt neben der Brücke an.

Ich hatte keine Ahnung, wie ich diesen Nachmittag

überstehen sollte. Obwohl ich bald feststellte, dass es erstaunlich einfach für mich war, nicht das Wort an Zach zu richten oder auch nur in seiner Nähe zu sein. Ich spürte allerdings, dass er mich ab und zu verstohlen anschaute, als wir unser Eis aßen und dann in den Läden der Hauptstraße herumstöberten. Immer wenn er auf dem Gehweg zu mir aufschließen oder etwas in einem Laden mit mir ansehen wollte, wich ich ihm schnell aus. Zweimal hörte ich ihn meinen Namen rufen, aber ich tat so, als hätte ich nichts gemerkt. Das war nicht schwer. Ich musste nur Celeste eine Frage stellen, dann konnte ich die nächsten fünf Minuten so tun, als ob ich gebannt auf ihre Antwort lauschte.

Aber je mehr wir uns dem Buchladen näherten, desto nervöser wurde ich. Ich liebte *Bank Square Books*. Die Angestellten dort waren immer sehr nett zu mir, und seit sie wussten, wie sehr ich Vögel und Natur liebte, zeigten sie mir jedes Mal die besten Sachbücher und Romane, wenn ich in den Laden kam. Und ich sparte genug von meinem Taschengeld, um mir jeden Sommer ein oder zwei neue Bücher leisten zu können. Aber die Walskulptur vor dem Laden weckte zu viele Erinnerungen in mir.

Zum Glück kam Wes im selben Moment, als wir die Skulptur erreichten, mit dem Wagen zurück, und die Jungs quetschten sich alle hinein, einschließlich Zach. Ich hatte also noch einmal einen Aufschub bekommen. Celeste umarmte mich und versprach mir, in der nächsten

Woche wiederzukommen, dann schlüpfte sie zu den anderen auf die Rückbank.

Sie presste ihr Gesicht an die Fensterscheibe und winkte mir wild zu, als der Wagen davonfuhr. Ich winkte lachend zurück, aber meine gute Laune war schnell wieder verflogen. Obwohl ich den Wal keines Blickes würdigte und über die Straße zu meinem üblichen Treffpunkt mit Dad rannte, konnte ich es nicht verhindern, dass die Erinnerungen mit aller Macht in mir zurückfluteten.

Bitter

Zwei Sommer davor

Ich kam gerade aus dem Buchladen und drückte mein neues Buch an die Brust. Ich hatte mir letzten Sommer schon *Sibleys Vogelführer* zugelegt, aber diesmal hatte ich den Band gekauft, der speziell die Vogelarten im Osten der USA behandelt. Ich hatte mir das Buch schon den ganzen Sommer gewünscht. Mom und Dad waren schließlich weich geworden und hatten mir mein Geburtstagsgeld im Voraus gegeben, damit ich es kaufen konnte und noch genug Zeit hatte, um es für meine Vogelbeobachtungen zu benutzen, bevor wir zum Schulbeginn wieder nach Hause zurückflogen. Im Herbst würde ich in der Middle School anfangen, was mich ein bisschen nervös machte. Unser Rückflug war für den Tag nach meiner Geburtstagsparty gebucht, ein bisschen früher als sonst, damit ich alle meine Schulsachen noch rechtzeitig besorgen konnte.

Ich stand da, mein Buch im Arm, und konnte es kaum erwarten, in unsere Festung zu kommen, um es Zach zu zeigen. Er war nicht zu Hause gewesen, als Dad mit mir in die Stadt gefahren war, aber ich hoffte, dass er wieder da sein würde, wenn wir zurückkamen.

Ich wartete vor der Walskulptur auf Dad. Vor dem Buchladen hatte es keine Parkplätze gegeben, und deshalb hatte er mich einfach abgesetzt und war dann im Kreis herumgefahren, um mich wieder abzuholen.

Ein durchdringendes Hupen ließ mich aufschrecken. Ich starrte auf die Autos, die Stoßstange an Stoßstange darauf warteten, dass die Brücke hochging. Jetzt würde es mindestens fünfzehn Minuten dauern – oder auch länger, je nachdem, wie viele Boote durchfuhren –, bevor der Verkehr sich wieder in Bewegung setzte und Dad zu mir zurückkommen konnte.

Hm … was jetzt? Ich konnte hier in der brütenden Hitze warten oder schnell in die Bäckerei stürzen und mir etwas zu trinken und ein paar Kekse kaufen. Ich hatte noch das Wechselgeld von meinem Buch übrig. Für Dad konnte ich auch etwas kaufen, und vielleicht reichte das Geld sogar noch für Zachs Lieblings-Brownie. Ich hatte Dad versprochen, direkt hier auf ihn zu warten, aber die Bäckerei war gleich um die Ecke. Und überall schlenderten Touristen herum – was sollte mir da schon passieren? Mom hatte mir oft genug vorgeworfen, dass ich zu leichtsinnig sei und lernen müsse, ein bisschen vorsichtiger zu werden, aber Zach nannte meinen Leichtsinn mutig. Und das gefiel mir natürlich.

Ich schlängelte mich durch die Menge, und plötzlich machte mein Herz einen Satz. Ich hatte Zachs Kopf entdeckt! Er saß an einem Außentisch vor dem *Sift* und hielt bereits einen Brownie in der Hand. Und er war nicht allein. Ryder und Colt saßen ihm gegenüber, bewarfen sich lachend mit fettigen Croissant-Krümeln.

Hier also war Zach! Er zog schon die ganze Woche mit Ryder und Colt herum. Und er hatte mich zwar gefragt, ob ich mitkommen wolle, aber ich hatte abgelehnt. Ich verstand nicht, warum er so viel Zeit mit ihnen vergeudete, obwohl unser gemeinsamer Sommer bald zu Ende ging. Bevor sie aufgetaucht waren, hatten Zach und ich hier den Sommer unseres Lebens verbracht, und ich hatte mir oft gewünscht, dass wir uns auch während des Schuljahrs sehen könnten. Die Sommerferien reichten mir einfach nicht mehr. Ich wäre am liebsten das ganze Jahr über mit Zach zusammen gewesen. Zum Glück wusste ich, dass Colt und Ryder morgen abreisten, dann hatte ich Zach wieder für mich allein.

Ich versteckte mich hinter zwei Männern, die die gleichen gestreiften T-Shirts trugen, und ging hinter ihnen her, bis ich es zur Bäckerei geschafft hatte. Dort musste ich einer Frau ausweichen, die ihrem kleinen Jungen nachjagte – der Kleine zermatschte eine Zimtschnecke in der Hand und krähte vor Freude. Zum Glück waren genug Touristen um mich herum, dass ich nicht sofort in Zachs Blickfeld geriet. Ich duckte mich hinter die niedrige

Mauer, die um die Terrasse der Bäckerei herumlief, direkt unterhalb der Stelle, an der Zach mit den beiden Jungs saß.

Mein Plan war, ohne Vorwarnung zu ihm hochzuschnellen und ihn zu erschrecken. Vielleicht konnte ich ihn überreden, mit Dad und mir nach Hause zu fahren. Ich lächelte still vor mich hin, während ich mir ausmalte, wie wir zu Hause in der Festung zusammensitzen und über meinen Geburtstag reden würden. Wir wollten unsere Eltern um Erlaubnis bitten, die Nacht davor in den Hängematten unserer Mütter zu verbringen, um nach Sternbildern Ausschau zu halten und die funkelnden Lichtpünktchen miteinander zu verbinden, die über die dunkle Himmelsleinwand verstreut waren. Ich war immer wieder fasziniert, wie hell der Himmel hier war im Vergleich zu den Nächten zu Hause in Sunnyvale. Zach behauptete, das liege an der Lichtverschmutzung, an den vielen Straßenlampen und Leuchtreklamen, die das Licht der Sterne trübten.

»Alter!«, sagte Ryder und riss mich unsanft aus meinen Gedanken. »Lass uns mal wieder zu deiner Festung gehen und diesem Mädchen beim Tanzen zugucken.«

Das überraschte mich. Vielleicht hatte ich diese Jungs falsch eingeschätzt? Zumindest schienen sie meine Tanzkünste zu bewundern. Ich beugte mich vor, um Ryder besser belauschen zu können.

»Das war zum Totlachen«, fuhr er fort. »Ich meine, echt

jetzt? Hält die sich für einen Star, oder was, dass sie sich so bewegt?«

Zum Totlachen?

»Ja, genau«, stimmte Colt zu. »Was war los mit ihr? Ich dachte, sie kriegt gleich 'nen Anfall, oder was auch immer!«

Die beiden Typen schnaubten vor Lachen.

»Und«, keuchte Ryder, »was zum Teufel war das für eine bescheuerte Ching-Chong-Musik? Das war ja nicht mal englisch. Mag sie keine richtige Musik?«

Mein Gesicht brannte wie Feuer, und ich ballte die Fäuste vor Wut. Am liebsten wäre ich aufgesprungen, um diesen Idioten zu sagen, was ich von ihnen hielt, aber ich bremste mich. Zach würde für mich eintreten, so wie immer. Ich wartete darauf, dass er die beiden nach Strich und Faden zusammenstauchte, aber von wegen.

Stattdessen lachte er. Zach lachte! Ich war wie vor den Kopf gestoßen, konnte keinen Finger rühren.

»Alter! Du kannst einem echt leidtun, dass du jeden Sommer mit der rumhängen musst«, fing Ryder wieder an.

Ich ballte die Fäuste so fest, dass meine Knöchel weiß hervortraten. *Na komm schon, Zach … sag was!* Er hatte immer zu mir gehalten, und ich war überzeugt, dass er das auch jetzt tun würde.

Eine halbe Minute verstrich. Dann eine ganze. Endlich räusperte sich Zach. Ich beugte mich vor, um besser hören zu können, wie er es diesen Losern heimzahlte.

»Habt ihr schon *Road Redemption* für Nintendo Switch ausgecheckt?«

Das war alles?

Ich quetschte mich durch die Menge und lief zur Walskulptur zurück. Warum hatte ich nicht gleich dort gewartet, wie ich es Dad versprochen hatte? Andererseits, wenn ich nicht zur Bäckerei gelaufen wäre, hätte ich nie erfahren, dass Zach in Wahrheit gar nicht mein Freund war. Ich blinzelte heftig ins Sonnenlicht, kämpfte mit den Tränen. Ich durfte jetzt nicht weinen, sonst würde ich nie mehr damit aufhören können. Zach war für mich gestorben. Ich wollte kein Wort mehr mit ihm reden. Ich wollte nur noch nach Hause!

Als Dad endlich an den Straßenrand fuhr, um mich einsteigen zu lassen, war mir schon schwindlig von dem ganzen Durchatmen, mit dem ich mich zu beruhigen versucht hatte.

»Ist was mit dir?«, fragte Dad, als ich mich anschnallte.

Ich atmete immer noch schwer. Dad würde mich verstehen. Ich meine, natürlich kam er gut mit den Koyamas aus, aber eigentlich waren nur Mom und Holly wirklich befreundet. Dad würde zu mir halten. Er würde kochen vor Wut, wenn ich ihm erzählte, was Zach mir angetan hatte.

»Also es ist …«, fing ich an, dann entwich mir ein Schluchzen.

Dads Augenbrauen gingen in die Höhe, und er packte

das Lenkrad fester. »Du weinst doch nicht etwa, Mai? Ist was passiert?«

Er sah total panisch aus. Wenn ich jetzt losheulte, würde er wahrscheinlich zusammenbrechen. Mit Tränen konnte er nicht umgehen.

»Alles okay«, sagte ich schnell und klebte ein schwaches Lächeln in mein Gesicht.

Dad lockerte seinen Würgegriff um das Lenkrad. »Gut. Da bin ich aber froh.«

Ich war auch froh, dass ich gerade noch die Kurve gekriegt hatte. Wenn ich etwas gesagt hätte, hätte er es wahrscheinlich Mom erzählt, und dann hätte Mom mich überredet, mit Zach zu sprechen. Und das war wirklich das Letzte, was ich wollte.

Bevor Zach nach Hause kam, schloss ich mich in meinem Zimmer ein. Ich zerriss die Schnur um mein Handgelenk und schleuderte das dumme Kaninchenamulett, das er mir geschenkt hatte, quer durch das ganze Zimmer. Es knallte mit voller Wucht gegen den begehbaren Wandschrank.

Ich hasste Zach. Und ich würde ihm nie verzeihen – bis in alle Ewigkeit nicht.

6

Am Abend las ich Ethan und Mason drei Gutenachtgeschichten vor und ging hinterher direkt ins Bett, statt mit meinen Eltern und Holly auf der Veranda Gin Rummy zu spielen. Ich hatte einfach keine Lust, so zu tun, als ob alles in Ordnung wäre. Zum Schlafengehen war es allerdings zu früh. Draußen war es noch hell, sodass ich mich schlaflos hin und her wälzte. Ich war eine Nachteule, so wie Dad.

Ich stand wieder auf und schaute aus dem Fenster auf den Teich. Die Dämmerung senkte sich gerade erst herab, färbte den Himmel lavendelblau. Enten und Gänse schnatterten unten am Teich. Ich nahm mir vor, am nächsten Morgen früh aufzustehen und Vögel zu beobachten. Ich wollte den Kanadareiher sehen, der immer als Erstes an den Teich kam. Vielleicht hatte ich Glück und bekam auch einen Fischadler vor die Linse. Seit Jahren war es mein sehnlichster Wunsch, einen Fischadler bei der Jagd auf Fische zu beobachten. Ich stieß mein Fenster weit auf und ließ die warme Brise in mein Zimmer hereinwehen.

»Gin!«, rief Mom auf der Veranda unter mir, während Dad und Holly stöhnten. Mom hatte immer Glück beim Kartenspiel und gewann meistens.

Ich drehte mich um und wollte gerade ins Bett zurückkriechen, als ein Kreischen mich erstarren ließ. Es klang, als würde ein rostiger Nagel über Metall gezogen. Mir lief es kalt über den Rücken, trotz der Wärme draußen.

Im nächsten Moment raste ich die Treppe zur Veranda hinunter.

»Habt ihr das gehört?«, fragte ich keuchend.

»Was denn?«, sagte Dad.

Ich legte meine Finger an die Lippen, und alle verstummten. Wir warteten ein paar Sekunden lang, dann fing das Kreischen von Neuem an.

»Das!«, sagte ich.

Holly nickte. »Wir haben es schon zu Anfang des Sommers gehört und dachten, dass jemand verletzt sei oder so, aber wir konnten nie etwas entdecken. Einer der Nachbarn meint, es sei ein Tierlaut.«

»Cool«, sagte ich. »Kann ich rausgehen und nachsehen?«

Dad schüttelte den Kopf. »Holly hat doch gerade gesagt, dass sie nicht wissen, was es ist.« Er hielt die Hand hoch, als er den gekränkten Ausdruck in meinem Gesicht sah. »Ich weiß, du hast keine Angst, aber ich schon. Warum wartest du nicht, bis Zach hier ist, dann kannst du mit ihm zusammen rausgehen?«

Von wegen! Ich würde natürlich allein gehen, aber ich

musste warten, bis meine Eltern mich nicht mehr im Blick hatten. Ich ging ins Bett zurück, wild entschlossen, das Rätsel zu lösen. Ohne Zach.

Am nächsten Morgen weckte mich ein lautes Summen. Ich blinzelte ins helle Sonnenlicht, dann schoss ich kerzengerade hoch und stieß mir prompt den Kopf an der Decke an.

»Autsch!« Der Summton kam aus meinem Smartphone. Ich musste eingeschlafen sein, während ich nach in Connecticut heimischen Tierarten gesucht hatte, die gespenstische Kreischlaute von sich gaben. Ich warf einen Blick auf mein Handy: Lila rief mich auf FaceTime an.

»Wow, hab ich dich aufgeweckt?«, fragte sie. Ihr schwarzer Pagenkopf war sauber gebürstet, und sie sah ein bisschen anders aus.

»Hast du Eyeliner drauf?«, fragte ich.

Lila grinste und nickte. »Mom hat mir endlich erlaubt, mich zu schminken. Heute ist die erste offizielle Bandprobe.«

Ich rieb mir die Augen und lächelte. »Das ist super! Und alle kommen? Wirklich alle?«

»Ja, ja, alle.« Ihre Wangen wurden rot. »Ich brauche deinen Rat.«

»Wofür?«

Lila stellte ihr Smartphone auf die Halterung und hielt zwei schwarze Lippenstiftröhrchen hoch. »Welchen?«

»Lass sie mich mal sehen.«

Mit geübten Bewegungen trug Lila einen dunklen Violettton auf. Ich nickte. Dann wischte sie den Lippenstift wieder ab und nahm eine knalligere pinkfarbene Variante.

»Der da!«, sagte ich. »Die sehen beide mega aus, aber der pinkfarbene passt besser zu dir. Guter Kontrast zu deinem Haar und deinem Eyeliner.«

»Danke«, sagte sie. »Und was gibt es Neues von unserem Bad Guy?«

Ich plumpste auf mein Bett zurück und hielt das Telefon über mir hoch. »Nichts Besonderes. Wir haben nicht wirklich miteinander geredet. Er hat seine Freunde zu der Party mitgebracht, sodass ich ihm aus dem Weg gehen konnte.«

»Und hast du den Eindruck, dass er weiß, wie sauer du auf ihn bist?«

Ich schüttelte den Kopf. »Entweder wollte er sich vor den anderen nichts anmerken lassen, oder er hat wirklich keine Ahnung.«

»Oh! Du hättest ihn vor seinen Freunden mal so richtig blamieren müssen. Das wäre das Höchste gewesen!« Lila zwirbelte ihre Drumsticks herum.

»Wollte ich auch, aber mir ist einfach nichts Gutes eingefallen. Na ja, macht nichts – zwei von seiner Clique kommen nächstes Wochenende wieder her.«

Die Drumsticks in Lilas Hand erstarrten. »Ach ja? Und wie sind sie? Cool?«

»Ja. Besonders Celeste. Sie ist die Freundin von Zachs bestem Freund. Und supernett.«

»Oh.« Lila sah einen Augenblick traurig aus, dann schüttelte sie dieses Gefühl ab. »Vielleicht kann sie dir ein paar gute Ideen für deine Rachepläne geben. Aber sag ihr nichts davon. Du musst auf der Hut sein.«

»Super! Sie hängt mit Zach herum, seit er aus Japan zurückgekommen ist. Vielleicht weiß sie etwas, das mir weiterhilft.«

»Oooh, aber warte auf mich, okay? Ich will dabei sein, wenn du dich endlich revanchieren kannst. Außerdem halten beste Freunde zusammen. Und du kennst das Mädchen doch kaum.«

»Keine Angst, ich werde ihr nichts sagen. Das bleibt unter uns, Lila, wie immer, aber besonders in diesem Fall.«

Lila lächelte und wirbelte wieder ihre Drumsticks herum. »Und außerdem, an deiner Stelle würde ich so normal wie möglich mit Zach umgehen.«

»Vergiss es!«

»Ich meine ja nur, damit er keinen Verdacht schöpft. Du musst ihm doch nicht um den Hals fallen, sei einfach nur freundlich zu ihm. Deine Rache wird dann später umso süßer sein.«

Lila war genial. »Stimmt. Aber ich kann nicht gut schauspielern. Ich schaffe es einfach nicht, Gefühle vorzutäuschen.«

»Das ist auch nicht nötig. Du musst nur dafür sorgen,

dass er nicht merkt, wie sehr du ihn hasst.« Lila fuchtelte mit ihren Drumsticks herum. »Okay, ich muss mich jetzt fertig machen.«

»Was ist dein Plan für die Probe?«

»Ich denke, wir werden einfach ein bisschen jammen, damit wir ein Gespür für den Stil der anderen bekommen.«

Lila sah so glücklich aus. Zu dumm, dass ich nicht dabei sein konnte, und sei es auch nur als Groupie! »Also dann, viel Spaß! Und grüß Alex von mir. *A-lex!*«

Lila wurde rot.

»Stay gold!«, sagte ich.

»Stay gold!« Lila schickte mir ein Fingerherz und beendete den Anruf.

Diesmal zog ich rechtzeitig den Kopf ein, als ich aus dem Bett stieg. Dann schlüpfte ich in mein marineblaues Kleid, band meine Haare zu einem hohen Pferdeschwanz zusammen und rannte die Treppe hinunter.

Das Haus war still. Dad schlief entweder noch oder arbeitete an seiner Graphic Novel. Ich schaute aus dem Fenster. Keines der Autos stand in der Einfahrt, also waren Wes und Zach noch nicht zurück. Jippie! Die Zwillinge waren vermutlich mit Mom und Holly weggefahren. Sonst wäre es nicht so still im Haus gewesen.

Ich zog meine Schuhe an und ging zur Festung, fröhlich vor mich hin summend, während ich den Schlüsselring um meinen Finger herumzwirbelte. Am Teichufer blieb ich stehen und nahm alles in mich auf. Wie hatte ich diesen Ort vermisst! Wasserlilien und Rohrkolben wuchsen in Ufernähe, aber weiter draußen war nichts als blaues Wasser, im Augenblick ganz still, außer ein paar Kräuselwellen, die wahrscheinlich von Schnappschildkröten stammten. Einige dieser Schildkröten waren so groß wie Waschbären. Das und der schlammige Grund hielten Zach und mich davon ab, jemals im Teich zu schwimmen.

Eine Meise schimpfte in den Zweigen des Apfelbaums über mir, der Federbusch auf ihrem Kopf sah aus wie eine spitze Kappe. Das erinnerte mich an den geheimnisvollen Schrei vom vorigen Abend. Ich nahm mir vor, in dieser Nacht aus dem Haus zu schleichen und nachzusehen, was dahintersteckte. Angst hatte ich nicht, aber ich würde vorsichtig sein. Und auf Zachs Begleitung konnte ich gut verzichten. Ich brauchte ihn nicht, ja, ich wollte ihn nicht einmal sehen. Allein der Gedanke an ihn verdarb mir schon die Laune.

Schnaubend stampfte ich den restlichen Weg zur Festung hinüber. Als ich meinen Schlüssel ins Schloss steckte, schwang die Tür auf. Hatte ich vergessen, sie abzuschließen?

Mir blieb fast das Herz stehen, als ich hineinkam. Zach hockte auf seinem Sitzsack, Kopfhörer im Ohr, und bewegte sich zu einer Musik, die ich nicht hören konnte, während er in einem Reisebuch blätterte. Vorsichtig wich ich einen Schritt zurück, in der Hoffnung, dass er mich nicht bemerken würde, aber es war zu spät. Er riss die Augen auf, unsere Blicke trafen sich, und sein Gesicht leuchtete auf.

Sofort riss er sich die Kopfhörer aus den Ohren und warf sie auf den Boden, zusammen mit seinem Handy. Eines hatte sich also nicht verändert: Er war immer noch so schlampig, wie ich ihn in Erinnerung hatte. Obwohl er perfekt gestylt war: figurbetonte Jogginghose mit einem breiten weißen Streifen, der sich seitlich an seinen langen Beinen herunterzog, dazu ein weißes T-Shirt mit einer witzigen Zeichnung, die aussah, als wäre sie mit einem schwarzen Marker draufgekritzelt worden. Wahnsinn. Was war nur aus dem Zach geworden, der den ganzen Sommer in schlabbrigen Cargoshorts und Mario-Bros.-Socken herumlief?

»Amai!« Zach stürzte auf mich zu, als wollte er mich wieder umarmen.

Ich wich ihm schnell aus und ging zu meinem Bücherregal hinüber. Dann kauerte ich mich davor und tat so, als ob ich ein bestimmtes Buch suchte.

Zach beugte sich zu mir herunter. »Alles okay, Amai?«

»Hm.« Ich ließ meinen Finger über die Buchrücken gleiten.

Zach redete einfach weiter. »Dad ist in der Stadt, seinen Lieblings-Kaffee kaufen. Und alle anderen sind weggefahren. Sie wollen irgendwo Essen holen.«

Warum redete er die ganze Zeit, als ob wir noch

Freunde wären? Warum war er nicht mit den anderen gefahren? Und warum fiel mir keine gemeine Antwort ein? Keine noch so lahme Beleidigung? Mein Gehirn war leer, die totale Denkblockade. Seit zwei Jahren brütete ich nun schon über meinen Racheplänen, und ich hatte nichts, womit ich ihn so tief verletzen konnte, wie er mich verletzt hatte. Es war zum Heulen. Ich hätte seine blöden Bücher in den Teich werfen sollen, als ich noch die Gelegenheit dazu gehabt hatte. Meine Augen schnellten zu seinem Regal hinüber. Vielleicht konnte ich das immer noch machen, obwohl es nicht die Art von Vergeltung war, die mir die ganze Zeit vorschwebte.

Außerdem musste ich normal mit Zach umgehen, so wie ich es mit Lila besprochen hatte, um vielleicht etwas aus Celeste herauszubekommen, womit wir ihn fertigmachen konnten. Auch wenn es mir noch so schwerfiel. Also schluckte ich meinen Groll hinunter und zog *Sibleys Vogelbuch* heraus, das Buch, das ich an jenem verhängnisvollen Tag im vorletzten Sommer gekauft hatte.

»Gehen wir Vögel beobachten?«, fragte Zach hoffnungsvoll.

Nein, sagte ich in meinem Kopf. *Ich geh allein. Ohne dich. Lass mich in Ruhe.* Laut antwortete ich: »Vielleicht.«

»Ich hab was für dich.«

Ich blinzelte ihn sprachlos an. Zach ging zu seiner Kiste, hob den Deckel hoch und nahm etwas heraus. Dann wirbelte er herum und warf mir ein flaches Päckchen zu.

Meine jahrelangen Vogelbeobachtungen hatten nicht nur meine Auffassungsgabe geschärft, sondern auch meine Reflexe. Ich hatte gelernt, blitzschnell mein Fernglas zu packen und scharfzustellen, sobald ich eine Bewegung in den Bäumen erhaschte. Ich fing das Päckchen mühelos mit einer Hand. Es entpuppte sich als pinkfarbene Tüte mit weißen Kirschblüten darauf.

»In Japan wird alles, was man einkauft, als Geschenk verpackt«, erklärte Zach. »Das würde dir gefallen. Immer wenn wir einkaufen waren, habe ich etwas gesehen, das mich an dich erinnert hat. Deshalb gebe ich dir jetzt ein Geschenk pro Woche bis zu deinem Geburtstag.«

Zach hatte in Japan an mich gedacht? Er hatte Sachen für mich gekauft und wollte mir den ganzen Sommer Geschenke machen? Ich starrte die Tüte in meinen Händen an, als könnte sie mich beißen.

Draußen hupte es dreimal rasch hintereinander, und ich schreckte aus meinen wild herumwirbelnden Gedanken auf.

»Sie sind wieder da!« Zach sprang auf. »Komm! Es gibt Essen!«

Dann stürmte er aus der Festung. Essen war immer noch superwichtig für Zach. Auch das hatte sich nicht geändert.

Obwohl ich sein Geschenk am liebsten ignoriert hätte, siegte die Neugier. Ich ließ einen Finger unter den Blumensticker gleiten, der die Tüte verschloss, ganz vorsichtig, damit er nicht zerriss. Ich liebte Sticker und wollte den hier aufbewahren. Als ich die Tüte umdrehte, fiel ein laminiertes Blatt mit weiteren Stickern heraus, diesmal winzige Vögel. Sie waren wunderschön. Perfekt für das Notizbuch, in dem ich meine Vogelbeobachtungen festhielt. Mein Herz flatterte. Ich wollte nicht, dass mir die Sticker gefielen, aber ich kam nicht dagegen an. Und nur weil sie von Zach waren, musste ich sie ja nicht wegwerfen. Das wäre doch Verschwendung gewesen, oder? Ich würde sie behalten, aber nicht, weil es mir etwas bedeutete, dass er in Japan an mich gedacht hatte.

Auf dem Weg zurück ins Haus hielt ich mir bei jedem Schritt vor Augen, wie sehr ich Zach hasste. Und bis zur Einfahrt hatte ich es geschafft, das seltsame Schwindelgefühl auszumerzen, das Zachs Geschenk in mir ausgelöst hatte. Ich hatte in meine vertraute Wutblase zurückgefunden, und das war tröstlich.

Jetzt war ich zu allem bereit.

7

In der Veranda saßen bereits alle am Tisch, auch Dad, der aussah, als sei er gerade erst aufgewacht. Der einzige freie Platz war direkt neben Zach. Mom und Holly verteilten Teller und Besteck, während Wes die Boxen und Schalen aus zwei großen Papiertüten herausnahm.

»Setz dich, Mai«, sagte Holly. »Du wirst begeistert von dem gebratenen Hühnerfleisch sein.«

»Ich will neben Mai sitzen!«, rief Mason.

»Nein! Ich will neben ihr sitzen!«, trumpfte Ethan auf.

Ich lächelte die Zwillinge an, meine beiden kleinen Retter. »Wisst ihr was? Wenn ich mich zwischen euch setze, könnt ihr beide neben mir sitzen.«

Die Zwillinge johlten begeistert.

Während alle die Plätze wechselten, wurden unsere Teller mit Mini-Tacos, Salat, Maisbrotscheiben und gebratenem Huhn gefüllt. Mir lief das Wasser im Mund zusammen. Ich packte meine Gabel und wollte schon über mein Essen herfallen, als die Zwillinge mit ernster Miene »Itadakimasu« sagten.

Ich schaute Mom an und zog fragend die Augenbrauen hoch.

Holly fing meinen Blick auf. »Das sagt man in Japan, bevor man zu essen anfängt. Es bedeutet so ungefähr: Danke für diese Mahlzeit.«

Die Zwillinge bissen so herzhaft in ihre Tacos, dass die Fleischstücke überall hinspritzten, auch auf ihren Schoß. Ich spießte ein Stück Huhn auf meine Gabel, und das zarte, saftige Fleisch zerging mir auf der Zunge. Während alle anderen fröhlich drauflosredeten, schaufelte ich weiter Essen in mich hinein, damit ich mich nicht an dem Gespräch beteiligen musste.

»Hattest du in Japan auch irgendwelche Lieblings-Restaurants, Zach?«, fragte Mom.

»Na und ob!« Zach legte grinsend seine Gabel weg. »Zum Beispiel das Ichiran – das war mein absoluter Lieblings-Ramen-Imbiss. Obwohl ich mich nicht erinnern kann, dass wir in Japan jemals schlechtes Ramen gegessen hätten, egal wo.«

Holly lachte. »Zach könnte zu jeder Mahlzeit Ramen essen.«

»Ich habe mein Bestes getan.« Zach zuckte mit den Schultern. »Aber mir hat auch anderes Streetfood gut geschmeckt. Zum Beispiel Dango, Takoyaki, Curry-pan. Das ist japanisches Curry in Brotteig. Wahnsinn!«

Zach nahm seine Gabel wieder auf, redete aber weiter. »Mom hat Curry-pan gemacht, das fast so gut wie das echt japanische war. Ich habe sie immer zu ihren Kochkursen begleitet. Nicht, dass ich selber mitgemacht hätte, aber es war toll, dabei zu sein und den Leuten beim Kochen über die Schulter zu schauen.«

Endlich verstummte Zach und wandte sich wieder seinem Essen zu.

»Du bist so still«, sagte Wes zu mir.

»Ja, aber nur, weil Zach so viel redet«, protestierte Mason, der mich sofort verteidigte.

Alle lachten. Und Mason hatte recht. Warum war Zach nicht in Japan geblieben, wenn es ihm dort so gut gefallen hatte?

Zach hielt Holly seinen Teller hin, um sich eine zweite Portion Maisbrot geben zu lassen. Als sie mir den Teller zum Weiterreichen gab, klatschte ich mit voller Absicht einen riesigen Löffel voll Kartoffelsalat darauf, den er nicht verlangt hatte, und zwar so, dass das Maisbrot ganz davon durchtränkt war. Dann aß ich mit gesenktem Kopf weiter.

»Mom!«, rief Zach, und alle verstummten abrupt. »Kartoffelsalat! Das ganze Brot ist vollgeschmiert!«

Ich unterdrückte ein Grinsen. »Ups. Tut mir leid.«

Zach starrte mich mit hochgezogenen Augenbrauen an.

»Ich hatte ganz vergessen, dass du keine Mayonnaise magst.« Allein für den verwirrten Ausdruck, der sich in Zachs Gesicht ausbreitete, hatte sich das Ganze gelohnt.

Zach bekam einen frischen Teller mit nur Maisbrot, und das Gespräch drehte sich wieder um unsere Sommerprojekte. Wes verkündete: »Ich habe den Zwillingen versprochen, ein Baumhaus im Garten hinten für sie zu bauen.«

»Aber bitte nicht zu hoch, ja?«, warf Holly ein.

»Richtig.« Wes sah mich an. »Zach hilft mir dabei. Hat vielleicht sonst noch jemand Lust dazu?«

Ich schaute Dad an, der uns geholfen hatte, unsere Festung zu bauen.

Er schüttelte den Kopf. »Ich werde mich auf die Veranda zurückziehen und arbeiten. Aber ich kann euch ja von Zeit zu Zeit ein bisschen anfeuern.«

Wes grinste. »Die beiden Moms haben sich bereit erklärt, die Zwillinge zu beschäftigen, damit sie aus dem Weg sind.«

»Das kann ich doch machen«, warf ich schnell ein. Ich passte zehnmal lieber auf die Zwillinge auf, als mit Zach am Baumhaus zu arbeiten.

»Wirklich? Das wäre wunderbar«, sagte Holly erfreut. »Wir können uns gern abwechseln. Deine Mom und ich übernehmen morgens die Zwillinge, damit du Vögel beobachten kannst, und dann passt du vielleicht nach dem Mittagessen ein paar Stunden auf die beiden auf.«

Ich nickte und hielt beide Daumen hoch.

Die Zwillinge johlten. Ich spürte, dass Zach meinen Blick aufzufangen versuchte, aber ich stand einfach auf und fing an, die gebrauchten Teller einzusammeln. Zach und ich wechselten uns beim Abwaschen ab, und heute war ich an der Reihe.

»Halt, warte mal«, sagte Wes zu mir. »Wir haben noch ein Geburtstagsgeschenk für Zach.«

»Wirklich?« Zach grinste.

Wir verließen alle die Veranda und folgten Wes in die Garage. Dort wartete, auf zwei Sägeböcken ruhend, ein rotes Kanu.

»Wahnsinn!«, schrie Zach und umkreiste das Kanu. »Ist das wirklich meins?«

»Mit Einschränkungen«, sagte Holly.

Zach schaute mich an. »Amai! Endlich können wir auf den Teich rauspaddeln.«

Das war unser großer Traum, seit wir denken konnten. Ich verzog keine Miene und ließ das flüchtige Begeisterungsfünkchen, das in mir aufsteigen wollte, gar nicht erst hochkommen.

»Also hört zu: Das sind die Regeln«, sagte Holly und zählte sie an den Fingern ab. »Ihr dürft nur zu zweit rauspaddeln. Keine Solo-Kanutrips. Ihr müsst euch immer bei einem Erwachsenen ab- und wieder zurückmelden, wenn ihr rauspaddelt. Und ihr müsst immer eure Schwimmwesten tragen. Und natürlich kein Herumblödeln oder im Boot aufstehen und irgendwelche Kunststückchen machen. Sicherheit ist oberste Priorität.«

»Ja, ja, ich hab's verstanden!« Zach hüpfte jetzt förmlich um das Kanu herum. »Können wir es gleich mal ausprobieren?«

Oh Gott, nein!

»Ja«, sagte Wes. »Weil wir uns überzeugen wollen, dass ihr auch wisst, was ihr tut.«

Na toll. Jetzt musste ich also doch was mit Zach zusammen machen.

Mit vereinten Kräften hievten wir das Kanu herunter, was leichter war, als ich erwartet hatte, und trugen es zu den Steinstufen, die zum Teich hinunterführten. Als wir das Boot aufs Wasser gesetzt hatten, schaukelte es sanft hin und her.

»Ich bin dieses Frühjahr mit Freunden Kanu gefahren«, sagte Zach zu mir.

Oh nein. Warum wollte er dauernd mit mir reden? Merkte er nicht, dass ich nicht darauf einging? War er dumm oder nur stur? Ich tippte auf stur.

Wir zogen unsere orangefarbenen Schwimmwesten an, aber Zach fasste mich am Arm, als ich einsteigen wollte. »Erst ein Foto!«

Er hielt sein Smartphone hoch, während unsere Eltern dabeistanden und zuschauten, ein zufriedenes Lächeln im Gesicht. Ich seufzte und rückte etwas näher zu ihm, wobei ich sorgfältig darauf achtete, ihn nur ja nicht zu berühren, als er das Selfie von uns machte.

»Noch eine Regel«, sagte Wes. »Ihr lasst eure Handys da, damit sie nicht kaputtgehen, wenn ihr reinfallt. Außerdem lenkt es euch nur ab, jeden einzelnen Moment zu dokumentieren, und das geht auf Kosten der Sicherheit.« Wes warf Zach einen durchdringenden Blick zu.

»Hey, guckt mal!«, rief Mason. Er warf sich in Pose und kam in einem seltsamen Gang auf uns zu, wie die Kandidatinnen auf dem Laufsteg von America's Next Top Model. Dann ließ er sich ins Gras fallen, zusammen mit seinem Zwillingsbruder, und alle beide wälzten sich auf dem Boden vor Lachen.

»Okay, das reicht jetzt«, sagte Holly lächelnd. Die beiden Moms packten die Zwillinge und gingen mit ihnen ins Haus zurück.

Nachdem wir unsere Handys bei den Vätern abgeliefert hatten, hielt Zach das Kanu fest, und ich kletterte vorn rein und nahm mein Paddel in die Hand. Zach setzte sich auf den Platz hinter mir.

Wir stießen uns ab, und ich paddelte drauflos, wild entschlossen, das hier so schnell wie möglich hinter mich zu bringen.

»Wow, Amai!«, sagte Zach, der sich offensichtlich das Lachen verbeißen musste. »Du hast vielleicht Armmuskeln gekriegt! Aber deine Paddelschläge müssen glatt und lang sein. Außerdem spritzt du mich voll.«

Ich spielte kurz mit dem Gedanken, das Kanu zum Kentern zu bringen, damit Zach und seine coolen Klamotten so richtig schön nass wurden, aber dann wäre ich natürlich selber im Teichschlamm gelandet. Ich korrigierte also meinen Paddelrhythmus, und das Kanu glitt durchs Wasser.

»Gut gemacht, Amai. Und jetzt musst du abwechselnd auf der einen und der anderen Seite paddeln, damit wir gerade bleiben. Ich würde gern zu diesen Birken rüberfahren. Ich steuere – du brauchst dich nicht ums Wenden zu kümmern.«

Wir fielen in einen leichten, mühelosen Rhythmus. Und obwohl ich es mir nur zähneknirschend eingestand, machte das Paddeln Spaß. Wir schafften es bis zum anderen Ufer, ließen das Haus und unsere Väter weit hinter uns, auch wenn wir noch in Rufweite waren, und hörten auf zu paddeln.

Der kühle Schatten fühlte sich gut an, und ich war froh, dass meine Arme ausruhen konnten. Der Bug des Kanus schabte sanft gegen die Uferböschung und wirbelte einen erdigen Geruch nach Schlamm und nassem Laub auf. Ich liebte diese Sommergerüche von Mystic. Ich legte meinen Kopf zurück, betrachtete die Bäume in ihren bröckeligen Rindenmänteln mit den buschigen grünen Mützen obendrauf. Die Natur hatte ihre eigenen Moden, die mich viel mehr faszinierten als Zachs coole Klamotten. Einen langen Augenblick trieben wir still dahin.

Das Kanu schaukelte im Wasser, und wir legten unsere Paddel über das Boot. Ein Grauspecht rief in der Ferne, aber unser Schweigen fühlte sich umso lauter an.

»Wie ist es so in der Middle School?«, fragte Zach. »Ich

weiß noch, wie aufgeregt du warst, bevor sie angefangen hat.«

Ich rümpfte die Nase, ohne mich zu ihm umzudrehen. »Das war vor zwei Jahren.«

Zach wartete einen Augenblick, ob ich noch etwas sagen oder ihm eine Frage stellen würde. Lange Gesprächspausen hatte es bei uns nie gegeben.

Ich suchte mit den Augen die Bäume ab und entdeckte einen Dunenspecht und eine Schwarzkopfmeise. Sehr gut. Ich würde sie hinterher sofort auf meine Liste setzen. Aber bevor ich Zach sagen konnte, dass ich zurückpaddeln wollte, fiel mir etwas ins Auge. Ich sog die Luft ein und spürte, wie das Kanu sich verlagerte, vielleicht weil Zach meinem Blick zum Himmel gefolgt war.

Mehrere hohe Pfeif-Tschilp-Laute in rascher Folge kamen von einem Vogel, der über uns kreiste. Ein Fischadler! Plötzlich schoss er herunter und platschte mit den Krallen zuerst in den Teich. Der Fischadler war so nahe, dass ich die dunklen Streifen erkennen konnte, die sein Gesicht wie eine Maske aussehen ließen. Ich hielt den Atem an, als der Vogel im Wasser flappte. Dann stieg er langsam wieder auf, einen großen Fisch in den Krallen. Und genau wie ich es in den Büchern gelesen hatte, drehte er den Fisch mit dem Kopf nach vorne, was seinen Flug aerodynamischer machte.

Zach und ich schauten in ehrfürchtigem Schweigen zu, wie er mit seinem Mittagessen davonflog.

»Oh mein Gott!«, rief ich und drehte mich zu Zach um. »Das war so toll!«

»Unglaublich, dass wir das zu sehen bekommen haben!« Zach strahlte mich an, und mein Herz geriet kurz ins Stocken, als ich sah, wie sein Gesicht aufleuchtete. »Du hast dir doch schon immer gewünscht, einen Fischadler bei der Jagd zu beobachten, und jetzt hast du tatsächlich einen gesehen!«

Ich nickte nur, konnte aber die Freude nicht aus meinen Gesichtszügen heraushalten. Ohne ein weiteres Wort zu verlieren, paddelten wir nach Hause. Ich strahlte den ganzen Weg über wie ein Honigkuchenpferd. Als wir ans Ufer kamen, sprang ich aus dem Kanu und lief zu Dad und Wes hinüber.

»Habt ihr das gesehen?«, fragte ich.

Dad nickte. »Das habt ihr großartig gemacht.«

»Nein! Ich meine doch den Fischadler!«

Die beiden Väter schüttelten den Kopf. Ich konnte es nicht fassen, dass sie diesen einzigartigen Moment verpasst hatten. Aber mir zumindest war er nicht entgangen! Ich wollte gerade zur Festung davonstürzen, als Dad zu mir sagte: »Mai, willst du nicht Zach helfen?«

Mit einem tiefen Seufzer trottete ich zu Zach zurück, der das Kanu aus dem Wasser zerrte, und packte es an meinem Ende. Wir trugen es in die Garage, während ich mir möglichst viele Details über den Fischadler einzuprägen versuchte, um nachher alles in mein Notizbuch zu schreiben. Kurz schoss mir der Gedanke durch den Kopf, dass dieser Moment, der mir so viel bedeutete, für immer mit Zach und unserem Kanu-Trip verbunden bleiben würde. Das war dumm, aber andererseits war ich ziemlich geübt darin, meine Erinnerungen zu bearbeiten. Ich würde Zach einfach komplett ausblenden, wenn ich an den Fischadler dachte.

Während der restlichen Woche schaffte ich es, so gut wie nie allein mit Zach zu sein. Er arbeitete die meiste Zeit mit Wes am Baumhaus, während ich morgens losging, um Vögel zu beobachten, und am Nachmittag mit den Zwillingen spielte. Aber jedes Mal, wenn ich durch den Garten ging, blieb mein Blick unwillkürlich an ihm haften. Mit den coolen Klamotten war vorläufig Schluss. Zach lief wieder in seinen schlabbrigen Cargo-Shorts mit den vielen Taschen herum und trug irgendwelche ranzigen T-Shirts. Als ich am Mittwoch an ihm vorbeiging, sah ich aus dem Augenwinkel, dass er sein altes Nintendo-T-Shirt anhatte. Es saß ziemlich straff und war ein bisschen zu kurz. Er reichte Wes gerade einen Hammer über die Leiter hinauf und hob die Arme. Dabei ging sein Shirt in die Höhe, und ich erhaschte einen Blick auf seine gut definierten Bauchmuskeln.

Zach winkte, als er mich entdeckte, und mein Gesicht brannte wie Feuer vor Verlegenheit. Er hatte mich dabei ertappt, wie ich ihn anstarrte! Würg! Von da an ging ich demonstrativ durch die verglaste Veranda ein und aus, um ihm nicht wieder versehentlich über den Weg zu laufen.

Am Freitagabend war das Baumhaus der Zwillinge schließlich fertig.

»Komm gucken, Mai-nesan!«, drängte Mason schon nach dem Mittagessen und packte mich an der Hand. *Nesan* – große Schwester: so nannten die Zwillinge mich inzwischen. Und irgendwie gefiel mir das.

Ich ließ mich von ihnen in den Garten hinausziehen. Sie waren die ganze Woche über total süß gewesen, aber, Junge, es war ganz schön anstrengend, auf die beiden Energiebündel aufzupassen.

Unsere Familien versammelten sich unter dem Baum. Holly hatte zu viel Angst um die Zwillinge gehabt, um Wes und Zach ein richtiges Baumhaus in den oberen Ästen bauen zu lassen. Stattdessen hatte Wes ungefähr eineinhalb Meter über dem Boden eine Plattform auf Pfählen um den Baumstamm herum errichtet. Eine Leiter führte zu der Plattform hinauf und direkt zu einer einfachen kleinen Hütte, die mit salbeigrüner Farbe angestrichen war.

Die Zwillinge kletterten eichhörnchenflink die Leiter hinauf und hielten sich kaum an den Sprossen fest. Als ich das sah, konnte ich verstehen, warum Holly so besorgt war. Die beiden Kerlchen waren völlig angstfrei. Johlend verschwanden sie in ihrer Hütte und streckten den Kopf aus den beiden Fenstern heraus, die auf den Garten hinausblickten.

»Papa! Domo arigato!«, rief Ethan, was »Danke« auf Japanisch hieß.

»Daisuki!«, johlte Mason, der ganz verliebt in sein Baumhaus war.

Zwei Sekunden später waren die Zwillinge wieder auf dem Boden, rasten durch den Garten in ihr Zimmer hinauf und brüllten lauthals herunter, was sie alles in ihr Baumhaus transportieren wollten.

»Die Jungs werden jedenfalls ihren Spaß haben!«, stellte Dad fest.

»Und wie findest du es, Amai?«, fragte Zach mich.

»Es ist schön. Und die Zwillinge lieben es.«

»Jetzt könnt ihr beide euren Sommer ungestört genießen«, sagte Mom. »Ohne die beiden Zwerge im Schlepptau.«

Ich ballte die Fäuste, sagte aber nichts.

»Celeste freut sich schon wahnsinnig auf dich«, sagte Zach zu mir. Er hatte einen grünen Farbfleck auf seinem T-Shirt.

»Schön, dass sie kommt«, erwiderte ich, und das war ehrlich gemeint. Ich war froh, jemanden hierzuhaben, mit dem ich mich gern unterhielt. Außerdem hoffte ich darauf, dass sie mir ein paar fiese kleine Geheimnisse verraten würde … den Dreck, mit dem ich Zach dann bewerfen konnte.

Je eher ich meine Rache bekommen würde, desto schneller konnte ich das alles hinter mir lassen.

8

Als ich am nächsten Morgen aufwachte, war ich voller Energie. Ich räumte mein Zimmer auf und nahm meine Sammlung von Plüschkaninchen von dem zweiten Bett herunter. Celeste und Noah würden über Nacht bleiben, und Celeste sollte es gemütlich bei mir haben, wenn sie in meinem Zimmer schlief.

Ich zog ein rosafarbenes Baumwollkleid an, ließ mein Handy in die tiefe Tasche gleiten und ging in den Flur hinaus. Eine Spur aus Legosteinen und Socken zog sich die Treppe hinunter. Anscheinend waren die Zwillinge vorübergehend bei ihren Eltern eingezogen, damit Noah bei Zach übernachten konnte. Ich streckte meinen Kopf in das Jungenschlafzimmer, und zum ersten Mal in diesem Sommer waren die Betten der Zwillinge gemacht und makellos sauber – frisch überzogen für Noah.

Ich warf einen Blick auf Zachs Seite. Warum fiel mir immer noch nichts Gutes ein, wie ich mich an diesem Verräter rächen konnte? Seit zwei Jahren zerbrach ich mir den Kopf darüber, und was hatte ich erreicht, außer in meinem eigenen Groll zu schmoren und mir mit Lila absurde Rachepläne auszudenken? Das hatte mir zwar gutgetan, aber keine einzige dieser Ideen war wirklich brauchbar. Im Augenblick setzte ich meine ganze Hoffnung auf Celeste.

Die Wut rumorte mir im Magen, als hätte ich einen Pelikan verschluckt, der wild mit den Flügeln flappte. Ich musste etwas tun – egal was –, um dieses ungute Gefühl loszuwerden. Mit ein paar Schritten war ich an Zachs Nachttisch. Sein Smartphone hing am Netz, ich musste mich also beeilen, falls er noch einmal zurückkam, um es zu holen. Ich packte die Taschenlampe, stürzte damit in mein Zimmer und versteckte sie in der untersten Schublade meiner Kommode. Jetzt konnte er sein Zimmer nicht mehr nach Spinnen absuchen! Hoffentlich drehte er durch vor Angst. Und das vor seinem besten Freund! Aber das allein reichte längst nicht aus, um meine Wut zu besänftigen.

Während ich die Treppe hinunterging, sammelte ich alles ein, was die Zwillinge verstreut hatten, und legte es vor Wes' und Hollys Zimmertür.

Mein Timing war perfekt. Celeste kam zur Hintertür herein, als ich die Treppe hinunterlief.

»Mai!« Sie umarmte mich stürmisch. »Ich freu mich wahnsinnig! Das wird ein Spaß!«

Ich lächelte und ging mit ihr die Treppe hinauf in mein Zimmer. Dort zeigte ich ihr das Bett, in dem sie schlafen würde, und sie schaute sich um, nahm alles in sich auf.

»Wow, du hast vielleicht Glück«, seufzte sie. »Du hast nicht nur dein Zimmer zu Hause, sondern auch noch das hier. Zwei Reiche, die du dein Eigen nennen kannst.«

»Wie ist denn dein Zimmer?«, fragte ich sie.

Celeste setzte sich aufs Bett und kickte ihre Tasche auf den Boden. »Kleiner als das hier jedenfalls, aber es gefällt mir am besten von allen Zimmern, die ich bisher hatte. Es hat einen riesigen begehbaren Schrank und einen bequemen Sessel, sodass ich es mir beim Lesen gemütlich machen kann.« Sie warf mir ein Lächeln zu. »Ich habe diese Woche die Teen-Time-Trekkers-Bücher noch mal gelesen. Amelia ist und bleibt meine Lieblingsfigur. Sie ist mutig und loyal und klug. So wie du!«

Okay, gut, Dad hatte ihr erzählt, dass er Amelia nach meinem Vorbild konzipiert hatte, und obwohl Celeste diese Dinge natürlich nicht über mich wissen konnte, wollte ich nur zu gern glauben, dass sie recht hatte. Ich war froh, Celeste bei mir zu haben. Ich war es nicht gewöhnt, so viel allein zu sein. Obwohl es immer noch besser war, einsam zu sein, als mit Zach herumzuhängen.

»Die Jungs wollen ein bisschen wandern gehen«, sagte Celeste. »Willst du mitkommen?«

»Du?«, fragte ich als gute Gastgeberin, aber im Stillen hoffte ich, dass sie Nein sagen würde.

»Nicht wirklich.«

Ausgezeichnet! »Dann lass uns rausgehen und in den Hängematten chillen«, schlug ich vor.

»Zach hat gesagt, dass du Vögel beobachtest«, sagte Celeste. »Kannst du mir das beibringen?«

»Na klar!« Ich nahm das zweite Fernglas, das ich in meinem Zimmer aufbewahrte, und ging mit Celeste hinaus.

Wir legten uns in die Hängematten, und ich reichte ihr eines der beiden Ferngläser und zeigte ihr, wie man es einstellte. Dann suchten wir die Baumwipfel ab.

»Da«, sagte ich und beugte mich zu ihr hinüber, um ihr Fernglas etwas nach links zu stupsen. »Zwei Goldfinkenmännchen. Sie sind leuchtend gelb, sodass man sie nicht übersehen kann.«

»Ich sehe sie!«, quiekte Celeste.

»Oh! Jetzt nimm dein Fernglas runter. Schau auf den Teich«, sagte ich und zeigte hinüber. »Das dort ist ein Kanadareiher. Einer meiner Lieblingsvögel. Er lauert auf Beute – Fische und Frösche.«

Celeste nickte, ein Lächeln im Gesicht. »Wahnsinn, was du alles über Vögel weißt. Willst du später mal einen Beruf daraus machen? Als professionelle Vogelbeobachterin?«

Ich lachte. »Ich glaube nicht, dass es so was gibt.«

»Warum denn nicht? Du könntest zum Beispiel eine eigene Fernsehsendung machen oder so: Vögel beobachten mit Mai.«

Wir lächelten einander an. Ja, warum nicht? Bei dem Gedanken, dass ich aus meiner Liebe zu Vögeln einen Beruf machen könnte, sprudelte ich beinahe über vor Freude.

»Tut mir leid«, sagte ich. »Ich will dich nicht damit langweilen. Wir können gern auch über was anderes reden. Was ist mit dir? Wofür brennst du?«

»Nichts so Interessantes wie Vögel. Aber ich spiele gern Volleyball. Ich bin ziemlich gut als Zuspielerin, und es macht mir auch wirklich Spaß. Außerdem kann ich mich auf diese Weise schneller eingewöhnen, wenn wir wieder mal umziehen. Neue Freunde finden und so.«

Ich konnte mir nicht wirklich vorstellen, dass Celeste Probleme hatte, neue Freunde zu finden, so nett und offen, wie sie war.

»Ich bin froh, dass du da bist«, sagte ich zu ihr, und das war keine Höflichkeitsfloskel.

Celeste lächelte mich an. »Ich bin auch froh, dass ich da bin.«

Als Dad und Wes uns zum Essen riefen, waren Celeste und ich schon beinahe richtige Freundinnen. Und ich lachte auch nicht über sie, weil sie Dad sofort wieder hemmungslos anhimmelte und sich ihre Bücher von ihm signieren ließ. Als Zach und Noah nach ihrer langen Tour zurückkamen und Cornhole spielen wollten, machte ich Celeste zuliebe mit. Plötzlich war es mir wichtiger, ihr einen Gefallen zu tun, als Zach aus dem Weg zu gehen.

Celeste und ich waren inzwischen ein eingespieltes Team und gewannen jede Runde. Am Ende führten wir einen triumphalen Siegestanz mit Hampelmännern und

Abklatschen vor und lachten uns halb tot dabei, während die Jungs kopfschüttelnd zuschauten.

Der restliche Nachmittag verging wie im Flug. Als wir dann bei Hotdogs und Pommes frites zum Abendessen versammelt waren – Cornhole-Siege machen hungrig –, wurde mir das Herz schwer bei dem Gedanken, dass Celeste und Noah am nächsten Tag noch vor dem Mittagessen nach Hause zurückmussten.

Nach dem Abendessen brachten Wes und Dad ein Feuer in der Feuerstelle in Gang. Die Zwillinge durften zum ersten Mal selbst S'mores – Marshmallow-Sandwiches – machen und flippten fast aus vor Begeisterung. Sie waren so zappelig, dass ich mich fragte, ob es klug war, ihnen kurz vor dem Schlafengehen noch Zucker zu geben.

»Wir haben spezielle S'more-Marshmallows gekauft«, sagte Mom und hielt einen Beutel mit riesigen Marshmallows hoch.

»Danke, Sumi«, sagte Zach zu meiner Mom und fing den Beutel auf. »Sugoi!«

Holly warf mir einen Blick zu. »Das ist Zachs komplett überstrapaziertes japanisches Wort für ›mega‹ oder ›super‹.«

»Hey.« Zach runzelte in gespielter Entrüstung die Stirn. »Ich sage es gar nicht mehr so oft, seit wir wieder hier sind.«

Ich half Mason, während Zach sich auf meiner anderen Seite um Ethan kümmerte. Ich spießte eines der Riesen-Marshmallows auf einen Stock und brachte es dicht ans Feuer. »Nicht in die Flammen!«, ermahnte ich Mason. »Am besten röstet man sie über den heißen Kohlen.«

»Okay, Mai-nesan!«

Aber die extragroßen Marshmallows waren schwer, und Masons fiel bald vom Stock herunter und plumpste ins Feuer.

Zach versuchte diesen Supergau zu verhindern, indem er seinen Stock pausenlos drehte, aber Ethan verlor bald die Geduld. »Ich will selber!«, krähte er und riss Zach den Stock aus der Hand. Zwei Sekunden später plumpste auch dieses Marshmallow ins Feuer.

»Ich habe eine Idee«, verkündete ich und spießte zwei Stöcke auf einmal in ein neues Marshmallow, damit es mehr Halt hatte. Das schien zu funktionieren. Alle machten es jetzt ebenso.

Als ich schließlich Mason geholfen hatte, sein erstes perfektes S'more zu grillen, ging mir das Herz auf vor Genugtuung. Ich hatte es Zach gründlich gezeigt; er kämpfte nämlich immer noch mit seinen Marshmallows. Drei waren ihm bereits ins Feuer gefallen. Ich machte einen Strich in der Mai-Spalte meiner imaginären Wertungstabelle »Mai gegen Zach« und genoss meinen Triumph in vollen Zügen. Als ich aufschaute, sah ich, dass Celeste sich von Kopf bis Fuß mit Marshmallow-Pampe bekleckert hatte. Es war überall – in ihrem Gesicht, ihren Händen, ihrem

Haar. Diese S'more-Marshmallows waren das reinste Teufelszeug.

Ich drehte mich schnell zu Mason, um ihm sein S'more wegzunehmen, aber es war zu spät. Er hatte so gierig hineingebissen, dass das geschmolzene Marshmallow zwischen den Graham Crackern herausquoll und an seinen Händen kleben blieb. Jetzt saß er da und kaute genüsslich, ohne sich darum zu kümmern, dass immer neue Marshmallow-Kleckse von seinen Händen tropften und auf seinem T-Shirt landeten. Würg!

»Zach! Nimm Ethan!«, rief ich schnell.

Zach packte Ethan, während ich ihm die Stöcke aus den Händen riss. Wir funktionierten wie ein eingespieltes Team, und in null Komma nichts hatten wir die Zwillinge gebändigt. Aber als ich die Stöcke an mich zog, packte Ethan das Marshmallow. Mit den Händen.

»Das ist heiß!«, schrie ich erschrocken auf, und Zach riss ihm das Marshmallow weg, bevor er sich daran verbrennen konnte. Lange, geschmolzene Marshmallow-Fäden zogen sich von Ethan zu Zach.

»Krass!«, stöhnte Zach, während Ethan das Marshmallow von seinen Händen abzulecken versuchte, mit dem Erfolg, dass alles in seinen Haaren und in seinem Gesicht klebte.

»Vielleicht war das Ganze doch keine so gute Idee«, sagte Mom lachend.

Wie durch ein Wunder war ich selbst komplett marshmallowfrei geblieben. Ich drehte mich zu Celeste um und fragte sie: »Willst du vielleicht ins Haus zurück und dich ein bisschen sauber machen? Dann können wir noch eine Weile in meinem Zimmer chillen, bevor wir schlafen gehen.«

Celestes Augen leuchteten auf. »Oh ja, voll gut!«

Ich schaute Dad an. Er war über seinem Marshmallow-Spieß eingeschlafen, und das Marshmallow war im Feuer zu einem schwarzen Klumpen verkohlt. Ich nahm ihm den Stock aus der Hand und warf das ganze Ding ins Feuer.

»Armer Ty«, sagte Mom. »Er arbeitet sonst gern an seinen Graphic Novels, aber dieser Ablieferungstermin setzt ihm ganz schön zu.«

Ich küsste Dad auf die Stirn und war froh, dass ich mich erfolgreich davor gedrückt hatte, selbst S'mores zu machen, dann ging ich mit Celeste ins Haus zurück. Nachdem sie sich gewaschen hatte, zogen wir unsere Pyjamas an und kletterten in unsere Betten.

»Das war wirklich toll heute Abend«, sagte Celeste. »Danke, dass ich bei dir schlafen darf.«

»Ich bin froh, dass du da bist. Hat Spaß gemacht mit dir.« Ich lächelte und schlüpfte unter meine Decke. Wes hatte am Freitag die Fenster-Klimaanlage aktiviert, und jetzt war es angenehm kühl in meinem Zimmer. In wenigen Wochen würde Lila bei mir sein. Und das erinnerte mich an den Rat, den sie mir gegeben hatte. Höchste Zeit,

Celeste ein bisschen nach Informationen auszuhorchen, die ich gegen Zach verwenden konnte.

»Dann macht ihr also viel mit Zach zusammen?«, fragte ich.

»Ja, ziemlich. Noah und ich sind im Oktober zusammengekommen, und im März kam Zach dann aus Japan zurück.«

»Was ist das Komischste, das Zach je gemacht hat, wenn ihr zusammen wart? Irgendwas Peinliches vielleicht?«, fragte ich.

»Hm. Nein, nicht wirklich. Er ist ziemlich still.«

Zach und still? »Hat er immer noch Angst vor Spinnen?«

»Was? Zach hatte früher mal Angst vor Spinnen?«, fragte Celeste kopfschüttelnd.

»Jetzt also nicht mehr?«

Celeste schüttelte den Kopf. »Im Gegenteil. Wir waren neulich mit ein paar Leuten in Naohs Keller, und dort hat er eine Spinne gefangen und draußen wieder freigelassen.«

»Wirklich?« Das klang nicht nach dem Zach, den ich kannte. Dann würde es ihm also gar nichts ausmachen, dass ich ihm seine Taschenlampe gestohlen hatte. Aber wenigstens hatte er die Spinne gerettet. Das war ein Fortschritt.

»Ja. Die anderen Jungs haben ihn eine Zeit lang nur noch Spider Boy genannt.«

Ob ich das gegen ihn verwenden konnte? Nein, nicht

peinlich genug. »Gibt es sonst noch irgendetwas, das du mir über Zach erzählen kannst?«

Celeste setzte sich auf und sagte grinsend: »Aha, ich verstehe.«

»Was?«

»Du und Zach.«

Würg! Das hatte ich jetzt davon. Celeste hatte meine Fragen offenbar in den falschen Hals bekommen. Ich winkte mit der Hand ab. »Nein, so ist das nicht.«

»Du musst dir keine Gedanken wegen seiner ganzen Follower machen«, sagte Celeste.

»Seinen was?«

»Na, du weißt schon, auf Instagram.«

»Zach ist auf Instagram?«

»Äh … ja.« Celeste kicherte, und ihre Augen weiteten sich vor Überraschung. »Wusstest du das nicht?«

»Ich darf keine sozialen Medien nutzen, bis ich in die Highschool komme«, erklärte ich. »Und es ist zwei Jahre her, seit ich Zach zum letzten Mal gesehen habe. Damals war er noch nicht auf Instagram. Das hätten ihm seine Eltern nicht erlaubt.«

»Ohmeingott!«, kreischte Celeste. Sie sprang von ihrem Bett, packte ihr Telefon und hechtete auf meines herüber, wobei sie sich fast den Kopf anstieß. »Hier, schau dir das an!«

Ich setzte mich auf, während Celeste auf ihrem Display herumtippte und mir dann ihr Handy reichte. Mir fielen fast die Augen aus dem Kopf. »Das ist Zachs Account?«

»Na und ob!«, sagte sie mit ungebremster Begeisterung.

Ich las sein Profil laut vor. »Zach Koyama. Teenmodel aus Tokio, jetzt in Connecticut ansässig. Reist gern.« Er hatte fast fünftausend Follower. Ich schaute Celeste an. »Heißt das, er hat in Japan gemodelt?«

»Ich kann es nicht fassen, dass er dir nichts davon erzählt hat.« Celeste lächelte. »Anfangs hat er nur ein bisschen gemodelt, um einem Freund in der Internationalen Schule einen Gefallen zu tun, aber dann wurde ein richtiger Job daraus. Er hat das ganze Geld, das er dabei verdient hat, gespart, damit er vor dem College ein Jahr aussetzen und reisen kann.«

Ich blinzelte verwirrt. Wer in aller Welt war dieser Typ?

Ungläubig scrollte ich seine Posts durch. Jedes einzelne Foto von Zach sah aus wie eine professionelle Modeaufnahme. Seine Outfits waren definitiv model-tauglich, und jedes dieser Bilder hätte direkt aus einer Modezeitschrift stammen können. Ich gab es nur ungern zu, aber er sah total süß aus.

Beim Durchscrollen fiel mir auf, dass ein bestimmter Name immer wieder in den Kommentaren auftauchte. »Wer ist *bisou-bisset*?«

»Ach, denk dir nichts. Marietta Bisset ist ein Mädchen an seiner Schule in Tokio. Sie hatte es offenbar auf Zach abgesehen, aber er will nichts von ihr wissen. Ich habe ihn gefragt, und er hat gesagt, dass er im Moment keine Freundin hat.«

Ich spürte, wie meine Wangen heiß wurden. »Das ist mir egal.«

»Also jedenfalls«, sagte Celeste, »ziehen wir Zach damit auf, dass er seinen Instagram-Account so ernst nimmt. Die meisten anderen aus unserer Clique posten irgendwelchen Blödsinn. Zach stellt nur seine allerbesten Bilder rein. Für ihn ist es ein Profi-Account.«

»Heißt das, er will ein professionelles Model werden?« Mir dämmerte es allmählich, dass ich Zach längst nicht mehr so gut kannte, wie ich gedacht hatte. Aber wenn schon, das machte es leichter für mich, ihn loszulassen. Dieser Zach war ein Fremder.

Celeste schüttelte den Kopf. »Nein, das glaube ich nicht. Aber er hat Follower auf der ganzen Welt, und deshalb tut er alles, um sein Image zu wahren. Wenn Noah ihn ärgern will, droht er ihm damit, peinliche Bilder von ihm zu posten.« Als Celeste meinen Blick auffing, fügte sie schnell hinzu: »Aber das würde er natürlich nie machen.«

Noah vielleicht nicht, aber ich! Ich musste ein Grinsen unterdrücken, als ich Celeste das Handy zurückgab. Sie ging wieder in ihr Bett und schlüpfte unter die Decke.

»Hey, Mai?«, sagte sie leise. »Heute war echt super. Danke.«

»Nein, *ich* danke *dir*.« Endlich wusste ich, wie ich mich

rächen konnte. Und das hatte ich tatsächlich Celeste zu verdanken.

»Mai?«

»Hm?«

»Können wir Freundinnen sein? Also nicht, dass ich Lila ersetzen will, klar, aber es wäre so toll für mich, eine Freundin zu haben.«

Ich lächelte schläfrig. »Ja, sicher. Wir sind definitiv Freundinnen.«

»Und ich verspreche dir, alles zu erfüllen, was du von einer Freundschaft erwartest. Loyalität. Ehrlichkeit. Und ich werde immer zu dir halten, Mai.«

Meine Augen flogen auf. Celeste klang so ehrlich. Und dennoch musste ich an jenes andere Versprechen denken, das mir vor langer Zeit gegeben wurde. Trotz der Kälte von der Klimaanlage brach mir der Schweiß aus allen Poren, als die Erinnerung daran in mir zurückflutete.

Süß

Sieben Sommer davor

Es war ein heißer Tag. Schweißperlen rollten über meinen Rücken und kitzelten meine Haut. Zach und ich warteten bei der Walskulptur vor dem Buchladen auf unsere Väter, während Mom nicht weit von uns auf einem niedrigen Mäuerchen saß und las. Ich drückte das Bilderbuch über eine Eulenfamilie an mich, das sie mir an diesem Tag gekauft hatte. Ich hatte es wegen der Bilder ausgesucht, aber als Mom mir erklärt hatte, dass es sich um eine Geschichte in Haikus handle, einer japanischen Gedichtform, ließ ich mir die Texte von ihr vorlesen. Zweimal hintereinander. Ich konnte es kaum erwarten, nach Hause zu kommen. Vielleicht würde Zach mir das Buch später noch einmal vorlesen. Ich konnte zwar schon einigermaßen lesen, aber Zach war sieben und natürlich viel besser darin als ich.

Wie immer spielten Zach und ich »Versteckte Bilder«, während wir bei der Walskulptur warteten, auf der es viele kleine Bilder zu entdecken gab.

»Siehst du einen Jungen, der ein Boot rudert?«, sagte ich.

Ich wartete, während Zach den Wal umkreiste, bis er mir zurief: »Gefunden!« Dann schaute ich nach, ob er auch das richtige Bild entdeckt hatte.

»Siehst du ein Origami-Boot?«, sagte Zach.

Er blieb, wo er war, und diesmal umkreiste ich den Wal und fasste ihn ganz genau ins Auge. Ich war so darauf konzentriert, das Bild zu finden, dass ich versehentlich gegen einen Jungen stieß, der ein bisschen größer war als ich.

»Pass doch auf«, knurrte er mich an.

»Entschuldigung«, sagte ich und schaute zu meiner Mom. Sie hielt ihr Smartphone in der Hand und telefonierte.

»Warum kannst du nicht aufpassen, wo du hinläufst?«, fing der Junge wieder an und baute sich viel zu dicht vor mir auf. Ich wollte zurückweichen, aber der Wal war direkt hinter mir.

»Hey!« Zach kam um den Wal herum. »So redest du nicht mit ihr!«

Die Augen des Jungen weiteten sich, und er lief schnell zu seiner Familie zurück, die gerade damit beschäftigt war, Räder vor dem Laden auszuleihen.

Zach tätschelte mir die Schulter. »Alles gut, Amai?«

Ich nickte. »Danke. Er hat mir Angst gemacht.«

»Ich werde immer auf dich aufpassen«, verkündete

Zach, die Hände in die Hüften gestemmt wie ein Superheld. »Das machen beste Freunde so.«

»Sind wir beste Freunde?«

»Na klar!«

»Und was bedeutet das?«, fragte ich. Einen besten Freund hatte ich noch nie gehabt.

»Es bedeutet, dass wir für immer Freunde sind. Wir haben Spaß zusammen, erleben Abenteuer miteinander. Wir halten uns gegenseitig den Rücken frei. Wir beschützen einander. Ich bin auf deiner Seite, Amai, immer und ewig.«

Zach nahm meine Hand und ging mit mir zu Mom hinüber, die gerade unsere Väter entdeckt hatte und ihre Einkaufstüten einsammelte, damit wir nach Hause fahren konnten.

Zach und ich waren beste Freunde. Das war gut. Ich fühlte mich warm und geborgen, und so wie er es mir gerade versprochen hatte, würde auch ich ihn immer beschützen.

9

Zwei Tage nachdem Celeste und Noah zu ihren Familien zurückgekehrt waren, erreichte ich Lila endlich auf Face-Time. Sie war mit ihren Band-Proben und einem ehrenamtlichen Job beschäftigt, und dazu kam noch die Zeitverschiebung, sodass es nicht einfach für uns war, einander zu kontaktieren.

»Und?«, fragte ich. »Erzähl mir alles über die *Hot Pinx*!«

Lila wirbelte ihre Trommelstöcke herum. »Es ist der Wahnsinn, Mai! Alle verstehen sich super. Ich kann es kaum fassen, wie gut wir schon aufeinander eingestimmt sind. Und Iris' Stimme ist einfach klasse!«

»Wow. Das klingt toll!« Ich freute mich von ganzem Herzen für sie. Lila träumte schon lange davon, eine Band zu gründen, und jetzt hatte sie es geschafft! »Was spielt ihr denn für Songs?«

Lila nickte. »Bisher nur ein paar Coversongs von den *Chocolate Flamingos.* Die mögen wir alle.«

Die *Chocolate Flamingos* waren eine Rockband, von der Lila total begeistert war. »Cool«, sagte ich.

»Ja, oder? Und wenn alles so gut weiterläuft, bringe ich vielleicht auch mal einen meiner eigenen Songs ins Spiel.«

»Wow, wirklich?« Ich wusste, dass Lila auch selbst komponierte. Sie war unglaublich begabt, aber ihre Songs hatte sie bisher nur mir vorgespielt und niemand anderem. Nicht, dass ich wirklich ein Urteil darüber fällen oder ihr irgendwelche Ratschläge geben konnte. Mein Beitrag beschränkte sich darauf, ihr zu versichern, dass ich alles toll fand, was sie machte – und das stimmte ja auch.

»Ich glaube, wenn sich alle einbringen, werden wir ein paar fantastische Arrangements machen. Quinn schreibt Gedichte, also kriegt sie vielleicht auch Songtexte hin, oder?«

Irgendetwas brachte mich dazu, das Thema zu wechseln. Nicht weil ich eifersüchtig war oder was auch immer, aber das alles erschien mir plötzlich so fremd und anders. Normalerweise war ich ganz dicht an Lilas Projekten dran, erlebte alles hautnah mit. Natürlich hätte ich nicht in der Band mitgespielt, auch wenn ich in Sunnyvale geblieben wäre, aber ich hätte zumindest zuhören können. Und vielleicht hätte ich sogar eine Choreografie dazu beisteuern können.

»Hey«, sagte ich, »was macht Alex?«

Lilas Wangen wurden rot.

»Oooh«, zog ich sie auf. »Erzähl schon!«

»Da gibt es nichts zu erzählen. Es ist einfach nur schön, ihn jeden Tag zu sehen, verstehst du? Wir lernen uns besser kennen, aber …« Lila hielt inne.

»Aber?«

»Also soweit ich es beurteilen kann, redet er öfter mit mir als mit den anderen in der Band.«

Sie senkte den Blick und lächelte. Dann schaute sie wieder hoch und sagte leicht verlegen: »Was aber nicht heißen soll, dass ich die ganze Zeit Buch darüber führe oder so …«

»Nein, natürlich nicht. Vielleicht kannst du ihm irgendwann vorschlagen, nach der Probe noch ein bisschen dazubleiben. Um an einem neuen Lied zu arbeiten. Einem Looooove Song«, säuselte ich.

Lila winkte mit der Hand ab, aber ihr Lächeln verriet mir, dass ihr meine Hänseleien gefielen.

»Aber jetzt genug von mir«, sagte sie, immer noch lächelnd. »Wie läuft es bei dir?«

»Ich glaube, ich habe eine Idee für die perfekte Rache-Aktion«, sagte ich.

»Mai!«, kreischte Lila. »Das ist mega! Warum sagst du das nicht gleich!«

Ich erzählte ihr von Zachs Instagram Account und den Model-Fotos und wie wir ihn mit peinlichen Aufnahmen in Verlegenheit bringen konnten.

»Das ist genial!«, sagte Lila. »Okay, als Erstes musst du das Passwort für sein Handy ausspionieren.«

»Ich weiß«, sagte ich. »Das finde ich heraus, bis du nach Mystic kommst.«

»Und dann machst du ein paar superpeinliche Schnappschüsse von ihm. Vielleicht, wenn er mit tropfnassen Haaren aus dem Badezimmer kommt, oder so.«

»Krass! Wie stellst du dir das vor? Soll ich ihm vor dem Badezimmer auflauern, oder was? Außerdem gibt es tonnenweise alte Fotoalben im Haus. Ich kann die schlimmsten Bilder darin abfotografieren und auf seinen Account hochladen.«

»Du bist die Größte, Mai!«, sagte Lila lächelnd. Dann wedelte sie mit ihren Trommelstöcken vor mir herum. »Hey, warte mal! Woher weißt du das mit den vielen Followern überhaupt? Hat er es dir erzählt?«

Ich schüttelte den Kopf. »Celeste hat es mir gesagt. Wir hatten doch ausgemacht, dass ich sie ein bisschen aushorchen würde.«

»Ausgezeichnet. Hast du mit ihr gechattet?«

»Nein, das war nicht nötig. Sie hat neulich hier übernachtet.«

»Ach ja?« Lilas Trommelstöcke erstarrten.

»Ich kann es kaum erwarten, bis du endlich da bist«, sagte ich. »Ich vermisse dich.«

Lila legte ihre Trommelstöcke weg, und sie verschwanden aus meinem Blickfeld. »Ich vermisse dich auch.«

»Nur noch eineinhalb Wochen, dann sind wir wieder zusammen«, sagte ich, und Lilas Gesicht leuchtete auf.

»Mai!«, rief Mom.

»Ich muss aufhören«, sagte ich. »Mom und Holly Tschüss sagen. Sie fahren für ein paar Tage nach New York, so wie jeden Sommer.«

»Wenn wir älter sind, werden wir das auch machen!«, sagte Lila.

»Auf jeden Fall.« Ich hielt meinen kleinen Finger in den Bildschirm. »Stay gold.«

Lila machte es ebenso. »Stay gold.«

Unten standen die beiden Familien in der Einfahrt zusammen. Dad würde Mom und Holly zum Bahnhof von New London fahren.

Mom umarmte mich. »Meinst du, du schaffst das, Mai?«

»Ja, natürlich. Ist doch nichts Neues«, sagte ich. Wir waren daran gewöhnt, ohne Mom und Holly auszukommen, wenn sie ihren Besties-Trip nach New York machten.

»Aber dieses Jahr müsst ihr euch ein bisschen mehr um die Zwillinge kümmern«, sagte Mom zu Zach und mir.

»Kein Problem«, versicherte ich. Dad war zwar die meiste Zeit zu Hause, aber er musste so viel wie möglich arbeiten, um seinen Abgabetermin einzuhalten. Und Wes hatte Meetings in Fairfield und musste oft weg.

»Und vergesst nicht, ihr habt mir versprochen, brav zu sein und auf Zach und Mai zu hören«, sagte Holly zu den Zwillingen.

»Versprochen«, antwortete Ethan für alle beide.

Ich machte mir keine großen Gedanken. Die Zwillinge

platzten fast vor Energie und konnten ziemlich übermütig werden, aber sie waren nie wirklich frech. Mich störte nur eins: dass ich meine Babysitter-Pflichten mit Zach teilen musste.

»Danke noch mal«, sagte Holly und lächelte Zach und mir zu. »Wenn wir wieder da sind, könnt ihr beide den restlichen Sommer über machen, was immer ihr wollt.«

Wir winkten ihnen nach, als das Auto davonfuhr.

»Baumhaus!«, brüllte Mason, dann wirbelten die beiden Tornados in den Garten davon.

»Bist du sicher, dass es dir nicht zu viel wird?«, fragte Zach.

»So sicher, wie man nur sein kann«, sagte ich. Ich staunte selbst über mich. Wenn es meinen Racheplänen diente, konnte ich die beste Schauspielerin der Welt sein. Außerdem würde ich vielleicht schneller an Zachs Passwort herankommen, wenn ich nett zu ihm war.

Wir saßen im Garten, während die Zwillinge in ihrem Baumhaus herumtobten. Der Lärm war nicht zu überhören.

Zach wedelte mit seinem Switch vor mir herum. »Willst du Mario Kart spielen?«

Ich schüttelte den Kopf und suchte stattdessen die Baumwipfel mit meinem Fernglas ab.

Ich zählte drei Goldfinken (zwei Weibchen und ein Männchen), fünf Hüttensänger und einen Hausgimpel. Hüttensänger und Rote Kardinäle liebte ich besonders, weil ich sie nur hier in Mystic zu sehen bekam. In Sunnyvale gab es fast nur Trauertauben und Krähen. Ganz in der Ferne hörte ich über das Freudengeschrei der Zwillinge hinweg einen Carolina-Zaunkönig sein schrilles Teekessellied singen. Diese Vögel, ihr Gesang, der einzigartige Moment, wenn ich einen davon sichtete, all das trug zu der besonderen Atmosphäre von Mystic bei.

Zach stöhnte, als sein Spiel zu Ende war, und brachte mich damit in die Wirklichkeit zurück. Alles, was gut und schön in unseren Sommerferien gewesen war, gehörte jetzt der Vergangenheit an.

»Mai-nesan!«, rief Mason. »Ethan hat meinen Stein genommen!«

»Hab ich nicht!«

Ich seufzte, stemmte mich von meinem Stuhl hoch und ging zu der Plattform hinüber. »Okay, Jungs, das reicht jetzt. Kommt runter.«

»Da siehst du mal, was du gemacht hast«, sagte Ethan. »Petze!«

»Bin ich nicht!«

An dem Zittern in Masons Stimme erkannte ich, dass er jeden Moment in Tränen ausbrechen würde. Und das wiederum würde zu einem Heulkrampf führen, von dem er sich nicht so schnell erholen würde.

»Oh, Jungs! Schaut mal, wer gerade in die Einfahrt gerollt ist!«, rief ich. »Dad hat gesagt, er bringt uns was mit. Die Frage ist nur, wollt ihr lieber streiten oder Eis essen?«

»Eis essen!«, johlten Mason und Ethan wie aus einem Mund, und die kurze Unstimmigkeit war vergessen. Wie der Blitz kletterten sie die Leiter herunter und warfen mich beinahe um vor lauter Eile, zu Dad zu kommen, der gerade im Garten erschien.

»Wir haben Hunger-Hunger-Hunger!«, sang Ethan.

Dad lächelte. »Na, dann kommt.«

Nachdem wir unsere Eistüten bekommen und einen langen Spaziergang gemacht hatten, um die Zwillinge ein bisschen auszupowern, nahmen wir ein frühes Abendessen aus *Nanas Bäckerei und Pizzeria* mit. Ich hatte den ganzen Tag nicht wirklich mit Zach geredet, aber ich ging ihm auch nicht aus dem Weg. Er sollte denken, dass alles in Ordnung war.

Als wir zurückkamen, saß Dad auf der Veranda, aß einen Salat und zeichnete in sein Notizbuch. So wie andere Väter ohne Brille oder eine bestimmte Mütze oder ein anderes Markenzeichen irgendwie seltsam aussehen, konnte ich mir meinen Dad nicht ohne sein Skizzenbuch und sein Tablet vorstellen.

Als ich mich über ihn beugte, zeichnete er gerade eine godzillaähnliche Figur, die an der Brücke von Mystic hinaufkletterte. »Ha«, sagte ich. »Das ist gut.«

Er lächelte mich an.

»Was macht das Buch, Ty?«, fragte Zach, während er die Pizzasoße von den Gesichtern der Zwillinge abwischte.

»Ganz gut. Ich meine, es bleibt spannend bis zur letzten Sekunde, aber ich bin mir sicher, dass ich die Deadline schaffen werde.« Dad warf mir einen Blick zu. »Tut mir leid.«

»Ist schon gut, Dad.«

»Das verstehen wir doch, Ty. Ich kann es kaum erwarten, den nächsten Band zu lesen«, sagte Zach. Er gab es auf, Mason vollends sauber zu kriegen, und der kleine Junge rannte mit Käse in den Haaren ins Haus zurück. Im Gegensatz zu Mason hielt Ethan still, weil er seinen großen Bruder anbetete.

»Armer Zachy«, sagte Ethan und schaute mit großen Augen auf. »Immer nur arbeiten und nie spielen.«

Ich lachte, weil Ethan so bekümmert aussah bei dem Gedanken, dass sein großer Held keine Zeit zum Faulenzen und Spielen hatte. In seinen Augen musste das der absolute Horror sein. Spielen war sein Leben. So wie für Zach und mich, als wir in Ethans Alter waren, das wusste ich noch genau.

Dad legte sein Notizbuch mit einem Knall auf den Tisch. »Du hast recht, Ethan. Zach und Mai arbeiten zu viel.« Er lächelte mich an. »Dafür habt ihr heute Abend frei. Ich bringe die Zwillinge ins Bett.«

Ich biss mir auf die Lippen. Nicht, dass ich Lust hatte, mit Zach herumzuhängen, aber ich wartete schon die ganze Zeit auf eine Gelegenheit, dem seltsamen nächtlichen Geräusch auf den Grund zu gehen. Am Abend zuvor hatte ich es wieder gehört. Und Zach offenbar auch.

»Oh ja, super!«, sagte Zach. »Amai, dann können wir endlich auskundschaften, woher dieses Geräusch kommt.«

»Gut. Dann wäre das geklärt«, sagte Dad. »Aber meldet euch bei mir, wenn ihr zurück seid. Und bleibt nicht zu lange in der Dunkelheit draußen. Und lasst eure Handys an. Ach ja, und ihr bleibt auf dem Grundstück.«

So. Viele. Regeln. »Okay, Holly«, sagte ich.

Zach lachte.

»Sehr witzig.« Dad lächelte mich an. »Also, ihr beide seid jetzt frei und könnt machen, was ihr wollt.«

»Danke, Ty«, sagte Zach und drehte sich zu mir um. »Wir treffen uns dann in zwanzig Minuten wieder hier unten.«

Ich nahm die schmutzigen Teller und räumte sie in die Spülmaschine ein. Nachdem ich alles andere in den Müll und in die Recycling-Tonnen geworfen hatte, zog ich Jeans und lange Socken an. Die Mücken hier waren gnadenlos. Ich schnappte mir meinen Stoffbeutel und warf mein Mini-Erste-Hilfe-Set hinein, ein paar Tüten, für den Fall, dass wir irgendwelche Schätze finden würden, Gummihandschuhe, falls wir auf etwas Ekliges stießen, und Insektenspray. Außerdem nahm ich die Campinglampe an mich und prüfte nach, ob die Batterien ausgewechselt werden mussten.

Zach wartete an der Hintertür. Er trug eine weite Cargoshorts und ein ausgeleiertes langärmliges grünes T-Shirt. Es sah aus, als hätte er sich entweder im Dunkeln angezogen oder nicht mehr genug saubere Kleider übrig gehabt, denn er trug eine rote und eine blaue Socke in seinen alten Wanderstiefeln. Eine hässlichere Farbkombination hätte er beim besten Willen nicht finden können. Ich spielte einen Augenblick mit dem Gedanken, ein Foto von ihm in diesem unmöglichen Outfit zu machen und es ins Netz zu stellen.

»Fertig?«, fragte er.

»Ja.« Es war der reinste Drahtseilakt für mich, meine Wut auf ihn im Zaum zu halten und freundlich genug zu sein, dass er keinen Verdacht schöpfte.

»Also, wohin?«, sagte er.

»Ich glaube, das Geräusch kam von irgendwo hinter der Festung.« Ich ging voraus, an der Garage vorbei. Wes entfernte normalerweise das Gestrüpp hier hinten, aber in diesem Sommer schien er noch nicht dazu gekommen zu sein. Zum Glück war der Pfad so schmal, dass wir nicht nebeneinander gehen konnten. Schweigend bewegten wir uns vorwärts und lauschten auf das geheimnisvolle Geräusch, das wir aber immer noch nicht gehört hatten, als wir die kleine Lichtung an der Grundstücksgrenze erreichten. Dort hatten Zach und ich früher zusammen in den Sternenhimmel geschaut. Hinter dem Grundstück der Koyamas lag ein riesiges Feld, das den Nachbarn gehörte. Wir nahmen unsere üblichen Plätze auf zwei Baumstümpfen ein, meiner etwas höher, und Zachs mit einer Art Lehne daran. Ich hatte ihn immer »Zachs Thron« genannt.

»Wenigstens ist es nicht feucht«, sagte Zach und sah mich an.

Ich wandte den Blick ab und lehnte mich zurück, um den Nachthimmel zu studieren. Im vorletzten Sommer hatten wir noch zusammen hier gesessen und in die Sterne geschaut, die über den dunklen Himmel verstreut waren.

»Siehst du das?« Zach zeigte mit einem Finger hinauf. »Die drei Sterne dort oben bilden den Gürtel des Orion.«

Die Wärme, die mich früher durchströmt hatte, wenn Zach mir die Sternbilder erklärte, hatte nichts mit der Sommerhitze zu tun, sondern allein mit Zach.

Auch an diesem Abend zirpten unablässig Grillen und Zikaden, genau wie vor zwei Jahren, aber ansonsten war nichts wie damals. Früher hatten wir hier völlig unbefangen zusammengesessen und über Gott und die Welt geredet. Aber jetzt fühlte ich mich nicht mehr wohl in seiner Gegenwart. Ich wollte schon vorschlagen, dass wir nach Hause zurückgehen sollten, da hörten wir es endlich.

Ein hohes Kreischen, das mir eine Gänsehaut verursachte und die Nackenhärchen sträubte.

»Sugoi!«, sagte Zach in ehrfürchtigem Flüsterton.

»Sugoi«, wiederholte ich, das Wort ausprobierend.

Zach lächelte mich an.

»Wir müssen herausfinden, was das ist«, sagte ich leise. »Kannst du sagen, aus welcher Richtung es gekommen ist?«

Zach schüttelte den Kopf. »Ehrlich gesagt, hat es sich

für mich so angehört, als käme es von allen Seiten auf einmal. Als wären wir mittendrin.«

Zach schaute mich leicht verwirrt an, und ich musste lächeln, aber nicht abfällig, sondern weil mir dieser Ausdruck so vertraut war.

»Beim nächsten Mal müssen wir aufpassen, aus welcher Richtung es kommt.« Wir hatten Dad versprochen, nicht allzu spät ins Haus zurückzukommen, und er würde bestimmt nicht wollen, dass wir ziellos in der Dunkelheit umherirrten. Oder überhaupt noch draußen waren.

Wir blieben noch eine halbe Stunde in der Lichtung, warteten auf das Geräusch und schauten in den Sternenhimmel.

Dieses Mal war es ein vertrautes Schweigen.

10

Am nächsten Morgen wachte ich früh auf, zog mein Blümchenkleid an und huschte leise die Treppe hinunter. Alle schliefen noch, der ideale Zeitpunkt für mich, um die Fotoalben durchzusehen. Ich zog sie aus einer Nische beim Kamin hervor und setzte mich damit auf die Couch.

Die Bilder von Zach als kleinem Jungen übersprang ich, weil sie alle supersüß waren, egal, was er machte. Vielleicht würde ich unter den späteren Aufnahmen einen Schnappschuss von ihm nach einem missglückten Friseurbesuch entdecken oder wie er in der Nase popelte. Hastig blätterte ich die restlichen Seiten durch, immer mit einem Ohr zur Treppe, falls jemand herunterkam und mich erwischte. Zum Glück fanden sich zahlreiche Bilder von Zach in unmöglichen Outfits, die farblich zum Himmel schrien.

Dann blieb ich an einem Foto hängen, auf dem Zach total lächerlich aussah. Er steckte in einer Jeans, die er sich als Shorts abgeschnitten hatte, ohne vorher die Länge abzumessen, sodass das eine Hosenbein über und das andere unter dem Knie aufhörte. Dazu trug er ein pinkfarbenes Kirby-T-Shirt mit Hollys grün-orangenem Hawaiihemd darüber. Ich hatte vergessen, dass wir in diesem Sommer Modenschau gespielt und alte Kleider hervorgekramt hatten, um uns damit aufzustylen. Aber Zachs Kombinationen waren eine einzige Katastrophe gewesen. Ich kämpfte vergeblich gegen das Lachen an, das in mir hochsprudelte. Junge, was hatten wir Spaß gehabt! Ich blinzelte die nächsten Fotos an, und jedes neue Outfit, in dem Zach sich präsentierte, war noch schlimmer als das vorhergehende.

Dieses Album war eine wahre Goldgrube, viel ergiebiger, als ich gehofft hatte. Ich zog mein Handy hervor und fotografierte die Bilder schnell ab.

Als ich zu dem Album vom vorletzten Sommer kam, den wir noch gemeinsam verbracht hatten, zögerte ich. War ich wirklich stark genug, um mich von den Fotos in jene Zeit zurückversetzen zu lassen? Aber da sie der Schlüssel zu meiner Rache waren, klappte ich das Album auf. Die erste Fotoserie verewigte seine Geburtstagsparty – der Geburtstag, den Zach mit mir tauschen wollte. Wir trugen beide superhässliche Partyhüte: Zach einen idiotischen Topfhut, der eine Geburtstagstorte mit brennenden Kerzen darstellen sollte. Auf einem der Fotos schnitt er eine mega-bescheuerte Grimasse. Ich grinste und machte ein Foto davon.

Dann blätterte ich die Seite um, und da waren wir, die

Arme umeinandergelegt. An meinem Handgelenk hing an einer blauen Schnur das Kaninchenamulett, das Zach mir geschenkt hatte. Auf einem anderen Bild hielten Zach und ich gemeinsam einen Teller mit einem riesigen Stück von seiner Geburtstagstorte hoch, die Köpfe zusammengesteckt, als ob wir über einen dummen Witz lachten. Mom machte wirklich gute Fotos, das musste man ihr lassen, besonders Schnappschüsse wie diese hier, die so ganz unverstellt und authentisch waren. Mein Herz klopfte: Da waren wir, Zach und ich, bevor er alles zerstört hatte. So hatten wir uns angesehen, mit diesem offenen Lächeln, und so hatten wir zusammengesessen, unbefangen und vertraut, und uns fast immer berührt.

Ich knallte das Buch zu und schob das Album in die Nische zurück. Mein Gesicht brannte, als ich zur Festung hinüberstürzte. Ich wollte als Erstes mein Notizbuch aus der Bank herausnehmen, aber als ich den Deckel aufklappte, lag eine Geschenktüte auf meinen Büchern.

Ich starrte auf die Tüte hinunter, und ein Knäuel von widersprüchlichen Gefühlen zog mir den Magen zusammen. Zach war mir so fremd, seit er aus Japan zurückgekommen war. Das war nicht mehr der Zach von früher. Und nicht nur wegen seiner Kleidung, sondern überhaupt. Er sah älter aus, sein Verhalten war erwachsener und gelassener. Ich hasste ihn immer noch, aber es fiel mir schwer, den Zach von früher, der mir so vertraut gewesen war, mit dieser neuen Version in Einklang zu bringen.

Ich öffnete die Tüte, spähte hinein und zog ein flaches Rechteck heraus, das in hellblaue Seide mit goldenem Blütenmuster eingewickelt war. Es war ein Glücksbringer wie die, die unsere Verwandten in Japan uns manchmal geschickt hatten, als ich noch klein war. Ich spähte noch einmal in die Tüte und fand eine Nachricht in Zachs vertrauter Computerschrift vor:

Amai,
dieses *shiawase omamori* habe ich
in einem Schrein in Tokio gekauft.
Es soll dir Glück bringen.
Und ich wünsche dir,
dass du immer glücklich bist.
Zach

Ich ließ das Amulett an meinem Finger baumeln. Zach wünschte mir, dass ich immer glücklich sein sollte? War das vielleicht so etwas wie eine Entschuldigung? Ich schüttelte den Kopf. *Nicht gut genug, Zach*. So leicht verzieh ich ihm nicht. Was aber nicht bedeutete, dass ich das Geschenk nicht behalten durfte. Ich würde es an meinen Schulrucksack hängen.

Die nächste Stunde verbrachte ich mit meinen Vogelbeobachtungen. Als ich meine Liste um mehr als zwanzig Arten erweitert hatte, darunter meine erste Sichtung eines Bahamaspechts, packte ich zusammen. Ich war jetzt ruhiger, wieder mehr ich selbst. Statt ins Haus zurückzugehen, bog ich nach links auf den Pfad ab und schlenderte zu den beiden Baumstümpfen zurück. Da es noch hell war, musste ich Dad nicht Bescheid sagen, wo ich hinwollte. Das geheimnisvolle Geräusch war um diese Zeit natürlich nicht zu hören, aber ich konnte nach Schätzen suchen. In der vierten Klasse war eine Wildbiologin zu uns in den Unterricht gekommen. Sie beschrieb sich selbst als eine Art Naturdetektivin, deren Aufgabe es war, Hinweisen nachzugehen und Informationen zu sammeln. Wildlosung (oder Tierkacke) kann sehr aufschlussreich sein. Man kann daraus ablesen, welche Tierarten sich in einem bestimmten Gebiet aufhalten und was sie fressen. Die meisten in meiner Klasse fanden das supereklig, aber ich war total fasziniert. Als Stadtkind konnte ich mir nicht vorstellen, dass bei uns Wildtiere lebten, bis ich dahinterkam, dass wir jede Menge davon in unserem Garten hatten – Eichhörnchen, Enten, Waschbären, Opossums. Ich entdeckte eine ganz neue Welt, von deren Existenz ich bisher nichts geahnt hatte.

Ich schaute mich auf der Lichtung um, sah hier und da Rehwildlosung und ein paar Spuren, aber das war alles. Abgesehen natürlich von den schwachen Fußabdrücken, die Zach und ich dort hinterlassen hatten. Es war ein schöner Abend gewesen. Mein Magen fing an zu flattern bei dem Gedanken daran.

Ich wollte gerade zum Haus zurückgehen, als mein

Blick auf etwas am Boden fiel. Ich kniete mich hin, um es genauer anzuschauen, und mein Herz raste vor Aufregung. Das war Eulengewölle! Ich suchte den Boden rings herum ab und fand noch ein zweites, völlig vertrocknetes. Behutsam verstaute ich beide in meiner Tasche. Bingo! Ich hatte einen weiteren Schatz gefunden, den ich in meine Natursammlung einreihen konnte!

Ich strahlte immer noch, als Zach mir in der Einfahrt entgegenkam.

»Was macht dich denn so glücklich?«, fragte er.

»Ich habe was Supercooles gefunden!« Mein Triumph war so groß, dass ich ihn einfach nicht für mich behalten konnte. Außerdem musste ich weiterhin nett zu Zach sein. Die peinlichen Fotos, die ich abfotografiert hatte, waren wertlos ohne sein Passwort.

»Was denn?«, fragte Zach.

Ich wirbelte herum und lief zur Festung zurück, mit Zach dicht auf den Fersen. In der Hütte setzte ich mich an unseren Tisch, und Zach ließ sich auf dem Platz mir gegenüber nieder. Dann rollte ich die beiden Gewölle vor ihn hin.

Zach stieß seinen Stuhl zurück. »Was ist das denn?«, fragte er.

Ich konnte eine leichte Genugtuung nicht unterdrücken: Also war er immer noch so zimperlich wie früher. »Eulengewölle!«

»Du meinst Kacke? Amai! Das ist ja widerlich!«

Ich lachte aus vollem Hals, zum ersten Mal, seit ich hier war. »Nein, keine Kacke. Eher so was wie Kotze.«

»Würg! Das ist ja noch schlimmer!« Zach stand auf und wich zurück.

Ich grinste. »Was soll so schlimm daran sein?«

Er rieb sich das Gesicht mit den Händen und sah plötzlich wieder genau wie der Zach von früher aus. »Ich weiß nicht. Ist einfach so.«

Ich lachte wieder. »Komm, setz dich wieder. Eulen verschlingen ihre Beute im Ganzen. Und alles, was sie nicht verdauen können, sammelt sich in diesem Gewölle, das sie dann wieder heraufwürgen.«

»Und warum sollte ich mir das anschauen?«

»Weil wir herausfinden können, was die Eule gefressen hat, indem wir die Knochen identifizieren, die wir darin finden. Wahrscheinlich Mäuse. Dieses graue Zeug dürfte das Fell sein.«

Zach machte Würgegeräusche.

»Oh mein Gott, Zach. Hör auf damit! Du musst es ja nicht anfassen.«

Zach bewegte sich langsam zum Tisch zurück, während ich das Fell von den Knochen löste.

»Kannst du bitte mal ein Schaubild von einem Mäuse- oder anderen Nagerskelett herunterladen, damit wir das hier identifizieren können«, sagte ich zu Zach und zeigte auf einen winzigen Schädel und ein paar noch winzigere Knöchelchen.

Zach zog bereitwillig sein Handy heraus und fing an zu suchen. Ich wischte meine Hand an meinem Kleid ab und streckte sie nach dem Handy aus. Aber Zach rümpfte die Nase. »Du fasst mein Telefon nicht mit deinen Kotzehänden an, okay?«

»Die sind sauber!«

»Sind sie nicht!« Zach hielt das Display mit dem Schaubild hoch.

»So kann ich nichts sehen. Ich muss es vergrößern.« Ich griff wieder nach seinem Handy, aber er riss es weg. Mit einem ungeduldigen Schnauben sagte ich: »Also gut. Druck es für mich aus, dann hole ich mir das Blatt später, wenn ich ins Haus komme.« Plötzlich lächelte ich vor mich hin. Dass Zach mir sein Handy nicht geben wollte, brachte mich auf eine Idee.

Ich präparierte das zweite Gewölle, und Zach beobachtete mich dabei. Wenigstens machte er keine Würgegeräusche mehr. Jetzt wirkte er eher neugierig.

»Diese beiden Schädel sehen nicht gleich aus«, stellte er nach einer Weile fest.

»Das hier könnten Beine sein, oder?« Ich zeigte auf ein kleines Häufchen ähnlich aussehender Knöchelchen. »Okay, lass uns ins Haus zurückgehen und das Schaubild ausdrucken.«

Wir gingen über die Einfahrt zurück, um mit Dad und den Zwillingen das Mittagessen vorzubereiten, und ich summte fröhlich vor mich hin. Ich war viel zu gut gelaunt, um schnippisch oder unfreundlich zu Zach zu sein. Die Zwillinge lachten über die albernen Witze, die Zach und ich abwechselnd erzählten, damit Dad sich eine Weile von seinen Babysitter-Pflichten erholen konnte.

Nach dem Essen wusch ich mir in Zachs Gegenwart sorgfältig die Hände, damit er sich nicht mehr ekeln musste, wenn ich sein Smartphone anfasste. Dad war mit den Zwillingen draußen, also gingen Zach und ich in die Festung zurück – wir mussten schließlich die Knochen identifizieren –, und ich ließ absichtlich mein Handy im Haus liegen.

Anhand des ausgedruckten Schaubilds fanden wir heraus, dass wir den Schädel einer Maus und vielleicht einer Spitzmaus hatten. Der kleinere Schädel war zersplittert, sodass man es nicht genau erkennen konnte. Zach und ich hatten jetzt Latexhandschuhe an, und es machte ihm nichts mehr aus, den Inhalt der beiden Gewölle anzufassen. Die winzigen, dünnen Knochen waren Rippen und keine Beine, wie ich vermutet hatte.

»Hey«, sagte ich möglichst beiläufig. »Ich habe mein Handy im Haus liegen lassen. Kann ich kurz deins nehmen und ein paar Fotos damit machen? Meine Hände sind sauber.« Ich streifte meine Handschuhe ab und wedelte meine Finger vor seiner Nase herum.

»Also gut.« Zach zog ebenfalls seine Handschuhe aus und schob mir sein Handy über den Tisch zu. Dann sortierte er weiter Knochen.

»Ich brauche dein Passwort«, sagte ich.

»Sieben-eins-eins-acht-eins-drei.«

Ich blinzelte überrascht. Das waren unsere beiden Geburtstage. Und für mich natürlich leicht zu merken. Ich fotografierte die Knochen, und als er gerade nicht hinschaute, machte ich schnell ein paar Fotos von Zach. Seine Haare waren nicht gestylt, und er trug ein vergammeltes altes Mario-Bros.T-Shirt, das Mottenlöcher an der Schulter hatte. Definitiv nicht sein übliches topmodisches Outfit. Zum Schluss machte ich ein Foto von ihm, wie er in dem Knochenhäufchen kramte. Sehr gut. Noch mehr peinliche Bilder, die ich ins Netz stellen konnte!

»Kann ich die hier auf mein Smartphone schicken?«

»Ja, klar. Mach nur.« Zach schaute nicht einmal auf.

Ich schickte schnell alle Fotos ab, dann löschte ich den Text und die verräterischen Bilder aus seinem Handy. Ich war stolz auf meine Fähigkeiten als Spionin und lächelte zufrieden vor mich hin, als ich Zachs Handy auf den Tisch zurücklegte.

»Hey, Amai, alles okay?«

»Ja, warum?«

»Ach, nur so.«

Ich musste freundlich bleiben, das wusste ich, jedenfalls bis ich es geschafft hatte, den zweiten Teil meines Plans umzusetzen und irgendwie an sein Handy heranzukommen, ohne dass er es merkte. Dann erst konnte ich alle peinlichen Fotos posten, die ich gesammelt hatte.

»Sprich mit mir, Amai. Wir haben uns schließlich geschworen, über unsere Gefühle zu sprechen, oder hast du das vergessen?«

Ha! Früher vielleicht. Aber jetzt nicht mehr. Ich wollte mit Zach über gar nichts mehr reden.

»Alles gut.« Ich wischte meine Hände ab und sammelte die Knochen auf, riss sie ihm praktisch vor der Nase weg.

»Hey!« Zach runzelte die Stirn.

Ohne ihn zu beachten, legte ich die Knochen in mein Bücherregal und verschwand wortlos zur Tür hinaus. Ich wollte nicht an dieses Versprechen erinnert werden, das wir uns vor langer Zeit gegeben hatten.

Aber leider führen manche Erinnerungen ein Eigenleben.

Bitter

Vier Sommer davor

»Zach«, flehte ich ihn an. »Bitte sprich mit mir.«

Zach hielt das Super-Mario-Comic-Buch vor sein Gesicht und ignorierte mich hartnäckig.

Ich saß auf meiner Seite der Festung und zerbrach mir den Kopf, warum er mir nicht antwortete. Was hatte ich ihm getan? War es vielleicht, weil ich den ganzen Morgen mit Ethan und Mason gespielt hatte? Das konnte er mir doch nicht übelnehmen? Sie waren schließlich seine Brüder, und jetzt, mit zwei Jahren, waren sie supersüß, und es machte richtig Spaß, mit ihnen zu spielen. Verzweifelt kramte ich in meinem Gedächtnis, versuchte mich zu erinnern, wann genau Zach aufgehört hatte, mit mir zu reden. Gestern Abend beim Essen war mir sein Schweigen zum ersten Mal aufgefallen. Es konnte also nichts damit zu tun haben, dass ich morgens mit den Zwillingen gespielt hatte.

»Zach?«

Er blätterte wütend eine Seite um. So unfreundlich

war er noch nie zu mir gewesen. Aber seit Zach in diesem Sommer zehn geworden war, rastete er wegen jeder Kleinigkeit aus. Ich kauerte auf meiner Bank und hielt mir demonstrativ mein Fernglas vor die Augen, aber ich konnte mich auf nichts anderes konzentrieren als auf mein wild klopfendes Herz. Ich kämpfte mit den Tränen, wollte auf keinen Fall weinen. Zach sollte nicht merken, wie verletzt ich war.

Nach einer Weile hörte ich ihn hinter mir rumoren und konnte in der spiegelnden Fensterscheibe sehen, wie er das Comic-Buch auf den Boden schleuderte. Dann schaute er in meine Richtung, und mein Herz machte einen Satz. Vielleicht würde er mir jetzt endlich sagen, was los war? Dann konnte ich mich wenigstens entschuldigen, falls ich ihn ohne mein Wissen gekränkt haben sollte.

Aber nein. Zach stand auf und ging wortlos hinaus.

Das war zu viel. Ich konnte einfach nicht mehr! Ich stürmte hinter ihm her und sah ihn auf den Steinstufen sitzen, die an den Apfelbäumen vorbei zum Teich hinunterführten. Ich holte tief Luft, ging zu ihm hinüber und setzte mich neben ihn, nahe genug, um ihm zu zeigen, dass ich da war, aber nicht so nahe, dass er sofort die Flucht ergriff.

»Es tut mir leid«, sagte ich leise. »Sag mir, was ich gemacht habe, damit ich es in Ordnung bringen kann.«

Eine winzige Ameise marschierte an meinen Füßen vorbei und tastete sich mit ihren Antennen über den Stein hinüber, der ihr im Weg lag. Tipp, tipp, Schritt, Schritt, tipp, tipp, Schritt, Schritt. Ich schaute zu, als hätte ich in meinem ganzen Leben noch nie so etwas unglaublich Spannendes gesehen. Als die Ameise es endlich ins Gras auf der anderen Seite des Steins geschafft hatte, blinzelte ich meine Tränen zurück und wischte mir mit der Hand die Augen ab.

Zach seufzte laut. »Das ist unfair«, sagte er.

Er redete mit mir! »Was ist unfair?«, fragte ich.

»Dass du weinst. Du weißt genau, dass ich es nicht ertragen kann, wenn du weinst«, sagte Zach leise.

»Ich mache es doch nicht absichtlich.« Ich rieb mir die Augen, aber die Tränen flossen immer noch.

Zach rückte näher zu mir und legte einen Arm um meine Schulter. Ich war so erleichtert, dass der Bann endlich gebrochen war, und ich schluchzte, mein Gesicht an seine Schulter gedrückt, bis ich mich restlos ausgeweint hatte. »Sag mir, was ich gemacht habe«, hickste ich, immer noch schluchzend.

Zach seufzte wieder. »Du hast mich nicht verteidigt, als Mom mich zur Schnecke gemacht hat, weil ich mich nicht um die Zwillinge gekümmert hätte.«

»Wann soll das gewesen sein?«

»Gestern Morgen! Mom hat behauptet, sie hätte mich gebeten, auf Ethan und Mason aufzupassen, aber das stimmt nicht! Und du warst den ganzen Morgen mit mir zusammen. Du hättest ihr sagen können, dass sie nichts zu mir gesagt hat. Und dann hast du heute Morgen auch noch mit ihnen gespielt, obwohl dich niemand darum gebeten hat, nur damit ich noch schlechter dastehe. Beste Freunde tun so was nicht – die halten zusammen wie Pech und Schwefel!«

»Das tut mir leid, Zach. Wirklich. Ich wollte dir doch nicht in den Rücken fallen.«

Zach ließ seinen Arm sinken und zuckte mit den Schultern. Ich wusste, wie tief es ihn traf, wenn seine Eltern ihn kritisierten, besonders seit die Zwillinge da waren. Er wollte so gern der perfekte Sohn sein, der perfekte Bruder. Ich verstand das nicht, weil Holly und Wes überhaupt keine strengen Eltern waren, sondern meistens ziemlich locker. Niemand erwartete von ihm, dass er perfekt war.

»Es tut mir leid, dass ich dich nicht verteidigt habe, Zach. Aber warum hast du mir nicht gleich gesagt, dass du sauer auf mich bist? Wie soll ich mich denn entschuldigen, wenn ich gar nicht weiß, was ich falsch gemacht habe? Ich will keinen Streit mit dir, Zach. Ich finde das grässlich.«

»Ich will auch keinen Streit mit dir«, sagte Zach. »Weißt du was? Wir versprechen uns jetzt einfach, dass wir uns in Zukunft immer sagen, was wir fühlen.«

Ich rümpfte die Nase.

»Ach komm schon, Amai.« Zach stieß mich an. »Gefühle sind nichts Schlimmes.«

»Ha-ha.«

»Mir tut es auch leid«, fügte Zach hinzu. »Wenn ich das nächste Mal wütend auf dich bin, sage ich es dir, okay?«

»Okay.«

Ich gab ihm das Versprechen, obwohl es mir nicht leichtfiel, über meine Gefühle zu sprechen. Aber nichts war schlimmer für mich, als von Zach ignoriert zu werden. Und ich hasste es, mir darüber den Kopf zerbrechen zu müssen. Nicht zu wissen, was in ihm vorging. Und deshalb hätte ich Zach alles versprochen, wenn er nur wieder mit mir redete und keine Geheimnisse vor mir hatte. Aber noch während ich zustimmte, kamen mir Zweifel, ob das wirklich so eine gute Idee war.

11

Als mein Wecker am nächsten Morgen summte, stöhnte ich laut. Ethan und Mason waren am gestrigen Abend total aufgedreht gewesen, zum Teil natürlich, weil sie Holly vermissten. Ich hatte sie zu ihrer üblichen Zeit ins Bett gebracht, aber dann waren sie immer wieder aufgewacht, fast jede Stunde, bis weit nach Mitternacht, und hatten ein Glas Wasser verlangt oder wollten zur Toilette begleitet werden oder einfach nur kuscheln. Zach und Dad hatten natürlich alles verschlafen.

Ich kletterte aus dem Bett und tröstete mich mit dem Gedanken, dass Mom und Holly heute zurückkommen würden. Dann musste ich den Zwillingen nicht länger im ganzen Haus und Garten hinterherjagen.

Ich zog mich an und warf einen Blick ins Jungenzimmer. Zach schlief noch. Er lag zusammengerollt auf der Seite, die Decke bis fast über sein Gesicht hinaufgezogen. Ich konnte seine Haare sehen, die wie Stachelschweinstacheln von seinem Kopf abstanden. Seine Augen bewegten sich hin und her, als ob er träumte. Wovon träumte Zach?

Dass er in der Fashion Week als Model über den Laufsteg stolzierte? Dass Hunderte von kreischenden, unsterblich in ihn verknallten Fans nach ihm grapschten? Er murmelte etwas im Schlaf, dann warf er sich auf den Rücken und riss einen Arm über sein Gesicht.

Ich drehte mich schnell zur Zimmerseite der Zwillinge um, aber ihre Betten waren leer. Kein gutes Zeichen! Ich stürzte die Treppe hinunter und schickte ein Stoßgebet zum Himmel, dass ich keine größeren Verwüstungen vorfinden würde. Zu meiner Erleichterung saß Dad mit seinem Zeichenblock auf der Couch zwischen Ethan und Mason, die sich gebannt an ihn schmiegten.

»Ein Elefant trägt Stiefel«, sagte Mason. Die beiden kleinen Jungen beugten sich so tief über Dads Skizzenblock, dass ich mich fragte, ob er überhaupt noch sehen konnte, was er da zeichnete.

Die Zwillinge klatschten Beifall. Dann sagte Ethan: »Ein Raumschiff unter Wasser!«

Ich trat hinter sie, spähte Dad über die Schulter und schaute zu, wie sein Zeichenstift blitzschnell über das Papier glitt. Mit diesem Spiel hatte er früher auch Zach und mich im Zaum gehalten.

Dad lehnte sich zurück und lächelte mir zu. »Und jetzt du?«

»Ja, ich bin dran, aber nur mit Babysitten, nicht mit Zeichnen.« Leider hatte sich Dads Talent nicht auf mich vererbt. »Danke, dass du auf sie aufgepasst hast.«

»Kein Problem.« Dad stand auf und klemmte sich seinen Zeichenblock unter den Arm. »Wir haben schon gefrühstückt. Ich werde jetzt noch ein bisschen arbeiten, bevor ich die beiden Mütter abhole.«

Ich lächelte.

»Und vergiss nicht, sie bringen Snacks von *Zabar's* in New York für ein spätes Mittagessen mit«, fügte Dad noch hinzu, bevor er nach oben verschwand.

»Wollt ihr vielleicht ein bisschen in eurem Baumhaus spielen?«, fragte ich die Zwillinge. Es war noch früh genug, um eine Weile Vögel zu beobachten.

»Ja!«, brüllten sie.

Ich nahm mir einen Bagel mit allem und ein Glas Saft, dann schnappte ich mein Notizbuch und folgte den Zwillingen in den Garten hinaus. Sie verschwanden sofort in ihrem Baumhaus, und ich konnte hören, dass sie Pokémon-Karten tauschten.

Seit ich die Festung gestern so abrupt verlassen hatte, war ich Zach aus dem Weg gegangen. Ich war nicht unfreundlich zu ihm, weil ich ja meine Rolle noch eine Weile weiterspielen musste, aber ich wollte auch nicht, dass Zach sich in mein Leben einmischte. Ich musste aufpassen, dass es nicht zu vertraut zwischen uns wurde, und ihn trotzdem in Sicherheit wiegen. Das war auf Dauer ganz schön anstrengend. Ich konnte es kaum noch erwarten, bis Lila nach Mystic kam und mir half, meine Rachepläne zu verwirklichen. Lila und ich waren in jeder Hinsicht ein eingeschworenes Team, nicht wie Zach und ich. Auf Lilas Hilfe konnte ich zählen, so wie sie auf meine.

Plötzlich summte mein Handy und zeigte eine Textnachricht an. Ich wusste, dass Lila um diese Zeit noch nicht wach war, und lächelte erfreut, als ich sah, dass die Nachricht von Celeste kam. Wir hatten unsere Nummern ausgetauscht, als sie das letzte Mal hier gewesen war, aber ich hatte bis jetzt noch nichts von ihr gehört.

Celeste Williams
Guten Morgen!
Bin ich zu früh dran?

Mai
Nein. Hab Zwillingsdienst.

Celeste Williams
Ich habe versucht, Vögel zu beobachten, aber ohne dich ist es nichts. Die Vögel sehen alle gleich aus.

Mai
Mit der Zeit wird es einfacher. Wenn du uns das nächste Mal besuchst, können wir es wieder zusammen machen.

Celeste Williams
Heißt das, ich darf wiederkommen?

Mai
Na klar!

Celeste Williams
Mega! Ich rede gleich mit Noah und frage ihn, wann wir wieder zu euch rausfahren können.

Unbekannte Nummer
Oh Mann! Muss das sein? Ich schlafe noch!

Celeste Williams
HA! Wach auf, Noah! Oder soll ich dich in Zukunft Dornröschen nennen?

Ich hatte gar nicht bemerkt, dass wir in einem Gruppenchat waren. Ich checkte die Liste, und natürlich war Zach auch dabei. Ich fügte Noah zu meinen Kontakten hinzu.

Zach Koyama
Noah würde den ganzen Tag nur schlafen, wenn man ihn ließe.

Noah Murdocca
Ts-ts! Ich dachte, du bist auf meiner Seite?

Zach Koyama
Ich bin auf der Seite der Wahrheit

Das Fliegengitter knallte zu, und Zach kam in den Garten heraus, frisch geduscht, in Jeans und einem aufgeknöpften blauen Leinenhemd über einem eng anliegenden rostfarbenen Tanktop. Er sah aus wie ein Rotkehlhüttensänger mit roter Brust und blauem Gefieder.

Zielstrebig kam er auf mich zu, setzte sich auf den Stuhl neben mir und schälte eine Banane, während ich an meinem Glas nippte. Ich zerbrach mir den Kopf, was ich zu ihm sagen sollte, bevor dieses Schweigen irgendwie peinlich wurde. Wann hatte mich das jemals solche Mühe gekostet? Ach ja, genau – seit Zach alles verdorben hatte.

Dann kam Dad heraus und rief: »Ich muss noch ein paar Besorgungen machen, bevor ich zum Bahnhof fahre. Will vielleicht jemand mitkommen?«

»Ich! Ich!«, rief Mason.

»Ich auch!« Ethan polterte die Leiter herunter. Ich umklammerte mein Glas fester, als könnte ich damit verhindern, dass der kleine Junge herunterfiel. Du liebe Güte, kein Wunder, dass Holly kein richtiges Baumhaus für die beiden wollte!

Dad sammelte die Zwillinge ein und fuhr davon.

»Alles okay?«, fragte Zach.

»Ja.«

»Du warst irgendwie so … ich weiß nicht … vielleicht schüchtern oder so, als du hier angekommen bist.«

»Schüchtern?« Ich verdrehte die Augen. »Warum sollte ich dir gegenüber schüchtern sein?«

»Du bist stiller als sonst.«

»Keine Ahnung, wovon du redest«, sagte ich.

»Okay, dann ist es also die andere Geschichte.«

Ich drehte mich zu ihm um. »Was für eine andere Geschichte?«

»Ich hab's schon kapiert, Mai. Das sind wohl einfach diese Stimmungsschwankungen«, sagte Zach.

Diese was? »Wie bitte?«

»Ich hab's verstanden«, wiederholte Zach.

»Was hast du verstanden?«

»Ich meine, ich war in letzter Zeit viel mit Celeste zusammen und musste mich an ihre monatlichen Stimmungsschwankungen gewöhnen. Also mehr oder weniger.«

Ich starrte Zach mit zusammengekniffenen Augen an. »Und was genau willst du mir damit sagen?«

»Na, du weißt schon.« Er wurde rot, wand sich vor Verlegenheit. »Hormone. Mädchenkram.«

Mein Gesicht brannte, aber die Wut siegte über meine Verlegenheit. »Soll das heißen, du schiebst meine sogenannten Stimmungsschwankungen auf meine Periode?«

Zachs Gesicht wurde noch röter. »Ich sage doch nur, dass es dir nicht unangenehm sein muss.«

»Ist es auch nicht! Außerdem hatte ich meine Periode gar nicht, als ich hier angekommen bin. Und selbst wenn, würde es dich einen feuchten Dreck angehen. Und überhaupt, was haben meine Stimmungen mit meiner Periode zu tun? Ich meine, du tust ja so, als müsste man die Gefühle von Mädchen nicht ernst nehmen, weil sie sowieso nur hormongesteuert sind!«

Zach senkte den Kopf. »Okay, tut mir leid. Ist angekommen.«

»Und mach ja keine Witze mehr darüber«, sagte ich, um das letzte Wort zu behalten.

Dumpfes Schweigen breitete sich zwischen uns aus, während ich ein paarmal tief Luft holen musste, um mich wieder zu beruhigen.

»Danke, dass du ehrlich zu mir warst.«

Ich schaute ihn mit schief gelegtem Kopf an. Wollte er mich auf den Arm nehmen? Aber soweit ich es an seinem Gesichtsausdruck ablesen konnte, meinte er es ernst.

»Auf die Ehrlichkeit!« Zach hob seinen Saftbecher. »Ich finde es gut, dass wir über so was reden können.«

Wie auch immer. Ich schaute in die Baumwipfel hinauf, suchte die Äste nach Vögeln ab.

»Kleiber«, sagte Zach und zeigte auf einen Judasbaum.

»Hab ihn. Danke.« Ich setzte den Kleiber auf die Liste in meinem Schoß.

»Und was ist das für einer dort drüben?«

Ich folgte Zachs Finger und fing das Aufblitzen eines Flügelpaares auf, als der Vogel abschwirrte. »Ich glaube, das war eine Schwarzkopfmeise.«

Wir blieben den restlichen Nachmittag im Garten, und unsere Gespräche beschränkten sich ausschließlich auf die Vögel, die wir sahen oder hörten. Aber irgendwie ging mir Zachs Bemerkung über Ehrlichkeit nicht aus dem Kopf. Was wusste er schon von Ehrlichkeit? Er war so weit davon entfernt, dass er sie nicht einmal mit einem Kompass finden würde.

Oder waren wir vielleicht nie wirklich Freunde gewesen? Vielleicht hatte er damals schon gelogen. Okay, gut, wir waren uns früher sehr nahe gewesen – als wir noch Kinder waren. Aber vielleicht galt das schon im vorletzten Sommer nicht mehr. Ich hatte mir eingebildet, es sei der beste Sommer, den wir je zusammen verbracht hatten, aber ihm hatte es vielleicht gar nichts bedeutet. So wie ich ihm vielleicht nichts bedeutete. Ich schüttelte den Kopf, um diese ganzen Vielleichts loszuwerden. Es waren einfach zu viele.

Dann rollte ein Wagen in die Einfahrt und riss mich aus meinen Gedanken.

»Mason! Ethan! Ihr wascht euch noch die Hände, bevor wir essen, verstanden?«, hörte ich Holly rufen.

»Die Moms sind zu Hause«, sagte Zach mit einem Lächeln. »Keine Aufräumaktionen mehr, wenn die Zwillingstornados wieder zugeschlagen haben! Ab jetzt können wir ungestört miteinander abhängen, so wie wir es früher gemacht haben. Nur wir beide.«

Aber genau das war es ja. Ich wollte nicht, dass alles wieder wie früher sein sollte. Nicht, wenn es bedeutete, dass ich einen angeblich besten Freund hatte, auf den ich mich nicht verlassen konnte. Ich stand auf und holte tief Luft. Ich musste nur noch eine Woche und einen Tag lang durchhalten. Sobald Lila da war, konnte ich meine Rachepläne in die Tat umsetzen. Und dann würde ich nie wieder ein Wort mit Zach reden. Aber bis dahin musste ich die Fassade aufrechterhalten.

Wir gingen zu den anderen auf die Veranda und ließen uns das köstliche *Zabar's*-Essen schmecken. Mom und Holly, die offenbar jede Menge Spaß gehabt hatten, unterhielten uns die ganze Zeit mit allem, was sie in New York gemacht, gesehen und gegessen hatten. Ich wich Mom den restlichen Tag nicht von der Seite, so als hätte ich sie vermisst, was ja auch stimmte. Aber es war zugleich ein guter Vorwand, um Zach aus dem Weg zu gehen.

Auf diese Weise schaffte ich es, mich den ganzen Abend und auch den Freitagvormittag von ihm fernzuhalten. Wes war inzwischen zurückgekommen, und am Samstag fuhren wir alle zusammen an den Strand. Dad ließ sein Tablet zu Hause, und Mom und Holly packten die Reste von *Zabar's* für das Mittagessen ein. Später, als ich aus dem Wasser kam und auf meinem Handtuch in der Sonne briet, lauschte ich auf die Wellen, die ans Ufer rollten, während Dad und Wes mit den Zwillingen Fangen spielten.

Nach dem Essen schlenderte ich am Ufer entlang und hielt nach Steinen und Sattelmuscheln Ausschau.

»Hey«, sagte Zach, der plötzlich neben mir auftauchte.

»Hey.« Die Wut, die gestern in mir hochgekocht war, hatte sich zu einem dumpfen Groll abgeschwächt. Wie sollte ich auch diesen ganzen Ärger wachhalten, wenn alle um mich herum so unbeschwert und glücklich waren? Und Dad hatte sich endlich ein Wochenende freigenommen. Ich spielte eine ganze Stunde lang Frisbee mit Zach, bevor wir zum Essen gerufen wurden.

»Schau mal, das hier habe ich gefunden.« Er reichte mir ein Stück kobaltblaues Strandglas, ungefähr so groß wie eine Vierteldollar-Münze.

»Das ist schön«, sagte ich und hielt es ins Sonnenlicht. Als ich es ihm zurückgeben wollte, schüttelte er den Kopf.

»Ist für dich.«

Warum machte er mir dauernd Geschenke? Glaubte er, er könnte mich bestechen, damit ich vergaß, wie sehr er mich verletzt hatte? Ich hielt ihm weiter das Glas hin. »Ist schon gut. Du hast es gefunden, also gehört es dir.«

»Ich will es aber nicht. Ich habe es für dich gefunden. Du sammelst doch Steine und Muscheln und all so was.«

Ich umklammerte das glatte Glas und schaute in seine braunen Augen, suchte nach einem Aufflackern von

Falschheit, von Heuchelei. Aber stattdessen lag nur Wärme darin, und der Anflug eines Lächelns spielte um seine Lippen. Ein Lächeln, das ich kannte: Es bedeutete, dass er mit sich und der Welt im Reinen war.

Unwillkürlich erwiderte ich sein Lächeln, was mir plötzlich als das Natürlichste und Einfachste der Welt erschien. Denn in Wahrheit war ich glücklich. Wir waren alle hier am Strand versammelt, wie in den vorigen Sommern. Mom und Holly lachten und machten Witze. Wes und die Zwillinge spielten Fangen. Und Dad formte eine fantastische Charmander- und Squirtle-Sandskulptur, die beiden Lieblings-Pokémon-Figuren der Zwillinge.

»Schön, dass du wieder lächelst, Amai«, sagte Zach. »Das ist doch immer das Wichtigste in den Sommerferien, oder? Unsere alten Rituale.«

Womm! Mit einem Schlag hatte Zach alle Freude in mir ausgelöscht. Rituale! Das war nur etwas für gute Freunde, und wir waren keine Freunde mehr. Nicht, nachdem er mich verraten und die abfälligen Bemerkungen dieser beiden Typen einfach hingenommen hatte, ohne mich zu verteidigen. Und nachdem sich sein Versprechen, immer zu mir zu halten, als Lüge erwiesen hatte.

Nur noch eine Woche, bis Lila kommt, dachte ich. Bis dahin musste ich Zach in dem Glauben wiegen, dass alles in Ordnung war. Und das konnte ich schaffen.

Ich steckte das blaue Strandglas in meine sowieso schon ausgebeulten Taschen. Wir gingen noch eine gute Stunde

12

Als ich am Montag aufwachte, fühlte ich mich innerlich ganz leicht, als wäre eine schwere Last von mir abgefallen. Lächelnd zog ich mich an, wippte auf den Zehen im Rhythmus der Musik, die ich hörte. Ich nahm mir vor, Zach erst wieder zu hassen, wenn Lila in vier Tagen nach Mystic kam. Nicht, dass ich je wirklich damit aufgehört hätte. Das nicht. Zach war immer noch der Feind, so viel stand fest. Aber nach dem Wochenende am Strand, als wir alle so viel Spaß miteinander gehabt hatten, blieb ich bei meiner Entscheidung, einfach mal loszulassen und zu entspannen.

Ich hüpfte praktisch zur Festung. Zach war schon dort, hing zurückgelehnt in seinem Sitzsack, die Augen geschlossen, Kopfhörer in den Ohren. Ich ging leise zu ihm hinüber und riss seine Kopfhörer heraus, um ihn zu erschrecken.

»Amai!« Zach griff sich an die Brust, als hätte er eine Herzattacke.

Ich lachte.

»Hm«, sagte er grinsend. »Unter diesen Umständen weiß ich nicht, ob ich dir mein nächstes Geschenk aus Japan geben kann.«

Ich spielte die Gleichgültige, zuckte mit den Schultern und ließ mich auf meinen Stuhl am Tisch fallen. In Wahrheit spitzte ich neugierig die Ohren und lächelte, als ich hörte, wie er seine Kiste öffnete.

Zach ließ sich Zeit, kramte lange herum. Ich spielte weiter die Gleichgültige, obwohl ich vor Ungeduld fast platzte. Endlich warf er mir ein Päckchen zu, das ich dank meiner guten Reflexe mühelos auffing.

Zach schaute zu, wie ich das schöne, handgemachte weiße Geschenkpapier mit den Goldfäden darin aufwickelte. Das würde ich auf jeden Fall behalten.

»Ha! Ich wusste, dass du das Papier aufbewahren wirst«, sagte Zach strahlend.

Als das Papier abfiel, war es an mir, zu strahlen: Ein Notizbuch mit einem wunderschönen Vogel auf dem Umschlag kam zum Vorschein. Der Vogel hatte metallicgrüne Brustfedern, die nahtlos in das tintenschwarze Bauchgefieder übergingen. Der Rücken, die Flügel und der Schwanz waren hellgrau. Aber das Erstaunlichste an diesem kleinen Geschöpf war sein Kopf – dunkelblaue Halsfedern und ein leuchtend rotes Gesicht.

»Was ist das für ein Vogel?«, fragte ich ehrfürchtig.

»Das ist ein Buntfasan, der Wappenvogel von Japan.«

»Er ist wunderschön!«

»Ja, nicht? Als ich dieses Notizbuch gesehen habe, musste ich sofort an dich denken.«

»Wo hast du es denn her?«

»Aus der internationalen Schule, in der ich war. Eine der Lehrerinnen ist auch Malerin und verkauft ihre Arbeiten.«

Ich ließ meinen Finger über das Kunstwerk gleiten. Dieses Notizbuch würde ich für etwas ganz Besonderes aufsparen. Und ich würde es nicht hier zurücklassen, wenn der Sommer vorbei war. Es würde definitiv mit mir nach Hause kommen. »Wie war's denn so in der internationalen Schule?«, fragte ich.

»Wie in allen anderen Schulen auch, nur schicker, mit Schülern aus der ganzen Welt.«

»Das muss aber ein ziemlicher Unterschied zu deiner komplett weißen Schule in Fairfield sein.«

»Hey, die ist nicht komplett weiß. Nur zum größten Teil. Die internationale Schule war cool. Und wir hatten eine große Auswahl an Unterrichtsfächern und anderen Aktivitäten.«

»Zum Beispiel?«

»Ich war in einer Musikklasse, durch die ich auf japanischen Rock gekommen bin. Und ich habe einen Japanisch-Intensivkurs gemacht.«

»Ja, stimmt, du sprichst immer Japanisch mit deiner Familie. Das muss toll sein.« Ich war ein bisschen neidisch. Ich beherrschte nur wenige Sätze. »Kein Wunder, dass es dir dort so gut gefallen hat.«

»Es war der Wahnsinn! Und erst die Sehenswürdigkeiten – die Tempel, der Fuji, die Museen und Tokio ganz allgemein. Egal, was ich später mal machen werde, es muss auf jeden Fall mit Reisen und fremden Ländern zu tun haben.«

»Du denkst also über deine Zukunft nach?« Zach war nie besonders zielstrebig gewesen.

Er zeigte auf die Bücher in seinem Regal. »Das sind alles Orte, die ich sehen möchte. Aber ich werde noch mehr Bücher kaufen, und deshalb kann ich noch nicht sagen, wo ich mal anfangen werde. Ich sammle Reiseführer, so wie du Vogelbücher sammelst.«

Mir schwirrte der Kopf. Obwohl ich doch böse auf ihn war und die letzten beiden Jahre nur Rachepläne gegen ihn geschmiedet hatte, war ich immer davon ausgegangen, dass wir uns regelmäßig sehen würden. Wenn er reiste oder wieder ins Ausland ging, dann war er einfach ... fort. Ein Gedanke, der mir die Kehle zuschnürte, was mich zugleich überraschte und ärgerte.

Ich wechselte schnell das Thema. »Hast du eine Idee, woher dieses unheimliche Geräusch kommen könnte, das wir nachts immer hören?«, fragte ich ihn.

»Ich habe darüber nachgedacht. Und ein bisschen im Internet recherchiert. Vielleicht ist es ein Fischmarder.«

»Was ist das?« Abgesehen von meiner Vogelleidenschaft hatte ich nicht viel Ahnung von den Wildtierarten, die in Connecticut heimisch waren.

Zach nahm sein Smartphone heraus, und ich ging zu ihm hinüber und setzte mich neben ihn. Er klickte ein Bild von einem Tier an, das ein bisschen wie ein süßes kleines Wiesel aussah. Ich beugte mich vor, um einen besseren Blick darauf zu erhalten, und ich spürte seinen Atem warm an meinem Hinterkopf.

»Der ist aber süß!«, rief ich aus.

Zach tippte etwas ein, und ein grässliches Kreischen tönte aus dem Lautsprecher.

Ich zuckte so heftig zurück, dass mein Kopf sein Kinn streifte. »Was? Dieses grauenhafte Geräusch kommt von so einem niedlichen Tierchen?«

»Nach dieser Website sind die nicht niedlich, sondern ziemlich brutale Killer.«

»Brrr … das ist ja gruselig. Aber irgendwie klingt es nicht ganz richtig, eher wie ein schreiendes Kind. Und unser Geräusch war irgendwie unheimlicher.«

»Ich finde beides gruselig.«

»Oooch … immer noch so ängstlich, Zachy?«, zog ich ihn auf.

»Nein!« Das kam so schnell und abwehrend, dass wir beide lachen mussten. »Okay, ich gebe zu, das Geräusch ist ein bisschen unheimlich, aber es klingt nicht nach einem Geist oder so.«

»Wie kannst du dir da so sicher sein?« Ich zog meine Augenbrauen hoch und schnitt eine furchterregende Grimasse.

Zach packte meinen Arm und drückte ihn leicht. »Hör auf damit! Du weißt doch, dass ich nicht so furchtlos bin wie du.«

Ich lächelte, und er lächelte zurück, ohne meinen Arm loszulassen. Seine Hand fühlte sich warm an.

»Okay«, sagte ich. »Dann warten wir von jetzt an jeden Abend auf der Veranda. Und wenn wir das Geräusch hören, gehen wir raus und sehen nach.«

»Einverstanden.« Zach ließ endlich meine Hand los. »Sollen wir das Kanu rausholen?«

»Klar, warum nicht?« Vielleicht hatten wir Glück und würden wieder einen Fischadler sehen.

Zach stand auf und ging zur Tür. Und zum ersten Mal seit mehr als zwei Jahren zögerte ich keine Sekunde lang, ihm zu folgen.

13

Mai
Bist du da?

Celeste
Ja, hier!

Noah
Hier!

Zach
Ich bin hier, aber Mai weiß das natürlich, weil ich direkt neben ihr sitze.

Mai
Haha. Könnt ihr beide am Montag nach Mystic kommen?

Celeste
Klar.

Zach
Dad und ich holen euch ab und bringen euch wieder zurück.

Noah
Cool! Und was liegt an??

Mai
Meine beste Freundin kommt für ein paar Tage aus Kalifornien hierher. Und ich möchte, dass ihr sie kennenlernt!

Celeste
WAHNSINN! Kann's kaum erwarten!

Ich ehrlich gesagt auch nicht! Die restliche Woche verging wie im Flug, und ich konnte meine Ferien endlich genießen. Seit wir nicht mehr auf die Zwillinge aufpassen mussten, waren Zach und ich in unsere alte Sommerroutine zurückgefallen. Das heißt, wir trafen uns in der Festung, schauten Filme mit der Familie an, erkundeten den Teich und das Gelände darum herum und versuchten dem rätselhaften nächtlichen Geräusch auf den Grund zu kommen, obwohl wir es jetzt nicht mehr hörten.

Am Freitag wachte ich superfrüh auf und räumte mein Zimmer auf. Ich konnte das Wiedersehen mit Lila kaum noch erwarten! Aber es würde noch Stunden dauern, bis wir sie am Flughafen abholen konnten, also ging ich zur Festung, um die Zeit totzuschlagen.

Als Erstes drehte ich die kabellosen Lautsprecher auf, startete mit »Stay Gold« von BTS und summte die Melodie mit. Dann ordnete ich meine Natursammlung neu und rückte meine Vogelbücher gerade. Meine BTS-Playlist ging weiter, und ich hätte gern dazu getanzt, bremste mich aber. Ich konnte mit Lila tanzen, wenn sie da war. Allein der Gedanke daran ließ mich die ganze Zeit lächeln. Wir waren kaum noch zum Videochatten gekommen, und Textnachrichten waren einfach nicht dasselbe wie miteinander abhängen und reden.

»Amai! Komm schnell!«

Zachs Stimme klang panisch. Ich ließ alles stehen und liegen und schoss zur Tür hinaus. Mit hämmerndem Herzen rannte ich in die Richtung, aus der seine Stimme gekommen war, und da sah ich, wie er eine Katze durch die Apfelbäume jagte.

»Was ist los?«, keuchte ich, als ich ihn eingeholt hatte.

Zach wirbelte herum und ging zur Festung zurück. »Ich habe gesehen, wie diese Katze sich auf einen Vogel gestürzt hat. Ich habe sie verscheucht, aber ich weiß nicht, ob der Vogel verletzt ist.«

»Oh nein!«

Wir liefen zu dem Fliederstrauch, und ich fürchtete mich davor, einen leblosen Körper vorzufinden. Aber im selben Moment, als wir den Strauch erreichten, flog ein Rotkehlchen von den Ästen auf.

»War das der Vogel?«, fragte ich und schaute zu, wie das Rotkehlchen über unserer Festung verschwand.

»Ich glaube schon.«

Wir kauerten uns nieder und untersuchten den Boden. Kein Vogel, weder verletzt noch tot. Kein Blut. Keine ausgerissenen Federn. Wir standen auf, und ich drehte mich zu Zach um, packte ihn lächelnd an den Schultern. »Du hast die Katze verscheucht, bevor sie ihn verletzen konnte.«

»Ich bin so froh«, sagte er erleichtert.

Ich ließ meine Arme sinken und rückte noch näher zu Zach. Ich war stolz auf ihn, weil er das Rotkehlchen gerettet hatte. »Warum können die Leute ihre Katzen nicht drinnen lassen oder ihnen wenigstens Glöckchen um den Hals binden? Wusstest du, dass allein in den USA mehr als zwei Milliarden Vögel jährlich von Hauskatzen getötet werden?«

»Wow. Das ist eine Menge Vögel.«

»Und du hast einen gerettet, Zach. Du bist ein Held.« Ich strahlte vor Freude, bis mir die Wangen schmerzten.

»Da bist du ja, Mai-nesan!« Mason rannte auf uns zu. »Wir fahren jetzt ins Tagescamp. Kommst du mit?«

»Ins Camp?«

»Nein, doch nicht ins Camp, du Doofie! Nur hinbringen!« Mason trat von einem Fuß auf den anderen. Er war sichtlich nervös. Die Zwillinge waren noch nie in einem Feriencamp gewesen und wollten auch nicht wirklich hin, aber Holly bestand darauf, damit sie ihre überschüssige Energie zwischendurch auch anderswo abreagieren konnten. Sie hatte die beiden bei drei verschiedenen Tagescamps angemeldet, und das hier war das erste.

»Oooh, das ist aber schade, ich wäre sooo gern mitgekommen«, sagte ich und verzog mein Gesicht, als wäre ich tieftraurig. »Wandern und Pflanzen bestimmen, das klingt super. Und vielleicht seht ihr sogar ein paar Schildkröten.«

Masons Gesicht leuchtete auf. »Ich mag Schildkröten! Also, kommst du jetzt?«

Ich schaute Zach an. »Ethan wird sicher wollen, dass du auch mitkommst.«

»Na klar doch.« Zach grinste.

Also quetschten wir uns mit Holly und Mom ins Auto. Die Fahrt zum Tagescamp, das vom *Mystic Nature Center* organisiert wurde, dauerte gut zehn Minuten. Das Auto war kaum zum Stehen gekommen, als Mason und Ethan auch schon herauspurzelten und in das Gebäude rannten. Mom und Holly jagten hinter ihnen her. Zach und ich ließen uns Zeit mit dem Aussteigen.

»Ehrlich gesagt frage ich mich, warum sie uns überhaupt dabeihaben wollten«, sagte ich lachend. »Sie haben uns bereits komplett vergessen.«

Während wir auf das Gebäude zugingen, fiel mir ein Schild ins Auge.

»Hey«, rief ich Zach zu. »Schau dir das mal an. Die nehmen hier auch gerettete Tiere auf.«

»Wirklich?« Zach stützte seinen Ellbogen auf meine Schulter, während er das Schild las.

»Lass uns mal hingehen.« Ich packte ihn am Arm und zerrte ihn den schmalen Pfad entlang, an dem Bürogebäude vorbei und dann den Hang hinunter. Wir näherten uns ein paar großen Gehegen aus Holz und Maschendraht. Auf den Schildern, die davor angebracht waren, konnte man lesen, welche Tiere hier lebten und warum sie aufgenommen worden waren.

»Dieses Eichhörnchen ist von einer Stromleitung heruntergefallen«, sagte Zach.

»Armes Kerlchen.« Ich las das Schild. »Ups. Ich meine, armes Mädchen. Aber anscheinend hat sie sich gut erholt und wird bald wieder freigelassen.«

Wir schlenderten den Pfad entlang und stießen mit den Schultern zusammen, während wir die restlichen Schilder studierten.

»Freust du dich auf deine Freundin?«, fragte Zach plötzlich.

»Na und wie! Schade, dass sie nur vier Tage bleiben kann!«

»Und warum bleibt sie nicht länger?«

»Ihre Eltern erlauben es nicht. Lila hat einen ehrenamtlichen Job angenommen, und sie hat versprochen, dass sie dabeibleibt.« Das war Teil der Abmachung, die sie mit ihren Eltern ausgehandelt hatte, damit sie ihre Band gründen und den ganzen Sommer über proben konnte.

Als wir uns dem letzten Gehege näherten, schnappte ich nach Luft. Eine wunderschöne Eule starrte mich an. Ihr weißes Gesicht war von winzigen hellbraunen Federn eingerahmt, sodass es beinahe herzförmig wirkte. Ihre Brust war schneeweiß und ihr restliches Gefieder hellbraun wie die Federn um ihr Gesicht herum. Ich hatte noch nie eine Schleiereule gesehen, wusste aber sofort, dass das hier eine war.

»Eine Schleiereule«, sagte ich ehrfürchtig.

Zach las das Schild: »… Sie wurde von einem Wagen angefahren und hat sich dabei einen Flügel gebrochen. Der Flügel musste amputiert werden, was natürlich sehr traurig ist, aber dafür wird sie nun hierbleiben und unseren Besuchern die Möglichkeit geben, mehr über das Leben der Eulen zu erfahren.«

Plötzlich stieß die Eule einen markerschütternden Schrei aus. Sie schwankte aufgebracht hin und her, ihren gesunden Flügel drohend gegen uns erhoben. Mir lief es kalt über den Rücken, und Zach nahm meine Hand. Mit großen Augen starrten wir einander an – dieses Geräusch hörten wir nicht zum ersten Mal!

»Ihr braucht keine Angst vor Dolly zu haben«, sagte plötzlich eine Stimme hinter uns. Eine Frau mit einem grauen Pferdeschwanz war zu uns getreten, ohne dass wir sie bemerkt hatten. »Sie will euch nur sagen, dass ihr nicht zu nahe an sie herankommen sollt. Ich bin Margie, die Leiterin des *Mystic Nature Center.*«

»Dieser Schrei, den sie gerade ausgestoßen hat«, fing ich an und ließ Zachs Hand fallen. »Hören sich alle Schleiereulen so an?«

»Ziemlich gruselig, oder?«, sagte Margie.

»Ich glaube, bei uns in der Nähe lebt irgendwo eine Schleiereule«, sagte Zach. »Wir haben diesen Sommer nachts manchmal genau denselben Schrei gehört.«

Margie zog ihre Augenbrauen hoch. »Wirklich? Das wäre ein echter Glücksfall! Die Schleiereulen-Population in Connecticut ist nämlich stark zurückgegangen, weil ihre Habitate immer mehr geschrumpft sind.«

»Ich habe vor zwei Wochen Eulengewölle hinter der Garage gefunden«, warf ich ein.

»Gibt es dort in der Nähe offenes Gelände?«, fragte Margie. »Schleiereulen jagen gern auf Feldern und Wiesen.«

Zach schüttelte den Kopf. »Nur kleine Lichtungen. Wir wohnen beim Reiherteich.«

»Ah ja«, sagte Margie. »Dann müsst ihr in der Nähe der Philbrick Farm wohnen. Die haben dort tatsächlich ein großes Feld auf ihrem Grundstück. Eines, das für Schleiereulen interessant sein könnte.«

Mom und Holly waren inzwischen zu uns gestoßen,

nachdem sie die Zwillinge im Camp abgeliefert hatten. Ich machte die beiden Moms mit der Leiterin des *Nature Center* bekannt und erzählte ihnen, was Margie gesagt hatte.

»Könnte ich mir Ihr Grundstück vielleicht einmal ansehen?«, fragte Margie. »Es wäre wunderbar, wenn sich bestätigen würde, dass wir tatsächlich eine Schleiereule in der Gegend haben.«

Mein Herz machte einen Freudensprung. Wenn Margie die Eule fand, würde sie mich vielleicht einen Blick auf sie werfen lassen. Eine Eule fehlte mir noch auf meiner Liste.

»Selbstverständlich. Sie sind jederzeit willkommen«, sagte Holly zu ihr. »Ich bin froh, dass wir jetzt wissen, was für ein Geräusch das ist.«

Ich platzte fast vor Glück. Das hier war der beste Tag des ganzen Sommers. Lila würde mich bald besuchen, Zach und ich hatten das Rätsel gelöst, und vielleicht würde ich sogar eine Eule zu sehen bekommen! Ich war so gut gelaunt, dass ich den anderen vorschlug, auf dem Heimweg in der Stadt anzuhalten und noch ein Eis essen zu gehen.

Im Auto blödelten Zach und ich die ganze Zeit herum und dichteten alle Songtexte, die aus dem Radio tönten, auf Eulen um.

»Eulen sind für dich da«, trällerte ich.

»Ich habe nur Eulenaugen für dich«, konterte Zach.

Und ich wieder: »Eulen heulen durch die Nacht …«

»Du lieber Himmel«, sagte Holly lachend. »Ihr beide seid ja fast noch schlimmer als die Zwillinge.«

In Mystic fanden wir tatsächlich einen Parkplatz auf der Hauptstraße, was sonst fast nie vorkam. Unsere Glückssträhne riss offenbar nicht ab. Als wir unser Eis gegessen hatten, gingen Mom und Holly Arm in Arm vor uns her. Zach und ich hakten uns ebenfalls unter und folgten ihnen den Block entlang. Ich konnte es selbst kaum glauben, aber es fühlte sich in diesem Moment ganz natürlich und richtig an.

»Ich muss ein Buch für Dad abholen«, sagte Mom plötzlich. »Lasst uns noch kurz einen Abstecher zur Buchhandlung machen, und dann wird es für Mai und mich fast schon Zeit sein, Lila vom Flughafen abzuholen.«

Wahrscheinlich strahlte ich wie eine Sonne, denn Zach schaute mich an und lachte. »Hey, du siehst ja richtig glücklich aus!«

»Bin ich auch!«

Mom und Holly gingen in den Buchladen, während Zach und ich draußen bei der Walskulptur warteten. Es war ein wunderschöner Tag, und nichts konnte mir die Laune verderben. Alles war »voll mega«, wie Celeste immer sagte.

»Weißt du noch, was wir hier früher immer gespielt haben?«, fragte Zach.

»Ja. Versteckte Bilder oder so ähnlich.« Ich drehte mich lächelnd zu ihm um, aber er war fort. Na wenn schon. Ich machte mir in Gedanken eine Liste, was ich Lila alles zeigen wollte. Einen CD-Laden, den sie lieben würde, den süßen Geschenke-Shop mit den tollen Stickern und natürlich die Bäckerei.

Plötzlich packten mich zwei Hände von hinten, und ich schrie auf. Als ich herumwirbelte, stand Zach vor mir.

»Hab dich!«, sagte er lachend.

»Ha-ha. Das war nicht nett.« Ich rümpfte die Nase über ihn, so wie ich es früher gemacht hatte, als wir noch jünger waren. Seine Hände blieben auf meinen Schultern liegen, und ich dachte daran, wie er mich damals vor diesem gemeinen Jungen beschützt hatte, hier, direkt neben der Walskulptur. Ich hatte mich immer so sicher mit Zach gefühlt. Ein warmes Gefühl strömte durch meinen Körper wie flüssiger Sonnenschein. Ich blinzelte ihn lächelnd an.

Es war, als ob alles um uns herum stillstünde. Ich nahm nur noch das Hämmern meines eigenen Herzens wahr, während der Autolärm und das Stimmengewirr um uns herum verebbten. Der Gehsteig, der Laden, der Wal, alles verschwand aus meinem Blickfeld. Ich fühlte mich wie in einem Tunnel, Zachs Gesicht am anderen Ende, ein Gesicht, das näher und näher kam. Unsere Blicke verloren sich ineinander, und ich bewegte mich auf Zach zu, als wäre er ein Magnet. Zach hielt inne, dicht vor meinem Gesicht, und ich schloss die Augen, hob meinen Kopf zu ihm auf.

Dann waren seine Lippen auf meinen. Ein sanfter Kuss,

weich und behutsam, und ich küsste ihn unwillkürlich zurück. Seine Hände packten meine Schultern fester, und ich beugte mich zu ihm vor.

Dann, auf einen Schlag, kehrte ich in die Wirklichkeit zurück. Was zum Teufel machte ich da? Ich hatte mich mit Zach immer sicher gefühlt, aber jetzt wusste ich nicht mehr, was ich von ihm halten sollte. Ich schnappte nach Luft, als ich mich von ihm löste, wich zurück und stolperte beinahe über einen Hund hinter mir. In meinem Kopf flog alles durcheinander, und mein Magen zog sich zusammen.

»Na, ihr beiden? Können wir gehen?«, fragte Holly, die gerade mit Mom aus dem Buchladen kam.

Ich gab keine Antwort, drehte mich auf dem Absatz um und rannte praktisch zum Auto. Nur gut, dass Mom und ich zum Flughafen fahren würden, sobald wir zu Hause angekommen waren.

Auf dem Heimweg starrte ich aus dem Fenster, ohne etwas wahrzunehmen, bis plötzlich der Fluss in Sicht kam. Holly war auf die längere, landschaftlich schöne Strecke abgebogen, wie sie es oft machte. Ich reckte den Hals, um nach dem Fischadler-Paar, das auf einer Plattform nistete, Ausschau zu halten, und ich dachte an die Radtour, die ich einmal mit Zach dorthin gemacht hatte. So viele gute und glückliche Erinnerungen hatten unsere gemeinsamen Sommer ausgemacht, bis alles von einer einzigen Erinnerung ausgelöscht worden war.

Und jetzt dieser Kuss. Er hatte eine Flut von schönen Erinnerungen in mir aufgewirbelt. Und er weckte den Wunsch in mir, immer nur mit Zach zusammen zu sein. Aber wie war das möglich? Ich hasste ihn doch, oder?

Süß

Sieben Sommer davor

»Mach die Augen zu und streck deine Hand aus«, sagte Zach.

Ich machte, was er sagte. Etwas Kleines, Federleichtes kitzelte meine Handfläche.

»Jetzt kannst du sie wieder aufmachen.«

Ein winziger Ring, aus einem einzigen Grashalm geflochten, lag in meiner Hand. Ich hob ihn hoch. »Hast du das gemacht?«

»Ja. Er soll dir Glück bringen, wenn du in die Schule gehst«, sagte er. Im Herbst würde ich in die erste Klasse kommen.

»Der ist aber süß«, sagte ich.

»Hier.« Zach nahm ihn wieder an sich, streifte ihn über meinen Ringfinger und zog die Schleife enger. Dann lachte er triumphierend. »Ha! Jetzt musst du mich heiraten!«

»Was?« Ich wand mich vor Verlegenheit. »Neeeiiin!«

»Doch! Wenn du den Ring an diesem Finger trägst, bedeutet das, dass du mich heiraten musst.«

Unsere Eltern lachten, wie immer, wenn sie uns aus irgendeinem Grund drollig fanden.

»Dann nehm ich ihn ab«, sagte ich und griff nach dem Ring.

»Das nützt nichts, Mai. Weil du ihn schon angehabt hast. Das ist wie ein Versprechen, und deshalb musst du mich jetzt heiraten.« Zach tanzte im Zimmer herum.

Ich schaute meine Eltern an, Tränen in den Augen. Mom zog mich an sich und umarmte mich ganz fest. »Sei nicht traurig«, sagte sie. »Das bedeutet doch nur, dass Zach dich mag. Magst du ihn denn nicht auch?«

Ich nickte, den Kopf an ihre Schulter gedrückt.

Und dann flüsterte sie mir ins Ohr: »Es ist doch nur ein nett gemeintes Geschenk. Du musst ihn nicht heiraten, wenn du nicht willst.«

Ich schaute verstohlen über Moms Schulter. Zach hatte sich hingesetzt und formte einen zweiten Ring aus dem Häufchen Gras vor ihm. War der etwa für ein anderes Mädchen? Das wollte ich nicht! Ich riss mich von Mom los, lief zu Zach hinüber und legte meine Hand über das Grashäufchen. »Du brauchst keinen anderen zu machen. Ich behalte den hier.«

Zach grinste mich an. »Und heiratest du mich dann auch?«

Die Wahrheit war, dass Zach mich glücklich machte. Wenn es nach mir gegangen wäre, hätten wir unser ganzes Leben lang die Sommerferien miteinander verbracht, so wie Mom und Holly. Ich schaute zu unseren Eltern hinüber, die uns lächelnd ansahen, als wären wir die niedlichsten Kinder der Welt. Mom hatte Dad geheiratet und Holly Wes. Das bedeutete, dass sie *immer* zusammen waren, nicht nur im Sommer. Was natürlich noch viel besser war.

Ich stieß die Luft aus. »Ja, ich heirate dich.«

14

»Mai!«

Ich schreckte aus dieser uralten Erinnerung auf, als Mom an das Beifahrerfenster klopfte.

»Ist was mit dir?«, fragte sie kopfschüttelnd. »Du warst so schrecklich still.«

Ich rannte hinter ihr her und zog die Schultern ein. »Tut mir leid.«

Wir überquerten den Parkplatz in Richtung Terminal. »Wahrscheinlich ist es nur die Freude, dass Lila bald kommt. Du hast auf der ganzen Fahrt hierher vor dich hin geträumt.«

Ich stieß die Luft aus, um die Erinnerung an Zachs »Heiratsantrag« abzuschütteln. Sie war einfach in mir aufgestiegen, als ich an diesen Kuss gedacht hatte. Ich hob die Hand, um meine Lippen zu berühren, ließ sie aber schnell wieder fallen. Warum war ich nicht wütend? Und warum hatte Zach mich geküsst? Dass ich ihn zurückgeküsst hatte, verdrängte ich schnell aus meinem Gedächtnis. Dieses ganze Verstellen und Vortäuschen von Gefühlen, die ich gar nicht hatte, war mir zu Kopf gestiegen, bis ich schließlich selbst daran geglaubt hatte. Bis ich vergessen hatte, dass der süße Junge, mit dem ich den Vormittag verbracht hatte, aus nichts anderem als Lug und Trug bestand. Ich wusste ja, dass ich Zach nichts bedeutete. Nicht wirklich. Höchste Zeit, dass ich mich wieder auf meinen Plan konzentrierte. Und meine Wut neu entfachte.

Aber nicht jetzt. Jetzt wollte ich mein Glück genießen, weil meine wahre beste Freundin jeden Moment da sein würde. Ich drängte die Erinnerungen an Zach und all die seltsamen, verwirrenden Gefühle tief in mein Inneres zurück, wo sie hingehörten.

»Gleich ist sie da! Ich kann es kaum noch erwarten«, rief ich und scheuchte Mom im Eiltempo durch die nötigen Formalitäten, um zum Gate zu kommen. Mom musste die Flugbegleiterin kontaktieren und eine Abholbescheinigung unterschreiben, weil Lila erst zwölf war und allein reiste.

»Ja, das sehe ich«, sagte Mom, die ein bisschen außer Atem war.

Inzwischen kamen schon Leute die Gangway hinunter. Lilas Flieger musste also gelandet sein. Ich wartete ungeduldig, wippte auf den Ballen, bis ich ihre silbernen Puma-Hightops erkannte, Lilas Markenzeichen. Sie trug nie was anderes.

»Da ist sie!«, schrie ich. Dann rannte ich Lila entgegen und zog sie beiseite, damit wir den Leuten hinter ihr nicht den Weg versperrten. Wir kreischten und lachten und hüpften vor Freude auf und ab, bis wir uns schließlich in den Armen lagen.

»Du bist da!«, rief ich.

»Ich bin da!« Lila strahlte genauso wie ich.

»Hallo, Lila«, sagte Mom, die uns inzwischen eingeholt hatte. »Willkommen in Mystic.«

»Danke, Mrs Hirano! Meine Mom hat mir mindestens zehnmal eingeschärft, dass ich mich bei Ihnen bedanken soll!«

Wir lachten auf dem ganzen Weg zum Gepäckband.

Auf der Heimfahrt überschüttete ich Lila mit Fragen. »Du musst mir alles erzählen. Alles! Die *Hot Pinx* scheinen richtig gut zu werden. Du hast doch Videos mitgebracht, oder?«

»Zwei!«

»Zwei!« Ich boxte meine Faust in die Luft.

Mom nahm die frühere Ausfahrt, damit Lila den Fluss sehen konnte.

»Mystic ist wirklich schön«, sagte Lila. »Kein Wunder, dass du so gern hier bist.«

Warst, verbesserte ich sie im Stillen. Ich *war* gern hier.

»Ja, es ist wunderbar friedlich hier«, stimmte Mom zu. »Das haben wir letzten Sommer sehr vermisst.«

Ich nicht.

Wir bogen auf den Weg zum Anwesen der Koyamas ab, das ich Lila in allen Einzelheiten beschrieben hatte. Trotzdem konnte sie kaum glauben, was sie sah. »Ein See! Ihr habt einen eigenen See!«

Nein, Zach hat einen eigenen See. Oder vielmehr Teich. Das hier ist nicht mein Zuhause. Jetzt nicht mehr.

Mom fing meinen Blick im Rückspiegel auf, und mir wurde bewusst, dass ich schon wieder seltsam still war.

»Das können wir alles morgen auskundschaften«, sagte ich.

Als Mom in der Einfahrt anhielt, wurde mir flau im Magen. Wie in aller Welt sollte ich Zach unter die Augen treten? Er hatte mich geküsst und alles von Neuem in mir aufgewühlt. Ich konnte nicht einfach so tun, als wäre nichts passiert, aber mit ihm darüber zu reden war wirklich das Letzte, was ich wollte. Ich wollte nur eins: Zach Koyama aus tiefster Seele hassen. Wirklich, das wollte ich.

»Wo ist der Pilot?«, fragte ich, als ich sah, dass der andere Wagen nicht da war. »Die Koyamas essen heute Abend auswärts, damit Lila sich in Ruhe bei uns eingewöhnen kann und ihr beide ein bisschen für euch seid. Du weißt ja, wie aufgedreht die Zwillinge immer sind, wenn jemand Neues kommt.«

Ich atmete auf. Das verschaffte mir zumindest eine kleine Atempause, bevor ich Zach begegnen würde.

Ich zeigte Lila kurz das Haus, dann scheuchte ich sie die Treppe hinauf in mein Zimmer und schloss die Tür hinter uns.

»Das ist ja riesig!«, sagte sie.

»Ja, oder?« Ich grinste.

Lila setzte sich mir gegenüber auf ihr Bett. »Also, das Wichtigste zuerst: Wie läuft es mit der Instagram-Hacking-Mission?«

Endlich würde ich zur Ruhe kommen. »Das ist alles geregelt. Ich habe sein Handy-Passwort und eine Datei mit peinlichen Fotos von ihm, die ich jederzeit posten kann. Wir müssen ihn nur lange genug von seinem Smartphone weglocken, dass ich sie hochladen kann.«

»Und wie willst du das machen?«

»Ich habe mir schon was überlegt. Du fragst Zach, ob er dich im Kanu mitnimmt. Das Handy muss dann hierbleiben, das ist mit unseren Eltern so ausgemacht. Und während ihr auf dem Teich herumpaddelt, schnappe ich mir sein Handy.«

Lila nickte. »Genial.«

Ich warf ihr einen ernsten Blick zu. »Meinst du, du schaffst es, freundlich zu ihm zu sein, um unseren Plan nicht zu gefährden?«

Lila grinste. »Ich opfere mich für die Gemeinschaft. Und ich bin sicher, dass es sich am Ende gelohnt haben wird.«

Ich beugte mich vor und hielt ihr meinen kleinen Finger hin, und als sie ihren einhakte, sagten wir beide gleichzeitig: »Stay gold!«

Ach, wie hatte ich sie vermisst! »Okay«, sagte ich und

wechselte zu einem erfreulicheren Thema über. »Und jetzt die Videos.«

Ich ging zu ihr hinüber und setzte mich neben sie, dann lud sie das erste Video auf ihrem Smartphone herunter. Der Eröffnungssong ihrer Coverversion von *Truly Madly Pink* von den *Chocolate Flamingos* dröhnte aus dem Lautsprecher. Ich wusste, dass die Band gut war, aber das hier war der Hammer. Sie waren einfach supergut! Lila war perfekt am Schlagzeug – sie sah wie ein richtiger Rockstar aus –, und Iris' Stimme fegte mich glatt um. Quinn und Alex sangen Background und spielten dabei Gitarre, als hätten sie nie etwas anderes gemacht.

»Lila, die *Hot Pinx* sind bühnenreif! Wow!«

Lila lachte, aber die Röte, die ihr in die Wangen schoss, verriet mir, wie sehr sie sich freute. Dann zeigte sie mir das nächste Video, eine Ballade.

»Im Ernst, Lila. Ihr seid richtig gut!« Ich seufzte, fühlte mich ein bisschen ausgeschlossen. Warum konnte ich diesen Sommer nicht in Sunnyvale bleiben? Ich hätte viel lieber Lilas Proben miterlebt, als in Mystic zu versauern und mich über Zach aufzuregen.

»Danke. Ich weiß nicht, ob wir schon gut genug sind, um vor Publikum zu spielen. Du und Tomás, der die Videos aufgenommen hat, seid bisher die Einzigen, die uns gehört haben. Aber wenn die Schule wieder anfängt, können wir vielleicht bei der Talentshow mitmachen.«

»Wer ist Tomás?«

»Alex' Cousin.«

»Und was ist überhaupt mit Alex?«

Lila fummelte an ihrem Smartphone herum, dann schloss sie es an ihr Aufladekabel an und legte es auf den Nachttisch zwischen unseren Betten.

»Lila? Ist alles okay?« Alex war ein netter Typ, aber wenn er Lila in irgendeiner Weise wehgetan hatte, würde ich es ihm heimzahlen. Niemand verletzte ungestraft meine beste Freundin.

»Also …«, fing sie an und verstummte wieder.

»Also was?«

Lila hielt sich die Hände vors Gesicht und sagte: »Er hat mich geküsst.«

»Was?«

Lila spähte zwischen ihren gespreizten Fingern hervor, und ein strahlendes Lächeln breitete sich auf ihrem Gesicht aus. Ich packte ihre Hände, und wir kreischten beide los.

»Lila! Erzähl schon! Ich will alles wissen!«

Lila kicherte. »Es fing damit an, dass Alex nach den Proben dageblieben ist, um mir beim Aufräumen zu helfen. Er wohnt nur zwei Blocks entfernt, also musste er nicht abgeholt werden wie Iris und Quinn. Und letzte Woche, nachdem wir unsere ganze Ausrüstung zusammengepackt hatten, habe ich ihn zu einem Snack eingeladen.«

»Genial!«, sagte ich und stieß sie an. »Weiter!«

»Wir haben zusammen auf der Couch gesessen und über Musik geredet, und dann hat er mich gefragt.«

»Gefragt? Was soll das heißen? Hat er dich gefragt, ob er dich küssen darf?«

Lila wurde feuerrot und nickte.

»Das ist ja süß«, sagte ich, und im selben Moment schoss mir der Gedanke durch den Kopf, wie ich wohl reagiert hätte, wenn Zach mich vorher gefragt hätte? Ich meine, ich hätte natürlich Nein gesagt. Klar. Was in aller Welt war los mit mir? Warum dachte ich überhaupt an diesen Blödmann von Zach? »Und? Wie war es? Der Kuss?«

»Perfekt.« Lila lächelte, ließ sich rücklings auf ihr Bett fallen und starrte verträumt an die Decke. »Und wie war *dein* Kuss?«

»Was?«, stieß ich hervor. Woher wusste sie, dass Zach mich geküsst hatte?

Lila setzte sich wieder auf und schaute mich an. »Gideon Yoshimura?«

»Ach das!« Ich seufzte erleichtert.

»Wie kann man nur seinen ersten Kuss vergessen?«

»Das zählt doch nicht«, sagte ich. »Ich mochte ihn ja nicht mal.« Es war auf einer Party für Lilas Orchesterklasse gewesen, zu der sie mich am Ende des Schuljahrs eingeladen hatte. Wir hatten Wahrheit oder Pflicht gespielt, und Gideon hatte Pflicht genommen. Wir beide waren neben Lila die Einzigen mit japanischem Hintergrund, und als er aufgefordert wurde, eine der Anwesenden zu küssen, brüllten alle, dass er mich küssen solle, nur weil ich auch asiatische Wurzeln habe. Als ob das etwas zu bedeuten hätte! Wir krümmten uns vor Verlegenheit, und Gideon entschuldigte sich, bevor er mir einen flüchtigen Kuss auf die Lippen drückte. Ich küsste ihn nicht einmal zurück. Also keineswegs der romantischste Kuss aller Zeiten. Meine Gedanken kehrten einen Augenblick zu Zachs Kuss zurück, und ich runzelte die Stirn. Ja, das hatte sich romantisch angefühlt, aber als meinen ersten Kuss wollte ich es schon gar nicht gelten lassen. Jedenfalls nicht, solange ich nicht wusste, was dieser Kuss zu bedeuten hatte. Oder warum ich Zach zurückgeküsst hatte.

»Und wann ist das passiert?«, fragte ich, um die Aufmerksamkeit wieder auf Lila zu lenken.

»Vor vier Tagen! Ich wollte es dir natürlich sofort erzählen, aber da ich ja wusste, dass wir uns sowieso bald wiedersehen, konnte ich es dir auch persönlich sagen.« Lila strahlte noch immer wie eine Sonne.

Und ich auch. »Seid ihr jetzt zusammen?«

Genau in diesem Moment vibrierte ihr Handy. Sie warf einen Blick darauf und kicherte. »Das ist Alex. Und ja, wir sind zusammen.«

Wir fielen beide aufs Bett zurück und kreischten wieder wie verrückt. Als Lila ihm zurückschrieb, wurde ihr Lächeln noch strahlender, falls das überhaupt möglich war.

Ich wusste natürlich, dass ich Lila Zachs Kuss nicht verschweigen durfte. Ich hatte noch nie Geheimnisse vor ihr gehabt. Aber ich konnte selbst nicht sagen, wie es mir damit ging. Ich wäre gern wütend auf ihn gewesen. Oder nein, ich *war* wütend! Aber ich war auch verwirrt. Und wenn ich es ihr nicht mit der gebührenden Entrüstung erzählen konnte, würde Lila, die mich besser kannte als jeder andere, mich sofort durchschauen und vielleicht noch auf falsche Gedanken kommen. Wahrscheinlich würde sie denken, dass Zachs Kuss mich in Wahrheit sogar glücklich gemacht hatte. Und in diesem Fall würde sie mir nicht mehr bei meinem Racheplan helfen. Lila war zwar loyal, aber sie hatte auch ein weiches Herz. Sie würde sich weigern, Zach im Internet bloßzustellen, wie er es verdient hatte, wenn sie auch nur das geringste Zögern bei mir spürte. Und das durfte ich nicht riskieren. Ich *musste* es ihm heimzahlen. Unbedingt. Von dem Kuss würde ich ihr später erzählen … wenn unser Plan aufgegangen war. Und vielleicht konnte ich bis dahin auch sagen, was ich wirklich dabei empfunden hatte.

Ich warf einen Blick auf Lila, die immer noch mit Alex chattete. Ich freute mich riesig für sie. Ihr Traum war in Erfüllung gegangen, und bald würde sie mir helfen, auch meinen wahr zu machen.

Nach dem Essen deckten Mom und Dad den Tisch ab, während Lila und ich Pläne schmiedeten, was wir am nächsten Tag tun wollten. Als der Wagen von Zachs Eltern in die Einfahrt rollte, wurde mir schwer ums Herz. Ich holte tief Luft, um mich zu beruhigen.

»Da sind sie«, sagte ich zu Lila. »Bist du bereit?«

Lila straffte ihre Schultern und nickte. »Die Operation Rache läuft! Du wirst gleich sehen, wie supernett ich zu deinem Todfeind sein kann, um dir deinen Racheplan nicht zu vermasseln. Du kannst mich von jetzt an Geheimagentin Pinx nennen.«

Die Zwillinge sprangen aus dem Auto und rannten kreischend auf uns zu. Ich hatte Lila schon vor ihrer überschießenden Energie gewarnt. Das Fliegengitter krachte auf, als sie auf die Veranda stürmten und sich in vollem Tempo auf mich warfen.

»Wir haben dich vermisst, Mai-nesan«, sagte Mason.

»Ich euch auch. Das hier ist meine Freundin Lila.«

»Hi, Lila!«, sagten sie im Chor. Dann brüllten sie: »Baumhaus!« und stürzten in den Garten hinaus, während Holly hinter ihnen herjagte, um sie zu ihrem abendlichen Bad einzusammeln.

Lila und ich drehten uns wieder zur Einfahrt um. Dort stand Zach, und er sah aus wie ein Model mit seiner verspiegelten Sonnenbrille, den ausgebleichten Jeans und dem blassrosa Leinen-Shirt, dessen Ärmel bis zu den Ellbogen aufgekrempelt waren. Mein verräterisches Herz klopfte wild. Aber nur, weil sein Outfit mich irgendwie an Jin von BTS erinnerte, versuchte ich mir einzureden. Zach kam lächelnd auf uns zu.

Lila sog die Luft ein. »Heiliger Trommelstock, du hast mir gar nicht gesagt, wie toll er aussieht!«

Ich schaute meine beste Freundin an. »Das sind nur die Klamotten.«

Lila zog ihre Augenbrauen hoch. Sie wollte etwas sagen, bremste sich aber, als Zach die Veranda betrat. Ich machte die beiden kurz miteinander bekannt, und Lila brachte ein ersticktes »Hi« heraus. Dann kamen auch Zachs Eltern auf die Veranda, und Wes stellte einen Karton mit köstlichen Gebäckteilchen auf den Tisch. Als die Zwillinge das sahen, kletterten sie sofort von ihrem Baumhaus herunter und kamen wieder zu uns.

»Wenn ihr Lust habt, können wir dieses Wochenende ein Lagerfeuer machen«, schlug Zach vor.

»Das klingt gut«, sagte Lila. Ich sagte nichts, und sie stieß mich mit dem Bein an.

»Ja.« Zach brach endlich das gespannte Schweigen. »Du hättest sehen sollen, wie wir neulich diese gigantischen Riesen-Marshmallows gegrillt haben. Das war vielleicht eine Schweinerei, stimmt's, Amai?« Er beugte sich vor, um meinen Blick aufzufangen, aber ich behielt meine Augen auf dem Muffin, den ich gerade auswickelte.

Zach benahm sich so … normal. Als hätte es den Kuss nie gegeben. Wie konnte er das einfach übergehen? Hatte es ihm so wenig bedeutet? Die Hassglut, die zwei Jahre lang in mir geschwelt hatte, flammte plötzlich wieder zu einem lodernden Feuer auf.

Aber Zach sollte sich noch wundern. Bald würde er zu spüren bekommen, dass böse Taten niemals ohne Folgen bleiben.

15

Am nächsten Morgen hatte Lila ihren anfänglichen Schock über Zachs gutes Aussehen überwunden und war wieder voll bei der Sache. Während wir uns anzogen, fing sie mit unserem alten Rachespiel an.

»Seine affigen Designer-Klamotten zerschneiden«, sagte sie und schlüpfte in eine coole abgeschnittene Jeans, die sie über ihre pinkfarbene Bikinihose zog.

»Auf seiner Sonnenbrille herumtrampeln«, fuhr ich fort, während ich meinen blauen Zweiteiler anzog und dann einen breitkrempigen Hut aufsetzte.

»Klebe in sein Shampoo kippen.«

Ich runzelte die Stirn. Nein, das war fies. Aber ich sagte es nicht laut. Ich wollte ja schließlich, dass Zach leiden musste.

Als wir angezogen waren, gingen wir zum Frühstück in die Veranda hinunter, aber Ethan und Mason zerrten Lila mit sich weg, obwohl sie ihr Müsli erst zur Hälfte aufgegessen hatte. Ich räumte auf, ging hinaus, um sie zu suchen, und fand sie zu meiner Überraschung im Baumhaus.

Weder Zach noch ich waren jemals in das Heiligtum der Zwillinge eingeladen worden. Allerdings ließen wir sie auch nie in unsere Festung, wie ich ehrlicherweise zugeben musste.

Plötzlich erschien Zach an meiner Seite, so lautlos und unerwartet, dass ich zusammenzuckte. Unsere Blicke trafen sich, und ich schaute schnell weg.

Zach räusperte sich. »Hey, Amai«, sagte er mit brüchiger Stimme.

Ich fürchtete mich vor dem, was er offenbar sagen wollte, und tat so, als hätte ich ihn nicht gehört. Stattdessen schlenderte ich zu der Plattform und rief zu den Zwillingen hinauf: »Hey, ihr beiden, gönnt Lila auch mal eine kleine Verschnaufpause. Sie ist hier in Ferien und nicht zum Babysitten. Ihr macht sie noch ganz gaga mit eurem Geschrei.«

»Kacka! Mai hat Kacka gesagt«, brüllte Mason und lachte sich schlapp.

Oh, bitte! Ethan stimmte natürlich sofort mit ein, und die beiden sangen lauthals ein Kacka-Lied. Lila streckte ihren Kopf aus einem Fenster und grinste verschmitzt. »Also wirklich, Mai!«

Ich zuckte mit den Schultern. »Kommt jetzt runter. Wir fahren gleich zum Strand.«

Wir nahmen beide Autos. Meine Eltern und ich fuhren mit Lila in Hollys Accord und die Koyamas im Pilot.

Sobald wir unsere Handtücher im Sand ausgebreitet

hatten, streiften Lila und ich die Kleider ab und gingen zum Wasser. Das Meer kitzelte unsere Zehen.

»Das ist ja ganz warm!«, sagte Lila.

»Ja, nicht? Wie Badewasser!« Der Pazifische Ozean war immer eisig, besonders in Nordkalifornien, wo wir lebten. Wir gingen dort nur zum Strand, um Steine und Muscheln zu sammeln, und meistens waren wir richtig angezogen.

Wir wateten weiter hinaus, bis uns das Wasser über die Hüften ging und die Sonne erbarmungslos auf uns herunterknallte. Ich zog meinen Sonnenhut tiefer in die Stirn.

»Dann bewerbt ihr euch also im Herbst für die Talentshow?«, fragte ich.

»Hm, ja, ich hoffe es. Wir müssen noch ein paar Coversongs einüben. Die beiden, die du gehört hast, und vielleicht noch einen anderen.«

»Gut.«

Lila tauchte bis über die Schultern ins Wasser. Ich schaute kurz zurück und sah, dass Zach mit den Zwillingen eine Sandburg baute. Lila richtete sich wieder auf und folgte meinem Blick.

»Ich glaube, wir sollten bei Zach bleiben«, sagte sie. »Damit er keinen Verdacht schöpft, verstehst du?«

»Ja, gute Idee.«

In der nächsten Stunde halfen wir Zach und den Zwillingen bei ihrer Sandburg, aber das Ganze artete bald in eine wilde Schlammschlacht aus. Ich genoss es aus vollen

Zügen, endlich wieder mit Lila zu lachen und herumzutoben. Nur Zach war stiller als sonst, was mir natürlich nicht entging, aber ich war froh darüber. Je weniger er redete, desto besser.

Nach dem Picknick am Mittag und einer langen Strandwanderung bis zur Bluff-Point-Halbinsel waren die Zwillinge endlich ausgepowert und wir auch. Als wir zurückkamen, fingen unsere Eltern direkt mit den Vorbereitungen für das Abendessen an, während Lila und ich in unser Zimmer hinaufgingen. Ich ließ Lila den Vortritt beim Duschen und warf mich auf mein Bett. Müde, wie ich war, schlief ich sofort ein.

Irgendwann schreckte ich von dem Gelächter hoch, das zu mir heraufdrang. Ich wusste nicht, wie lange ich geschlafen hatte, aber als ich aufstand und zum Fenster ging, war die Spätnachmittagssonne so grell, dass ich blinzeln musste. Ich hielt mir die Hand vor die Augen und spähte hinunter. Zach und Lila saßen auf der Hängematte und redeten miteinander. Von hier aus konnte ich ihre Gesichter nicht sehen, aber es war offensichtlich, dass die beiden sich gut verstanden. Ausgezeichnet! Je mehr Lila sich mit Zach anfreundete, desto besser. Außerdem schauten sie auf den Teich hinaus, die perfekte Gelegenheit für Lila, ihn zu fragen, ob er eine Runde Kanu mit ihr fahren würde.

Ich ließ mir Zeit beim Duschen, und als ich angezogen war, ging ich nach draußen. Der Plan, den wir so sorgfältig geschmiedet hatten, fügte sich allmählich zusammen. Ich musste nur meine Nervosität im Zaum halten, dann war es bald so weit. Endlich konnte ich Zach zeigen, wie es sich anfühlte, von einem angeblich besten Freund verraten zu werden. Vielleicht konnte ich dann endlich loslassen. Zach loslassen. Ich straffte die Schultern und ging zu den beiden hinüber. Lila lächelte und klopfte auf den Platz neben ihr in der Hängematte.

Als ich mich hinsetzte, rutschte mir mein Handy aus der Tasche und fiel Zach vor die Füße. Er bückte sich und hob es auf, bevor ich reagieren konnte. Ungeduldig streckte ich meine Hand aus, aber er gab es mir nicht sofort zurück, sondern ließ sich Zeit, drehte das Handy um und schaute auf die Hülle. Seine Augenbrauen zogen sich zusammen.

»Wer ist das?«, fragte er und hielt mein Handy hoch, um mir die Fotokarte zu zeigen, die in der Hülle steckte.

»Jungkook«, sagte ich und schüttelte ungeduldig meine Hand, um ihm klarzumachen, dass er mir mein Handy zurückgeben sollte.

»Ach ja«, sagte er und klang aus irgendeinem Grund erleichtert. »Ich habe ihn nicht gleich erkannt.«

Lila riss ihr Handy heraus, um Zach die Fotokarte ihres BTS-Idols zu zeigen. »Hier ist Jimin!«

Zach gab mir endlich mein Handy und sagte: »Dann stehst du also immer noch auf BTS.«

»Ähm, Zachary«, sagte ich in herablassendem Tonfall,

»man hört nie auf, BTS zu lieben. Das ist keine Phase, aus der man herauswächst.«

Er lachte. »Alles klar.«

»Du hast mir gar nicht erzählt, dass Zach auf Musik steht«, sagte Lila.

»Und mir hast du nicht erzählt, dass Lila eine Band hat«, warf Zach ein.

Ich zuckte die Schultern, ohne zu wissen, wie ich darauf reagieren sollte. Wenigstens kamen sie gut miteinander zurecht.

»Ich habe Lila unsere Festung gezeigt«, sagte Zach.

Was? Ich riss meinen Kopf so abrupt zu ihm herum, dass meine Haare in Lilas Gesicht peitschten, und fauchte ihn an: »Das wollte ich doch machen!«

Zach hob seine Hände. »Tut mir leid.«

Tut mir leid? War das alles? Er hatte mir wieder einmal den Beweis geliefert, dass ihm nichts an mir und meinen Gefühlen lag. Lila war meine beste Freundin. Wie kam Zach dazu, sie einfach in unsere Festung mitzunehmen? Ich hatte mich schon die ganze Zeit darauf gefreut, ihr mein Reich dort zu zeigen.

Zachs Augen schnellten zu meinen geballten Fäusten, und er zog überrascht die Augenbrauen hoch. Aber bevor ich ihn wegen dieser Übergriffigkeit zusammenstauchen konnte, stieß Lila ihr Knie gegen meines, um mich daran zu erinnern, dass ich mich nicht verraten durfte.

Ich zwang mich also zu einem Lächeln, während ich

innerlich mit den Zähnen knirschte. Zachs Augenbrauen blieben noch ein paar Sekunden oben, bis Lila schließlich das Schweigen brach.

»Mai, du wolltest mir doch all die coolen Vögel zeigen, die es bei uns in Kalifornien nicht gibt.«

Ich suchte die Bäume ab und war froh, dass ich ihr einen Rotkardinal präsentieren konnte.

Lila schnappte nach Luft. »Ist der aber schön! So ein tolles Rot!«

Ich schaute nicht in Zachs Richtung, hörte aber die Hängematte knarzen, als er die Luft ausstieß und sich zurücklegte – erleichtert vielleicht? Falls er sich einbildete, dass meine Wut schon verraucht war, hatte er sich gründlich getäuscht.

Ich suchte weiter nach Vögeln, die ich Lila zeigen konnte, während Zach in der Hängematte neben uns schlief. Oder vielleicht stellte er sich auch nur so, denn als Mom uns zum Abendessen rief, schoss er kerzengerade in die Höhe und stürzte ins Haus.

Lila und ich folgten ihm. Als wir in den Garten kamen, beugte sie sich dicht zu mir und flüsterte mir ins Ohr: »Alles gebongt: Zach will mich morgen im Kanu mitnehmen.«

Wir schlangen unsere kleinen Finger ineinander, und ich lächelte. Was für ein Glück, dass ich Lila als beste Freundin hatte!

Am nächsten Morgen wachte ich mit einem verheißungsvollen Flattern im Magen auf. Heute war der große Tag. Der Tag der Rache. Lila und ich kicherten aufgeregt, als wir uns anzogen. Und dann, vor dem Frühstück, putschten wir uns noch zusätzlich auf, indem wir zu BTS tanzten. Lila beherrschte nicht so viele Moves wie ich, aber sie hatte ein tolles Rhythmusgefühl (na klar!) und machte einfach mit.

Dann kam Zach zu uns auf die Veranda. Er trug eine Cargo-Shorts und ein graues T-Shirt und glich wieder mehr dem Zach, den ich von früher kannte. Wir hatten den ganzen Vormittag für uns. Wes, Mom und Holly waren schon mit den Jungs ins Aquarienhaus gefahren, und Dad arbeitete.

Nachdem wir gegessen hatten, half ich Zach, das Kanu ins Wasser zu setzen, und hielt es fest, während Lila einstieg und meinen Platz einnahm. Ihr Strahlen war ansteckend, und ich lächelte auch. Zach dachte wahrscheinlich, dass sie so strahlte, weil sie sich auf die Kanufahrt freute, was ja vielleicht zum Teil auch stimmte. Aber ich wusste es besser: Lila war glücklich, dass wir endlich meinen Plan in die Tat umsetzen konnten.

Zach stieg ins Heck des Kanus und schaute mich an. »Mit dir fahre ich nachher raus«, sagte er.

Ich schüttelte den Kopf. »Ist schon gut. Für Lila ist es doch was Besonderes. Wir können ein anderes Mal wieder rauspaddeln.« Ich wollte auf keinen Fall, dass Zach sich unnötig beeilte, nur um mich nicht warten zu lassen. Ich brauchte genug Zeit, um sein Handy zu finden und die Bilder auf seinen Account hochzuladen. Und außerdem würde ich sowieso nicht mehr in seinem Kanu mitfahren.

»Viel Spaß«, sagte ich.

»Den werden wir haben.« Zach grinste.

Ich grinste zurück, und er riss überrascht die Augen auf, dann lächelte er erfreut. Es fiel mir nicht schwer, ihn so eiskalt zu hintergehen. Er sollte endlich seine eigene Medizin zu schmecken bekommen. Das hatte er verdient.

Ich wartete, bis Zach und Lila in der Mitte des Teichs waren, dann zwang ich mich, ohne Eile ins Haus zurückzugehen.

Aber sobald ich außer Sicht war, gab es kein Halten mehr. Mein Herz raste, hämmerte im Rhythmus meiner Schritte, während ich die Treppe hinaufjagte, meine geballten Fäuste nass von Schweiß. Keuchend erreichte ich Zachs Zimmer und musste mich am Türrahmen festhalten, um meinen Atem zu beruhigen. Ich hatte so lange auf diesen Moment gewartet! Ich wollte den süßen Geschmack des Sieges in vollen Zügen auskosten.

Schließlich ging ich hinein. Die Seite der Zwillinge sah wirklich so aus, als hätte hier ein Tornado gewütet. Überall waren Kleidungsstücke verstreut, zusammen mit Plastik-Dinosauriern und Lego-Steinen jeglicher Größe und Farbe.

Dann drehte ich mich zu Zachs Seite um. Zach war als kleiner Junge genauso unordentlich gewesen, aber er schien sich gebessert zu haben. Sein Bett war gemacht, und auf seinem Nachttisch stapelten sich Reisebücher.

Ich holte mein Handy heraus und klickte die Datei mit den peinlichen Fotos von Zach an, die ich gesammelt hatte, dann durchsuchte ich seinen Nachttisch. Kein Handy. Aber ich fand fast immer, was ich suchte. Meine jahrelangen Vogelbeobachtungen hatten meine diesbezüglichen Fähigkeiten geschärft. Trotzdem sah ich das Handy nicht, auch nachdem ich ein zweites Mal alles gecheckt hatte. Ein mulmiges Gefühl kroch in mir hoch.

Ich stürzte die Treppe hinunter und schaute in der Küche nach, dann im Wohnzimmer und auf der Veranda. Nichts. Wo in aller Welt konnte es nur sein? Ich blinzelte zum Teich hinüber. Lila und Zach waren ganz am anderen Ende. Ich musste das Handy unbedingt finden, bevor ihnen der Gesprächsstoff ausging und sie ans Ufer zurückpaddelten.

Ich atmete tief durch und zwang mich, ruhig zu bleiben. Dann hob ich jedes einzelne Sofakissen hoch, schaute auf dem Boden und in den Toiletten und Badezimmern nach. Kein Handy.

Panisch stürzte ich in Zachs Zimmer zurück und wählte seine Nummer. Ob er wohl immer noch den Super-Mario-Bros.-Klingelton hatte? Wahrscheinlich nicht. Ich drehte mich im Kreis und lauschte auf eine Handymelodie. Ich wollte gerade wieder auflegen und mein Glück noch einmal im unteren Stock probieren, als Zach antwortete.

Er.

War.

Am.

Telefon.

»Amai? Ist alles okay?«

Nein, nichts war okay. Ich konnte mir Lilas Gesicht nur zu gut vorstellen, als sie gesehen hatte, dass Zach sein Telefon hervorzog. Unser Plan war gescheitert. Ich hatte versagt.

»Ups«, sagte ich und suchte fieberhaft nach einer Ausrede. »Ich habe die falsche Nummer gewählt. Und warum hast du überhaupt dein Handy dabei?«

Zach lachte. »Hab's vergessen. Sag bloß Dad nicht, dass ich es mitgenommen habe.«

Vergessen? »Ähm ... okay ... geht klar.« Ich legte schnell auf, bevor er noch Verdacht schöpfte, weil ich so merkwürdig klang.

Ich ging in mein Zimmer, hörte AC in voller Lautstärke und lief pausenlos hin und her. Ich musste mich beherrschen, um nicht laut loszuheulen. Am liebsten hätte ich mich auf den Boden geworfen und wild um mich geschlagen wie ein Kleinkind. Der perfekte Plan hatte sich in Luft aufgelöst. Wie gemein war das denn?

Ich warf einen Blick aus dem Fenster und sah Lila und Zach bei der Birke drüben. Aus irgendeinem Grund beugten sie sich gebannt über die Bordwand. Vielleicht hatten sie eine Schildkröte entdeckt? Ich seufzte. Wenn schon, im Augenblick war mir sowieso alles egal. Ich nutzte die Zeit, die mir noch blieb, bis sie zurückkamen, um mich zu beruhigen. Aber als Zach und Lila am Ufer anlegten, war ich immer noch wie gelähmt vor Enttäuschung.

Beim Abendessen zeigte sich dann, dass ich die Chance, an Zachs Handy heranzukommen und ihn vor allen seinen Freunden unsterblich zu blamieren, ein für alle Mal verpasst hatte. Wes wollte mit ihm nach Fairfield fahren, und dann würden sie erst am nächsten Morgen mit Celeste und Noah zurückkommen. Mist! Als ich Celeste und Noah eingeladen hatte, war ich davon ausgegangen, dass unsere Rache-Aktion bis dahin erfolgreich abgeschlossen sein würde. Dann hätten Celeste und Noah – genau wie Zachs zahlreiche andere Instagram-Follower – die peinlichen Fotos natürlich schon gesehen. Und ich hätte ihre Reaktionen beobachten und mich daran weiden können. Das konnte ich jetzt vergessen. Und obwohl ich mich darauf gefreut hatte, Lila und Celeste zusammenzubringen, ärgerte ich mich jetzt, dass ich auf diese Weise kostbare Zeit mit Lila verlieren würde.

Als wir uns bettfertig machten, versuchte Lila mich aufzumuntern. »Ach, Mai, ich weiß schon, du bist am Boden zerstört, aber es ist doch nicht der Weltuntergang.«

»Doch, ist es!«

»Wir finden vielleicht eine andere Möglichkeit, die Fotos zu posten, wenn er mit seinen Freunden zurückkommt.«

»Nein. Er lässt sein Handy praktisch nie aus den Augen«, sagte ich. »Es ist vorbei. Aus. Ende.«

»Du hast doch noch den ganzen Sommer vor dir.«

Ich zuckte mit den Schultern.

»Komm schon, Mai.« Lila setzte sich auf mein Bett, wo ich zusammengerollt auf der Seite lag. »Alles wird gut.«

Ich seufzte. Am Anfang der siebten Klasse hatte Lila den Platz als erste Cellistin im Orchester verloren. Das hatte sie tief getroffen, aber nachdem sie ungefähr eine Stunde lang mit ihrem Schicksal gehadert hatte, war sie wieder aus ihrem Schmollwinkel hervorgekrochen, strotzend vor Energie und Zuversicht. Wie schaffte sie das nur? Wie konnte sie ihre Enttäuschung so leicht abschütteln? Ich selbst fraß immer alles tief in mich hinein.

Im Übrigen war Lila nach ein paar Wochen wieder erste Cellistin geworden. Alle bekamen immer, was sie wollten, nur ich nicht.

Lila und ich hatten nur noch einen ganzen Tag zusammen, bevor sie wieder nach Hause musste. Am liebsten wäre ich mit ihr nach Sunnyvale zurückgeflogen. Solange ich mit Lila zusammen sein konnte, war alles gut.

»Vergiss Zach«, sagte ich. »Lass uns morgen einfach Spaß haben, okay?«

Ein paar schöne Erinnerungen mit Lila zu schaffen war alles, was mir jetzt noch blieb. Und die brauchte ich, um die nächsten drei Wochen zu überstehen, bis ich endlich mit meinen Eltern nach Hause zurückfliegen konnte.

16

Am nächsten Morgen schaukelten Lila und ich in den Hängematten und redeten über ihre Band und Alex, während wir Musik hörten. Dann ertönte ein vertrauter Handyton. Ich schaute auf mein Smartphone und lächelte.

Celeste
Wir sind schon im Auto und auf dem Weg zu euch!

Mai
Super! Dann bis bald!

Noah
Zach und ich fordern euch drei zu einem Cornhole-Turnier heraus. Die Sieger dürfen auswählen, was auf die Pizza kommt.

Zach
Gut. Ich will Salsiccia und Peperoni.

Celeste
Krass! Vegetarische Pizza, weil wir nämlich gewinnen!

»Was ist los?«, fragte Lila.

»Celeste und die Jungs sind auf dem Weg hierher.«

»Oh.«

Ich schaute zu Lila hoch. »Du wirst Celeste mögen. Das verspreche ich dir.«

Lila lächelte. »Ja, klar.«

Lila fühlte wahrscheinlich dasselbe wie ich, das heißt, sie hätte unseren letzten Tag gern mit mir allein verbracht. Aber ich konnte Celeste und Noah nicht gut wieder ausladen.

Bevor ich noch etwas sagen konnte, rollte ein fremder Wagen in die Einfahrt. Es war Margie vom Naturzentrum!

»Hi, Mai!«, begrüßte sie mich. »Passt es euch, wenn ich mich heute mal ein bisschen auf eurem Grundstück umsehe?«

»Ja, klar«, sagte ich. »Holly ist weg, aber ich kann Sie gern herumführen.«

Ich stellte ihr Lila vor, dann führte ich sie auf dem Pfad zu der Lichtung und zeigte ihr, wo ich die Eulengewölle gefunden hatte. Ich hatte seither regelmäßig nachgesehen, aber nichts mehr gefunden.

Nachdem Margie den ganzen Bereich gründlich untersucht hatte, fragte sie mich, ob sie einen Blick in die Garage werfen dürfe. Lila und ich warteten in der Einfahrt. Als Margie wieder zu uns herauskam, strahlte sie.

»Also, Mai, ich muss sagen, ich bin beeindruckt von deiner Beobachtungsgabe«, sagte sie, während wir zu ihrem Auto gingen. »Ich glaube, in eurer Garage nistet tatsächlich eine Schleiereule, oder zumindest *hat* sie dort genistet. Ich habe ein paar Flaumfedern und ein altes Gewölle gefunden. Hoffentlich ist es okay, wenn ich das mitnehme?«

»Ja, natürlich«, sagte ich. Äußerlich blieb ich gelassen, aber innerlich platzte ich fast vor Aufregung. Wir hatten vielleicht eine Eule in der Garage!

Margie öffnete die Tür zu ihrem Landrover. »Mai, kannst du bitte so nett sein und mich benachrichtigen, wenn du die Schleiereule sichtest?« Sie reichte mir ihre Visitenkarte. »Wenn du willst, kannst du unsere Website besuchen und dir ein paar Tipps geben lassen, wie und wann man am besten nach Eulen sucht.«

»Danke, das mache ich.« Ich drückte die Karte an meine Brust und wünschte mir mit jeder Faser meines Herzens, dass ich die Eule sehen würde.

Wir winkten Margie, als sie wegfuhr, aber bevor wir es ins Haus zurückschafften, rollte ein anderer Wagen in die

Einfahrt. Zach, Noah und Celeste quollen aus dem Pilot hervor. Celeste kam schnurstracks auf uns zu, während Zach und Noah sich Zeit ließen und langsam herüberschlenderten. Jetzt musste ich die kostbaren Stunden, die mir noch mit Lila blieben, mit ihnen allen teilen.

»Hi!« Celeste klebte praktisch in Lilas Gesicht vor Begeisterung. »Ich freue mich wahnsinnig, dass ich Mais beste Freundin kennenlernen darf!«

Lila begrüßte sie lächelnd. Dann kam Zach zu uns und machte Noah mit Lila bekannt.

»Also dann … wer will sich von den absoluten Cornhole-Champions abziehen lassen?«, frotzelte Noah.

»Träum weiter«, sagte Celeste. »Wir spielen Mädchen gegen Jungs. Macht euch auf eine knallende Niederlage gefasst … wieder mal!«

Ich erklärte Lila die Spielregeln, während die anderen die Bretter aufstellten. Wir Mädchen wechselten uns in drei Spielen ab und schlugen die beiden Jungs jedes Mal. Celeste und ich brachten Lila unseren Siegestanz bei. Zum Glück waren Zach und Noah gute Verlierer.

Dad und Wes holten Pizzen von *Nanas Tomato Pies* zum Abendessen, zwei davon mit unserer Auswahl an Gemüse-Toppings und eine Würstchen-Pizza für die Jungs, weil Celeste eben auch eine gute Gewinnerin war. Mason und Ethan bestürmten uns, mitessen zu dürfen, nur damit sie bei Lila sein konnten. Bei jeder Mahlzeit wollten sie unbedingt neben ihr sitzen. Zum Glück ließen sie sich mit dem Versprechen abspeisen, dass Lila sich am nächsten Morgen beim Frühstück zu ihnen setzen würde. Dann brachten wir fünf Stühle zum Teich hinunter, um unsere drei Pizzen miteinander zu teilen.

Wir wollten uns gerade hinsetzen, als Zachs Blick auf Lilas Trommelstöcke fiel, die sie aus ihrer Tasche hervorzog. Sie hatte sie nicht ins Kanu mitgenommen, weil sie Angst hatte, dass sie ins Wasser fallen könnten.

»Ich hätte gern Trommelstunden in Tokio genommen«, sagte Zach. »Also eigentlich auf der japanischen Taiko-Trommel, aber Mom hat es mir nicht erlaubt, weil sie Angst hatte, dass die Zwillinge dann auch trommeln wollten und sie dann die ganze Zeit den Lärm um die Ohren haben würde.«

Wir lachten.

Lila zwirbelte ihre Drumsticks herum und reichte sie Zach, dann setzten sie sich nebeneinander. Mein Magen fing an zu schlingern beim Anblick von Lilas kostbaren Drumsticks in Zachs Händen.

Ich nahm einen Bissen von meiner Pizza und kaute schweigend, während ich zuhörte, wie Lila und Zach sich angeregt unterhielten. Erleichterung durchströmte mich, als Zach endlich Lilas Drumsticks zurückgab.

»Wie ist denn deine Band so?«, fragte er. Sein Pizzastück lag noch beinahe unberührt auf dem Teller in seinem Schoß. Normalerweise hätte er jetzt bereits sein zweites Stück verschlungen.

»Die *Hot Pinx*? Ach, wir kommen klar.«

»Das ist ein abgefahrener Name!«, sagte Zach. »Und was für eine Art von Musik macht ihr?«

Ich drehte mich zu Celeste um und redete laut genug mit ihr, um Zachs Gespräch mit Lila zu übertönen. Inzwischen waren sie zu den Bands übergegangen, die Zach in Japan kennengelernt hatte. »Magst du Musik?«

Celeste knabberte an einer Pizzakruste. »Ja, aber ich bin nicht so besessen davon wie Zach.«

»Hey!«, rief Zach herüber. »Ich bin nicht besessen!«

»Doch«, sagte Noah lachend, »bist du wohl.«

»Amai! Sag diesen Leuten, dass ich auch noch andere Interessen habe!«

Alle drehten sich zu mir um und lächelten mich an.

Zach stieß Noah spielerisch in die Seite. »Amai hält wenigstens immer zu mir.«

Mein Lächeln erlosch. Wortlos beugte ich mich auf meinem Stuhl vor und tat so, als ob ich den Teich nach Vögeln und Wassertieren absuchen wollte. Als die anderen merkten, dass ich nicht antworten würde, nahmen Zach und Lila ihr Musikgespräch wieder auf, ohne eine Sekunde zu zögern. Lila zeigte Zach sogar (und okay, auch allen anderen) die Videos von ihrer Band. Zach schaute sie gleich noch einmal an, dann ein drittes Mal, und schwärmte in den höchsten Tönen, wie toll die *Hot Pinx* seien. Was ich natürlich nur bestätigen konnte, aber trotzdem: *Krieg dich wieder ein!*, dachte ich zähneknirschend.

Celeste schaute sich die Videos einmal kurz an, dann kam sie zu ihrem Platz neben mir zurück. »Wow, Lila ist echt superbegabt!«

»Ja, nicht? Sie spielt Cello im Schulorchester und trommelt in der Band. Sie kann jedes x-beliebige Instrument spielen, nachdem sie nur ein paarmal geübt hat.«

»Du musst sie ja beinahe hassen!«

»Was? Nein!«

Celestes Augen weiteten sich. »Oh mein Gott, das war nur ein dummer Witz, tut mir leid! Noah zieht mich immer damit auf, dass ich längst nicht so witzig bin, wie ich immer glaube.«

Vielleicht hatte ich deshalb so heftig reagiert, weil es mich langsam ärgerte, wie gut sich Zach und Lila über die Musik verstanden. Hatte Lila mir nicht geglaubt, als ich ihr gesagt hatte, dass ich meinen Racheplan aufgeben würde? Jedenfalls solange sie noch hier war? Ich wollte die Zeit mit ihr verbringen und nicht mit Zach.

Als hätte sie meine Gedanken erraten, winkte sie mir plötzlich zu. »Mai! Du musst dir mal diese Bands anhören, die Zach in Japan so gut fand. Allein die Namen sind der Wahnsinn: *Dustcell, Radwimps, Band-Maid,* und dann diese Mädchen-Rockband namens *Scandal*!«

Ich konnte es nicht mehr mitansehen, wie gut sich mein ehemaliger bester Freund und meine gegenwärtige beste Freundin verstanden. Ich meine, Lila hatte bis jetzt gewartet, um mir überhaupt etwas von ihrer *Hot Pinx-*

Musik vorzuspielen, und nun zeigte sie wildfremden Leuten praktisch sofort ihre Videos? Was sollte ich denn davon halten?

»Ich geh jetzt mal ins Haus«, sagte ich zu niemandem im Besonderen, aber Celeste neben mir sprang sofort auf.

»Ich komme mit«, sagte sie. »Ich meine, ich mag Musik, so wie alle, aber die beiden hier sind ja komplett besessen davon und Noah auch.«

»Hast du Lust, Kekse zu backen?«, fragte ich auf dem Weg ins Haus. Es war ausnahmsweise ein kühler Tag, sodass wir nicht zerfließen würden, wenn ich den Backofen einschaltete.

»Ja, klar, ich liebe Backen«, sagte Celeste. »Wir können die anderen damit überraschen.«

Kaum hatten wir angefangen, die Zutaten abzumessen und zu verrühren, stürmten Ethan und Mason in die Küche. Zum Glück war das der einzige Ort, an dem die Zwillinge auch mal zur Ruhe kamen. Sie »halfen« mit Begeisterung, und Holly hatte ihnen eingeschärft, auf keinen Fall mit den Küchengeräten herumzublödeln.

Wir verteilten den Chocolate-Chips-Teig auf die Backbleche und spielten eine kurze Uno-Runde mit ihnen, während die Kekse im Ofen buken. Als sie fertig waren, durften die Zwillinge ein paar davon auf einem Teller in ihr Baumhaus mitnehmen. Ich ließ einen zweiten Teller mit Keksen für die Eltern auf der Küchentheke, dann gingen Celeste und ich mit dem letzten Teller nach draußen, wo wir Noah und Zach wieder beim Cornhole-Spielen vorfanden. Ich nahm mir zwei Kekse und ging damit zu Lila, die sich in einer Hängematte zusammengerollt hatte.

»Deine Lieblingskekse«, sagte ich und hielt sie ihr hin.

Lila nahm sie und warf mir ein Lächeln zu, von dem ich wusste, dass es nicht echt war. Hatte Zach etwas gesagt, das sie gekränkt hatte? Sofort brodelte wieder die Wut in mir hoch. Vergiss die anonymen Demütigungen im Netz, sagte ich mir. Wenn er Lila geärgert hatte, würde ich ihm meine Meinung laut ins Gesicht schreien.

»Was ist los?«, fragte ich sie.

»Du bist einfach verschwunden. Du hättest mich doch fragen können, ob ich auch Kekse backen will«, sagte sie mit bebender Stimme.

Oh nein, *ich* hatte sie also verletzt! Das war bisher noch nie vorgekommen.

»Tut mir leid«, sagte ich. »Ich dachte, du unterhältst dich lieber mit Zach. Ich meine, über Musik und so.«

Ich versuchte meine Stimme so beiläufig wie möglich zu halten, aber Lila kannte mich viel zu gut, um darauf hereinzufallen. Sie schaute mich an. »Du bist sauer!«, sagte sie mir auf den Kopf zu.

»Nein, bin ich nicht!« Ich biss ein großes Stück von meinem Keks ab und kaute energisch.

»Ich wollte mich gar nicht so tief mit ihm in ein Gespräch einlassen«, sagte Lila. »Aber was er über die japanischen Rockbands erzählt hat, war wirklich cool.«

Ich knabberte weiter an meinem Keks.

»Ich würde dich nie verraten, Mai. Du hasst Zach, also hasse ich ihn auch.«

»Wirklich?«

»Okay, gut, *hassen* ist ein starkes Wort. Ich finde es unmöglich, wie er dich behandelt hat, klar. Aber das ist zwei Jahre her!«

Ich verengte die Augen. »Was willst du damit sagen?«

Lila hob die Hände, hielt ihren unberührten Keks hoch. »Ach, nichts.«

»Du hast recht«, versuchte ich es erneut. »Ich hätte dich fragen sollen, ob du mit ins Haus kommst.«

Backen gehörte nicht zu Lilas Lieblingsbeschäftigungen, aber jetzt war nicht der richtige Moment, sie daran zu erinnern, das wusste ich.

Sie zuckte mit den Schultern.

»Oder hast du dich über was anderes geärgert?«

»Ich habe mich übergangen gefühlt, weil du einfach mit Celeste verschwunden bist. So als ob du lieber mit ihr zusammen wärst als mit mir. Und als könntest du es kaum erwarten, bis ich zurückfliege, damit du dich wieder mit deinen Sommerfreunden vergnügen kannst.«

»Ach, Lila.« Ich nahm ihre Hand. »Es tut mir leid!« Ich konnte ihre Eifersucht nur zu gut verstehen. Mir war es ja nicht anders ergangen, als ich gehört hatte, wie oft sie mit Iris und den anderen zusammen war.

Lila brach ihren Keks in zwei Hälften, und die Krümel fielen ins Gras zu ihren Füßen. Sie sah so traurig aus, dass mir das Herz wehtat. Ich hatte noch nie etwas gemacht oder gesagt, womit ich sie ernsthaft gekränkt hatte. Und das würde auch nie wieder vorkommen, schwor ich mir.

»Lila«, sagte ich und lehnte meinen Kopf an ihre Schulter. »Es tut mir wirklich leid, dass ich deine Gefühle verletzt habe. Du musst dir wegen Celeste keine Sorgen machen, das verspreche ich dir. Sie ist keine richtige Freundin, jedenfalls nicht so wie du. Ich meine, wir hatten doch einen Plan, schon vergessen? Ich habe sie nur benutzt, um Zach mit irgendwelchem Dreck bewerfen zu können. Das ist alles. Und ich gebe zu, dass ich eifersüchtig war, als ich gesehen habe, wie gut du dich mit Zach verstehst. Deshalb bin ich mit Celeste ins Haus gegangen.«

Lila seufzte. »Okay. Ich meine, ich hab's verstanden. Wir mussten uns beide verstellen. Du hast so getan, als ob du mit Celeste befreundet sein wolltest, und ich musste so tun, als würde ich Zach mögen. Aber das ist doch jetzt vorbei, oder?«

»Genau! Du und ich, das ist alles, was zählt. Beste Freundinnen. Wir haben so viel miteinander erlebt!«

»Weißt du noch, wie wir zusammen Boba-Tee getrunken haben und du dieses Foto von Jungkook angehimmelt hast? Und wie ich diese total bescheuerte Grimasse geschnitten habe – hier, schau mal!« Lila kicherte. Dann sog sie ihre Wangen ein, machte ein Fischmaul und verdrehte die Augen.

»Ja, genau, und ich habe vor lauter Lachen meinen Tee ausgespuckt.« Ich kicherte jetzt auch.

»Ja, und es kam noch dicker: Die Tapioca-Kugel ist dir aus dem Mund geschossen und an meine Stirn geknallt, und …« Lila keuchte, schnappte nach Luft.

Und plötzlich wurden wir total hysterisch. »… und dann ist sie von deiner Stirn abgeprallt und wäre beinahe wieder in meinen Mund zurückgeflogen.« Mir tat der Bauch weh vor Lachen.

»Ich würde so gern noch länger bleiben«, sagte Lila, als wir wieder Luft bekamen.

»Ja, das wäre schön, aber dann würdest du Alex vermissen.« Ich stieß sie mit der Schulter an.

»Ja, stimmt – dann müsstest du eben mit mir zurückfliegen.«

»Nichts lieber als das«, sagte ich und fühlte mich ein bisschen besser. »Aber es sind ja nur noch drei Wochen, Lila. Das halten wir schon aus. Du wirst sehen, ich bin in null Komma nichts wieder zu Hause.«

Wir drehten uns zueinander, und Lila hielt mir ihren kleinen Finger hin. »Stay gold.«

Ich schlang meinen in ihren. »Stay gold.«

Aus dem Augenwinkel nahm ich eine Bewegung wahr, und als ich herumwirbelte, kam Zach auf uns zu.

»Hey, mein Dad fährt Noah und Celeste jetzt nach Hause.« Zach versuchte meinen Blick aufzufangen, aber ich schaute zur Einfahrt, wo unsere Freunde bereits ihre Taschen im Pilot verstauten.

Zach seufzte laut. »Also ich wollte euch noch sagen, dass ich mit ihnen fahre. Dann könnt ihr beide noch eine Weile allein sein. Dad hat morgen ein Meeting, das heißt, wir fahren erst zurück, wenn er fertig ist. War schön, dich kennenzulernen, Lila.«

Zachs Blick ruhte auf mir, eine stumme Frage in seinen Augen, während Lila sich von ihm verabschiedete. Nach ein paar langen Sekunden ging er zum Auto.

Zach wollte mir etwas sagen, aber er wusste, dass er keine Chance hatte, mich unter vier Augen zu sprechen, solange Lila da war. Sie war mein Puffer. Und weil sie jetzt abreiste, musste ich mir überlegen, wie ich in den nächsten drei Wochen jedem ernsthaften Gespräch mit ihm aus dem Weg gehen konnte. Ich hatte zwar meine Rache nicht bekommen – obwohl ich entschlossen war, es weiter zu versuchen, falls sich eine Gelegenheit dazu bot –, aber deshalb war noch lange nicht alles vergeben und vergessen. Zach hatte fast das ganze Mittagessen über Lila in Beschlag genommen. Und mit seiner Bemerkung, dass ich immer zu ihm gehalten hätte, war er voll ins Fettnäpfchen getreten und hatte alle hässlichen Erinnerungen wieder in mir aufgewühlt. Warum sollte ich für ihn einstehen, wenn er es nicht für nötig hielt, dasselbe für mich zu tun? Ich wusste nur eins: Ich würde mich nicht mehr verstellen und ihm vormachen, dass wir noch befreundet wären.

17

Lila und ich gingen zu dem Wagen hinüber, in dem Zach, Noah und Celeste bereits saßen und auf Wes warteten.

»Danke, dass ihr gekommen seid«, sagte ich zu Noah und Celeste.

»Hat Spaß gemacht«, erwiderte Noah.

Celeste gab keine Antwort. Sie hatte den Kopf nach hinten gestreckt und wühlte in ihrer Tasche. Vielleicht hatte sie mich nicht gehört, aber bevor ich sie umarmen und mich richtig von ihr verabschieden konnte, packte Lila mich an der Hand und zerrte mich zum Haus. Auf dem Weg dorthin kam uns Wes entgegen.

Ich war froh, dass ich Lila den ganzen Abend für mich haben würde. Mom würde uns hinten im Garten essen lassen, während die restliche Familie auf der Veranda bliebe. Dass Mom und Holly so gut befreundet waren, hatte zumindest einen Vorteil: Ich brauchte Mom nicht lange zu erklären, warum ich an diesem letzten Abend mit meiner BFF lieber allein sein wollte.

Während Lila nach oben ging, um sich ein Hoodie zu

holen, suchte ich in der Küche nach etwas zu trinken. Ich nahm mir einen Krug Limonade und wollte gerade zwei Gläser damit füllen, als ich sah, dass Noah sein Basecap vergessen hatte. Ich packte es und stürzte in die Einfahrt hinaus. Dad und Wes redeten beim Auto miteinander, aber sonst war niemand da. Wo waren sie alle hingegangen? Doch nicht in unsere Festung? Wenn Zach die beiden dorthin geschleppt hatte, würde ich ausrasten. Kochend vor Wut stolzierte ich in Richtung Festung, blieb jedoch abrupt stehen, als ich Stimmen hörte, die sofort die Erinnerung an eine andere Unterhaltung in mir wachriefen, die ich nicht hätte mitanhören sollen. Leider siegte meine Neugier über meinen Selbsterhaltungstrieb, und ich beugte mich vor, um zu lauschen.

»Mai ist eine verdammte Lügnerin und Heuchlerin!«

Celestes Stimme bebte vor Wut, fast, als ob sie weinte.

»Das ist bestimmt nur ein Missverständnis, CeCe«, versuchte Zach sie zu beschwichtigen.

»Ich weiß doch, was ich gehört habe!«, stieß Celeste hervor. »Mai hat Lila gesagt, sie hätte mich nur benutzt. Und pass bloß auf, Zach – gegen dich führen sie auch irgendwas im Schilde.«

Ich blinzelte erschrocken. Celeste hatte mein Gespräch mit Lila in der Hängematte belauscht.

Zachs Stimme blieb ruhig. »Nein, nein«, wiegelte er ab. »So ist Mai nicht, ehrlich. Sie ist der netteste Mensch, den ich kenne.«

»Das sagst du nur, weil du natürlich auf ihrer Seite bist«, schniefte Celeste. »Aber vielleicht hat sie sich auch verändert. Du hast sie schließlich zwei Jahre lang nicht gesehen.«

»Ja, vielleicht«, gab Zach zu. »Aber ich glaube, ich kenne Mai. So was würde sie niemals tun. Gib ihr einfach die Chance, sich zu erklären.«

Ach nein … *jetzt* verteidigte er mich?

»Wozu denn?«, sagte Celeste. »Wir waren sowieso keine richtigen Freundinnen, das weiß ich jetzt. Und ich will sie nie mehr sehen.«

Ich taumelte zurück und stürzte davon. Auf dem Weg ins Haus drückte ich Wes noch schnell Noahs Mütze in die Hand. Mein Herz zog sich zusammen bei dem Gedanken, dass ich Celestes Gefühle verletzt hatte. Ich hätte das alles doch niemals gesagt, wenn ich gewusst hätte, dass sie uns hören konnte! Und ich hatte es auch gar nicht so ernst gemeint – ich wollte nur Lila damit beschwichtigen.

Vergiss alles, was du gehört hast, ermahnte ich mich, als ich ins Haus kam. Ich hatte schließlich Übung darin, Gefühle zu verdrängen, mit denen ich nicht umgehen konnte. Aber Celestes verletzte Stimme wollte mir nicht aus dem Kopf gehen. Immer und immer wieder hörte ich ihre Worte, wie in einer Endlosschleife. Ich wusste, dass ich zur Einfahrt laufen sollte, bevor sie wegfuhr, damit ich mich entschuldigen konnte. Hätte sie doch nur dieses Gespräch nicht mitgehört, und hätte ich nicht die Wahrheit ein bisschen verbogen, um Lila zu versöhnen! Es geht nie gut aus, wenn man den Leuten nach dem Mund redet. Das wusste ich besser als jeder andere.

Ich war so in meine Gedanken vertieft, dass ich Lila kaum wahrnahm, als sie die Treppe herunterkam und mich anlächelte.

»Abendessen mit meiner besten Freundin«, sagte sie. Ihre Stimme klang hell und glücklich.

Ja, genau. Lila kam für mich an erster Stelle. Und sie würde bald abreisen. Ich hängte mich bei ihr ein, und wir gingen in den Garten hinaus, wo Mom einen Tisch für uns gedeckt hatte. Ein kurzer Blick zur Einfahrt: Der Pilot war fort.

Nach dem Abendessen und dem Nachtisch liehen wir uns Moms Laptop aus und schauten unsere Lieblingsfolgen von *Run* BTS! an. Die Zeit verging im Nu. Mom ermahnte uns schließlich, dass wir am nächsten Morgen früh aufstehen mussten, und wir gingen in mein Zimmer hinauf.

Ich war schweigsam, als wir uns zum Schlafengehen fertig machten. Meine Gedanken wanderten zu Celeste zurück, während ich unter die Decke schlüpfte, aber ich verdrängte schnell meine Schuldgefühle und knipste das Licht aus.

»Mai? Ist alles okay?«, fragte Lila leise.

Ich rieb mir die Augen. »Oh, entschuldige. Ja, alles gut.

Na ja, so gut wie möglich.« Ich würde sie vermissen. »Wenn ich nur mit dir zurückfliegen könnte.«

»Ja, das wäre toll.« Lila raschelte in ihrem Bett herum und setzte sich auf. »Hey, Mai?«

»Hm?«

»Ich finde, du solltest ehrlich zu Zach sein.«

Ich setzte mich ebenfalls auf, langsam, um mir nicht den Kopf anzustoßen. »Wie meinst du das?«

Lila fuhr sich mit den Fingern durch die Haare, wie immer, wenn sie nervös war. »Ich meine nur, du solltest vielleicht mit ihm darüber reden, warum du nichts mehr von ihm wissen willst. Was er vor zwei Jahren gesagt hat.«

Ich dachte daran, wie Celeste reagiert hatte, als sie, ohne es zu wollen, mein Gespräch mit Lila belauscht hatte. Selbst wenn sie mich zur Rede gestellt hätte, wie Zach es ihr geraten hatte – was in aller Welt hätte ich ihr sagen sollen, um es wiedergutzumachen? Okay, ich hätte mich entschuldigen können, aber was hätte das genützt? Selbst wenn Zach sich damals sofort bei mir entschuldigt hätte, hätte es nichts daran geändert, dass ich mich von ihm verraten fühlte. Nein, eine Entschuldigung war nicht genug. Ich wollte wissen, warum er sich so gemein und herzlos verhalten hatte. Ich dachte daran, wie sehr meine Worte Celeste getroffen hatten und wie neu unsere Freundschaft noch war. Was ich getan hatte, war unverzeihlich. Der Gedanke lag mir im Magen wie ein Stein.

»Dazu ist es zu spät.«

»Ich weiß nicht«, sagte Lila. »Ihr wart euch doch immer so nahe. Fehlt dir das denn nicht?«

»Willst du mich loswerden?«, fragte ich halb im Scherz.

»Nein, natürlich nicht.« Lila seufzte. »Ich weiß, es passt dir nicht, dass Zach und ich uns so gut verstanden haben, aber, Mai, wenn du wüsstest, wie er über dich redet! Ich kann einfach nicht glauben, dass du ihm nichts bedeutest. Vielleicht hat er damals nur falsch reagiert.«

»Es ist aber so – ich bin ihm egal!«, fauchte ich.

Lila verstummte. Sie legte sich zurück und zog sich die Decke bis übers Kinn. Ich hatte nicht nur Celestes Gefühle verletzt, sondern jetzt auch noch Lilas. Was war los mit mir? Ich war doch sonst nicht so taktlos. Im Gegensatz zu Zach wusste ich, was Freundschaft bedeutet. Gute Freunde halten nicht nur zusammen, sondern sind auch nett zueinander. Allerdings hatten gute Freunde auch keine Geheimnisse voreinander. So wie ich vor Lila.

»Er hat mich geküsst«, sagte ich leise.

»Was?«, kreischte Lila, dann setzte sie sich so abrupt auf, dass sie sich den Kopf an der Decke anstieß. »Autsch! Wann? Wann hat er dich geküsst?«

»An dem Nachmittag, als du angekommen bist. Bevor Mom und ich dich abgeholt haben.«

»Heiliger Trommelstock! Warum erzählst du mir das erst jetzt?«

»Ich weiß nicht.«

»Ich will alles wissen!«

Sie klang so glücklich, so euphorisch. Als wäre es ein Grund zum Feiern, so wie ihr Kuss mit Alex! Aber sie täuschte sich. Das hier war … ein Fehler.

»Mai?«

»Da gibt es nichts zu erzählen.« Zwischen mir und Zach war nichts. »Und ich weiß nicht, warum du dich so freust! Du müsstest es besser wissen.«

Selbst in dem schummrigen Licht konnte ich den verletzten Ausdruck erkennen, der in ihren Augen aufflackerte. Das Schweigen zwischen uns zog sich in die Länge.

»Okay«, sagte Lila schließlich. »Hat er sich dir … ich weiß nicht … aufgezwungen? Das wäre natürlich das Allerletzte.«

Ich schüttelte den Kopf. Lügen konnte ich einfach nicht, auch wenn ich Zach nur zu gern als den Bösen in dieser Geschichte hingestellt hätte. »Nein, ich meine, es war irgendwie gegenseitig.«

»Irgendwie?« Lilas Stimme klang wieder etwas hoffnungsvoller. Und als ich nicht antwortete, fügte sie hinzu: »Mai, zwischen euch beiden ist definitiv etwas. Das bestätigt doch nur, was ich vorhin gesagt habe. Du musst mit ihm über diese ganze Geschichte reden. Vielleicht war wirklich alles nur ein Missverständnis.«

»Missverständnis? Wenn Zach mich nicht gegen zwei fiese, rassistische Typen verteidigt?«

»Ich weiß nicht, Mai, wir machen doch alle mal Fehler.«

Meine Gedanken kehrten flüchtig zu Celeste zurück.

»Dein erster Kuss mit Zach, Mai. Das bedeutet doch etwas.«

Dazu hatte ich nichts zu sagen, besonders, weil es ja eigentlich nicht mein erster Kuss gewesen war. Ich wollte nicht darüber nachdenken, was es zu bedeuten hatte. Oder dass es überhaupt etwas bedeutete.

Nach einem weiteren langen Schweigen sagte Lila leise: »Ich glaube nicht, dass du ihn wirklich so abgrundtief hasst, wie du immer sagst.«

»Tu ich aber, Lila. Wirklich. Ich hasse ihn. Ich HASSE ihn!« Ich warf mich wieder in meinem Bett zurück und drehte mich zur Wand. »Lass uns jetzt einfach schlafen.«

Lila legte sich hin und raschelte mit ihrer Decke. Und ein paar Sekunden später hörte ich ihr langsames, regelmäßiges Atmen. Sie konnte schon immer schnell einschlafen.

Ich dagegen konnte lange kein Auge zutun, von einer alten Erinnerung wachgehalten, die ich lieber vergessen hätte.

Süß

Sechs Sommer davor

Zach hielt die Hängematte fest, aber meine siebenjährigen Beine reichten nicht ganz bis oben hin, als ich hineinzuklettern versuchte. Ich dachte, er würde mich vielleicht auslachen, mich ein bisschen aufziehen, so wie ich es oft mit ihm machte. Stattdessen ließ Zach die Hängematte los und lief zur anderen Seite des Obstgartens.

Ein paar Minuten später kam er mit der Trittleiter zurück, die Wes benutzte, um die Äste der Bäume zurückzuschneiden.

»Aber sei vorsichtig, Amai«, sagte Zach und hielt erneut die Hängematte für mich fest.

Ich stieg auf die Leiter und plumpste nicht gerade anmutig in die Hängematte, die Beine kerzengerade nach oben gestreckt, während ich die Ränder umklammerte, um nicht auf der anderen Seite wieder hinauszupurzeln.

»Du hast es geschafft!«, johlte Zach begeistert. Er stellte die Trittleiter weg und hechtete leichtfüßig neben mich in die Hängematte, die wild zu schaukeln anfing.

Ich klammerte mich krampfhaft fest. Erst als ich merkte, dass ich nicht hinausfiel, entspannte ich mich und schaute in die buschigen Äste und den blauen Himmel dazwischen. Ich hatte mir schon den ganzen Sommer gewünscht, in Moms Hängematte zu schaukeln, und jetzt endlich, am letzten Tag, hatte ich es geschafft.

»Danke, Zach«, sagte ich und lächelte ihn an.

Zachs Gesicht war direkt neben mir, als er sich zu mir umdrehte. »Ich werde dich vermissen.«

»Ich dich auch. Aber nächsten Sommer komme ich ja wieder.«

»Zum Glück.« Zachs Augen leuchteten auf.

Ich war glücklich, dass wir dasselbe fühlten, dass Zach genauso gern mit mir zusammen war wie ich mit ihm. Die Freude sprudelte in mir hoch, ließ mein Herz schneller schlagen. In meinem Überschwang beugte ich mich zu ihm hinüber und küsste ihn auf die Lippen.

»Aaaah!« Zach zuckte überrascht zurück, und die Hängematte geriet wieder heftig ins Schaukeln.

Ich verlor das Gleichgewicht und purzelte auf den weichen Rasen darunter.

Zach spähte über den Rand und streckte seine Hand nach mir aus. »Amai? Ist alles okay?«

Ich lachte und ließ mich von ihm wieder hochziehen. Dann lagen wir entspannt in der sanft schaukelnden Hängematte, Schulter an Schulter. Ich seufzte vor Glück und dachte: Freunde fürs Leben!

18

»Ich glaube, Mai ist am Boden zerstört, weil Lila wieder abgereist ist«, sagte Mom zu Holly. »Sie hat kein Wort geredet, seit wir vom Flughafen zurückgekommen sind, und sie hat sich den ganzen Tag in ihrem Zimmer eingeschlossen.«

Ich musste unseren Eltern endlich einmal sagen, dass ich jedes Wort verstehen konnte, wenn sie sich auf der Veranda hinten unterhielten. Ich schloss mein Fenster, und da es nicht heiß genug war, um die Klimaanlage einzuschalten, knipste ich den Schalter meines Deckenventilators an, legte mich wieder zurück und ließ die Luft über mich hinwegstreichen.

Zach und Wes waren vor ein paar Stunden zurückgekommen, aber das interessierte mich nicht. Ich dachte die ganze Zeit nur an Lila, die jetzt fort war und mich hier allein zurückgelassen hatte. Und dass es nicht mehr ganz wie früher zwischen uns war seit gestern Nacht. Warum hatte ich mich mit Lila über den Kuss und über Zach gestritten? Das wollte ich doch gar nicht.

Aber nicht streiten war fast dasselbe wie nicht miteinander reden. Lila hatte an diesem Morgen kaum mit mir gesprochen. Okay, wir mussten superfrüh aufstehen, um rechtzeitig zum Flughafen zu kommen, und waren beide noch ziemlich verschlafen. Aber trotzdem. Als wir uns in der Abflughalle trennten, hielt sie mir nicht ihren kleinen Finger hin, wie sonst immer. Stattdessen haben wir uns etwas verlegen umarmt.

Ich schaute wieder auf mein Handy. Noch eine gute Stunde, bis der Flieger in San Francisco landete, und eine weitere Stunde, bis Lila zu Hause in Sunnyvale war.
»Mai? Kommst du zum Essen runter?«, rief Dad zu mir hoch.

Ich hätte gern eine Ausrede gebraucht – zu müde, kein Hunger –, aber das würde alles noch komplizierter für mich machen, als einfach die Zähne zusammenzubeißen und Zach gegenüberzutreten. Ich hatte das in der letzten Zeit oft genug gemacht, also konnte ich auch noch drei Wochen länger durchhalten.

Als ich in die Veranda herunterkam, stürmten Ethan und Mason auf mich zu und zerrten mich zum Esstisch. Nachdem Lila fort war, stritten sie jetzt wieder darum, wer neben *mir* sitzen durfte.

»Ihr seid ja ganz schön flatterhaft, ihr beiden«, sagte ich und schob einen Stuhl zwischen sie.

»Ui, ich bin knatterhaft!«, rief Mason begeistert.

»Nein, flatterhaft habe ich gesagt.«

»Das bedeutet, dass ihr nicht besonders treu seid«, erklärte Zach.

Ich warf ihm einen scharfen Blick zu. »Ja, genau.«

Seine Augenbrauen schossen in die Höhe.

»Entschuldigung«, sagte Mason und umklammerte meinen Arm. »Wir lieben dich, Mai-nesan! Daisukidesu!«

Ich riss meine Augen von Zach los und tätschelte Masons Kopf. »Ich weiß. Ist schon gut. Ich verzeihe dir.«

»Mir auch?«, fragte Ethan.

Ich legte meine Arme um die Zwillinge. »Ja. Ich verzeihe euch beiden.« Aber nicht Zach. Was er getan hatte, war unverzeihlich.

Endlich hatten wir fertig gegessen, und ich war froh, dass Zach mit Abwaschen an der Reihe war. Während er das Geschirr in die Spülmaschine einräumte, blieb ich am Tisch sitzen und beteiligte mich lange genug an den Gesprächen, dass niemand Verdacht schöpfte, es könnte etwas nicht in Ordnung sein. Dann ging ich schnurstracks in mein Zimmer hinauf. Vor der geschlossenen Tür stand eine kleine Tüte. Mein wöchentliches Geschenk von Zach. Als ob das etwas ändern würde! Ich packte es und warf es auf Lilas Bett, das jetzt bereits abgezogen war. Mein Herz krampfte sich zusammen, ich war krank vor Heimweh.

Als meine Augen sich mit Tränen füllten, wischte ich sie ungeduldig mit dem Handrücken ab. Dann setzte ich mich im Bett auf und zog mein Handy hervor. Immer noch keine Nachrichten von Lila.

Mai
Hey, bist du heil nach Hause gekommen? Vermisse dich.

Ich starrte auf mein Display. Nichts. Keine Lesebestätigung, keine verräterischen Pünktchen. Vielleicht war sie noch nicht zu Hause? Es waren immerhin drei Stunden Zeitunterschied. Vielleicht saß sie gerade mit ihren Eltern beim Abendessen oder packte ihre Tasche aus oder war auf einer Bandprobe oder mit Alex zusammen. Ich würde später noch mal nachsehen.

Aber auch später war nichts von Lila da. Ich versuchte es noch einmal.

Mai
Psst. Bist du schon zu Hause?

Keine Antwort.

Fast die ganze nächste Stunde starrte ich auf mein Handy, in der Hoffnung, dass Lila sich meldete, aber sie blieb stumm. War sie sauer auf mich? In den beiden Jahren, seit wir beste Freundinnen waren, hatten wir uns kein einziges Mal gestritten. Und Streit hatten wir auch jetzt nicht wirklich, aber der Abschied war irgendwie seltsam gewesen. Wir hatten uns nicht im Guten getrennt. Bei dem Gedanken daran begann meine Haut zu jucken und zu brennen.

Ich hörte, wie Holly die Zwillinge ins Bett brachte.

Bald würden die Erwachsenen auf der Veranda sitzen und Karten spielen. Dad würde bis spät in die Nacht aufbleiben und arbeiten. Wenn dieser Sommer nur schon vorbei wäre!

Ich schaute aus dem Fenster und stellte fest, dass es bereits dunkel wurde. Mir fiel ein, dass die Dämmerung der richtige Zeitpunkt war, um Eulen zu beobachten – hell genug, um noch etwas sehen zu können, und dunkel genug, dass die Tiere aktiver wurden und sich auf die nächtliche Jagd vorbereiteten.

»Nimm Zach mit«, sagte Mom, als ich meinen Eltern erklärte, was ich vorhatte.

Ich verdrehte die Augen. »Ich bin direkt bei der Garage. Das ist komplett ungefährlich, und ich bleibe auch nicht lange weg.«

Mom zögerte, und ich dachte schon, sie würde hart bleiben, aber schließlich nickte sie. Ich unterdrückte einen Seufzer. Warum dachten immer alle, Zach und ich wären noch Freunde? Er musste doch nicht immer dabei sein. Oder nein, im Grunde genommen wollte ich ihn überhaupt nicht mehr sehen.

Ich überließ die Eltern ihrem Kartenspiel und lief in den Garten hinunter. Nachdem ich das Tor durchquert hatte, folgte ich der Einfahrt zur Garage. In unserer Festung brannte kein Licht. Aber als ich leise daran vorbeischlich, hörte ich, dass Zach Musik spielte. Ich wusste, dass er nicht tanzte. Tanzen war nie sein Ding gewesen, aber er hatte mir immer Gesellschaft geleistet, wenn ich etwas Neues einübte. Und wenn ich eine Tanz-Show auf die Beine stellte, klatschte er Beifall.

Ich schaute wieder auf mein Handy. Immer noch nichts von Lila. Inzwischen war sie längst zu Hause. Ignorierte sie mich? War sie sauer, weil ich nicht auf ihren Rat gehört hatte, Zach eine zweite Chance zu geben? Vielleicht wollte sie nichts mehr mit mir zu tun haben, weil ich so stur und verbissen war? Das würde mir das Herz brechen. Aber daran durfte ich jetzt nicht denken. Ich musste mich konzentrieren, wenn ich die Schleiereule sichten wollte.

Ich erreichte die Lichtung, ohne eine Eule zu erspähen oder den unheimlichen Schrei zu hören. Leise seufzend setzte ich mich auf einen Baumstumpf und ließ die Schultern hängen.

In der Stille der Nacht schaute ich zu, wie der Himmel sich langsam von Orange über Lavendelblau zu Rauchblau färbte. Dann setzte mit einem Schlag ein vielstimmiges Konzert auf der Lichtung ein – Grillen und Zikaden übernahmen den Sopran, und dazwischen ertönte hin und wieder der tiefe Bass eines Ochsenfroschs. Selbst während ich dieser magischen Nachtmusik lauschte, vermisste ich Lila.

Was meine Gedanken wieder zu Zach zurücklenkte, ohne dass ich etwas dagegen tun konnte. Nachdem ich eine Zeit lang ziemlich gut mit ihm ausgekommen war und mir schon eingebildet hatte, dass die Dinge sich wieder normalisierten, klaffte jetzt ein Abgrund zwischen uns. Ein Grand Canyon, der sich nicht mehr überbrücken ließ. Wütend kickte ich meine Absätze gegen den Baumstumpf – mein Stammplatz hier – und funkelte zu Zachs hinüber. Vor meinem inneren Auge rauschte eine Flut von Erinnerungen vorbei, wie in einer Filmmontage. Wie oft hatten Zach und ich miteinander auf dieser Lichtung gesessen und über alles geredet, was uns beschäftigt hatte. Hier hatte er mir anvertraut, dass er nicht in die Baseballmannschaft der Sechsten gehen wollte. Und hier hatte ich ihm gestanden, dass ich für BTS schwärmte, ohne dass er mich deshalb ausgelacht hatte. Hier hatte ich auch meinen ersten Dunenspecht gesichtet, als wir vor drei Sommern auf unseren Baumstümpfen gesessen hatten. Und ich hatte getanzt – hatte die Choreografie zu all meinen Lieblingssongs eingeübt, mit Zach als meinem treuen Ein-Mann-Publikum.

Im Schutz dieser Nacht, an meinem alten Lieblingsplatz, der mir so viel bedeutet hatte, wagte ich es, mein Herz einen winzigen Spaltbreit zu öffnen. Und ich konnte sogar die Erinnerung zulassen, wie schlimm es letztes Jahr für mich gewesen war, im Juli nicht in den Flieger nach Mystic zu steigen. Zum Glück hatte ich damals Lila. Aber etwas fehlte. In jener ersten Juliwoche traf ein großes Paket ein. Es war an Mom adressiert, aber ich erkannte die Handschrift und las das Etikett mit dem Absender. Das Paket war von Holly. Und obwohl ich das ganze letzte Jahr mit Zach gehadert hatte, vermisste ich ihn jetzt irgendwie. Es war schließlich der erste Sommer, den wir getrennt voneinander verbrachten.

Am Abend, als wir alle drei zusammensaßen, öffneten wir das Paket. Mom zog eine Nachricht von Holly heraus und las sie lächelnd. Die beiden Moms mailten und chatteten regelmäßig miteinander, aber ein richtiger Brief war natürlich noch besser. Holly wollte unseren traditionellen Geschenkeaustausch weiterführen, auch wenn wir diesen Sommer nicht zusammen verbringen konnten. Mom verteilte die Geschenke für Dad und mich. Japanische Snacks und ein süßes, lebensechtes Plüschkaninchen für mich. Als jeder seine Geschenke bekommen hatte, steckte ich meinen Kopf in den Karton und suchte nach einer Nachricht von Zach – einer Entschuldigung –, die Mom übersehen haben musste. Aber da war nichts.

»Mai«, tröstete mich Mom. »Sei nicht traurig. Ich weiß, es ist nicht dasselbe, wie wenn wir alle zusammen wären, aber immerhin besser als gar nichts.«

Mom konnte es nicht ertragen, wenn ich unglücklich war, das wusste ich. Aber das hier war nicht besser als nichts. Nicht für mich. Obwohl Mom in gewisser Weise vielleicht sogar recht hatte. Enttäuschte Gefühle waren die reine Zeitverschwendung, so wie meine Freundschaft mit Zach. Ich hatte ihn vermisst, klar, aber das war vorbei. All die Jahre war er mein bester Freund gewesen. Und jetzt eben nicht mehr. Und je länger das Schweigen zwischen uns andauerte, desto endgültiger fühlte es sich an.

Ich blinzelte mich in die Gegenwart zurück. Der Gedanke, dass ich Lila auf dieselbe Weise verlieren könnte, war einfach unerträglich. Ich wusste nicht, wie es zwischen uns stand. Ob wir okay miteinander waren. In mir wuchs die Angst, dass dieser Sommer, in dem wir so lange getrennt waren, unsere Freundschaft verändern würde, so wie es mein Verhältnis zu Zach verändert hatte. Wenn wir uns in jenem Sommer gesehen hätten, wäre es dann leichter für mich gewesen, mit ihm über seinen Verrat zu sprechen? Über das, was ich versehentlich mitangehört hatte? Ich würde es wohl nie erfahren. Ich wusste nur, dass ich nicht noch eine Freundschaft aufs Spiel setzen durfte.

Langsam kamen mir die Tränen. Meine Traurigkeit, meine Einsamkeit lasteten bleischwer auf mir, so sehr, dass ich kaum atmen konnte. Ich hasste diesen Schmerz, ein Schmerz, der mir die Brust zusammenschnürte, mir fast das Herz zerriss. Körperliche Wunden bluten, aber der Schmerz lässt bald nach. Man klebt ein Pflaster drauf, und es verheilt wieder. Ein Schmerz wie dieser heilt dagegen nie. Er pocht und bohrt unablässig weiter. Ich konnte ihn noch so tief in mir begraben, er flammte immer wieder von Neuem auf, selbst wenn ich gar nicht daran dachte.

Und es tat so schrecklich weh!

Ich erstickte mein Schluchzen mit den Händen und zwang mich, ruhig zu werden.

Als ich endlich den Kopf hob, war die Nacht angebrochen. Die Sterne funkelten am Himmel und erinnerten mich an die Feuerwerke, die ich mit Lila zusammen gesehen hatte. Sofort sammelten sich frische Tränen in meinen Augen.

Nach einer Weile rieb ich mir das Gesicht und holte tief Luft, um mich wieder zu fangen. Ich wischte mir die Augen und die Nase mit meinem T-Shirt-Saum ab, dann stand ich auf und atmete noch einmal durch. Ich musste irgendwie in mein Zimmer zurückkommen, ohne dass mich jemand sah, vor allem nicht meine Eltern. Mom und Dad konnten genauso wenig mit Kummer umgehen wie ich.

Ich nahm mir vor, ausgiebig zu duschen und dann direkt ins Bett zu gehen. Und nicht die ganze Zeit auf mein Handy zu starren und auf Nachrichten von Lila zu warten. Mein Herz konnte keine neue Zurückweisung verkraften.

Hätte ich doch nur einen Zauberstab schwenken und im Handumdrehen alles wiedergutmachen können! Dann wäre das alles nicht passiert: Zach hätte mich nie verraten, und Lila wäre mir nie böse gewesen. Stattdessen wäre das hier der beste Sommer meines Lebens, und trotzdem würde ich mich am Ende auf den Herbst freuen, auf mein Leben zu Hause in Sunnyvale.

Ich starrte auf meine Füße. Vielleicht war noch nicht alles verloren. Lila war jedenfalls überzeugt, dass sich alles wieder einrenken würde, wenn ich es nur zuließ. Wie gerne hätte ich ihr geglaubt! Ich brauchte ein Zeichen, irgendetwas, das mir wieder Hoffnung gab.

Ich richtete meinen Blick nach oben, zu den Sternen, und erstarrte. Da! Etwas Weißes flog direkt über meinen Kopf hinweg, so dicht, dass ich das Gefühl hatte, ich müsste nur die Hand ausstrecken, um es zu berühren. Ohne das geringste Geräusch zu verursachen, schoss es an mir vorbei, die Flügel in lautlosem Gleitflug ausgebreitet.

Eine Schleiereule.

Das Zeichen, auf das ich gewartet hatte.

Der ersehnte Hoffnungsschimmer.

19

Noah
Hey! Ich weiß, dass Zach dieses Wochenende nicht herkommt, aber sehen wir uns vielleicht an dem Wochenende danach?

Zach
Wenn ihr noch vorhabt, zu Mais Geburtstagsparty zu kommen, ja!

Noah
Na und ob! Meine Mom muss nach Rhode Island und kann uns bei euch absetzen.

Noah
Cece, du kommst doch mit, oder?

Celeste
Nein.

Noah
Ach komm schon, C. Das wird super.

Celeste
Hab dir doch gesagt, dass ich mit Mai fertig bin.
Diese Heuchlerin!
Wahrscheinlich hat sie die ganze Zeit über mich gelacht.
Die arme Cece, die keine Freunde hat.
Für sie war das alles nur ein Witz.

Zach
C, warum redest du nicht einfach mit ihr?

Noah
Bitte, C?

Zach
Die Party wird mega.
Es lohnt sich, wenn du über deinen Schatten springst, das garantiere ich dir.
Und ich habe auch eine Überraschung.

Celeste
Ähm, Jungs?

Noah?
???

Celeste
Wir sind auf unserem Gruppenchat.
Und Mai liest mit.

Ich wartete, ob einer von ihnen darauf antwortete, aber es kam nichts mehr. Wahrscheinlich wechselten sie jetzt zu der anderen Chatgruppe über, zu der ich keinen Zugang hatte.

Ich las den Chat-Verlauf zweimal durch. Dass Celeste sauer auf mich war, weil sie sich von mir ausgenutzt fühlte, hatte ich gewusst. Aber es war etwas ganz anderes, ihre Wut und Enttäuschung mit ihren eigenen Worten vor Augen geführt zu bekommen. Jetzt konnte ich die ganze Sache nicht mehr so leicht verdrängen. Je mehr ich mir ausmalte, wie verletzt Celeste sein musste, desto mulmiger wurde mir dabei.

Ich mochte Noah und Celeste. Und ich hatte Celeste wirklich als Freundin betrachtet. Sie war so ehrlich und lebendig. Ich hätte mir gern eingeredet, dass mir das alles nichts ausmachte, aber ich wusste, dass es nicht stimmte. Ich hatte meine Freundschaft mit Celeste zerstört, als ich so abfällig über sie geredet hatte. Und okay, ich hatte es nur getan, um Lila zu beschwichtigen, aber das war keine Entschuldigung.

Als ich auf mein Handy schaute, sah ich, dass Lila mir gestern Nacht geschrieben hatte, als ich schon eingeschlafen war.

Lila
Bin gut angekommen!
Mom und Dad haben mich die ganze
Zeit in Beschlag genommen.
Wir reden morgen.

Erleichterung durchströmte mich. Lila schnitt mich nicht. Ging mir nicht aus dem Weg. Ein Blick auf die Uhr sagte mir, dass es noch zu früh war, um sie anzurufen.

Gestern Abend hatte ich um ein Zeichen gebeten und meine erste Schleiereule gesichtet. Das hatte mir Hoffnung gemacht, aber ich blieb realistisch. Es würde nicht alles wie von Zauberhand in Ordnung kommen. Wenn ich meine Schuldgefühle loswerden wollte, musste ich etwas tun. Also fing ich einen neuen Chat an.

Mai
Hey, können wir reden?

Ich erhielt sofort eine Lesebestätigung. Ich wartete ein paar lange Sekunden, dann kam die Antwort.

Celeste
Klar

Ich rief sie an, und sie nahm gleich beim ersten Läuten ab.

»Ich möchte mich entschuldigen«, sagte ich. Celeste antwortete nicht darauf, aber ich hörte sie atmen. »Ich weiß, dass du mein Gespräch mit Lila mitangehört hast. Nicht, dass es irgendwas entschuldigt, aber ich wollte nur Lila beruhigen. Sie war ein bisschen eifersüchtig, weil ich mit dir Kekse gebacken hatte, ohne sie zu fragen, ob sie vielleicht mitmachen wollte.«

Celeste sagte immer noch nichts, also redete ich weiter: »Und wie gesagt, das macht es nicht besser, aber ich habe es nicht so gemeint. Für mich bist du wirklich eine Freundin. Und ich habe dich nicht benutzt, Celeste. Ich hatte nur gehofft, dass ich von dir etwas erfahren würde, womit ich mich an Zach rächen konnte, aber ich mag dich wirklich und möchte mit dir befreundet sein.«

Celeste schnappte nach Luft. »Was? Du willst dich an Zach rächen? Warum?«

Mist! Jetzt hatte ich mich verplappert.

»Ist nicht wichtig. Oder jedenfalls jetzt nicht mehr. Was zählt, ist nur, dass ich im Unrecht war. Es tut mir wirklich leid, Celeste.«

Ich lauschte auf ihr Atmen. Hatte sie etwa aufgelegt?

»Cece«, sagte sie. »Meine Freunde nennen mich Cece.«

Ich stieß einen tiefen Seufzer aus. »Heißt das, du verzeihst mir?«, fragte ich erleichtert.

»Ich bin froh, dass du angerufen und dich entschuldigt hast. Jetzt muss ich nicht mehr so viel negative Energie aufbringen, um meine Wut auf dich zu schüren. Was du gesagt hast, hat mich wirklich verletzt, aber Schmollen bringt einen nicht weiter. Das macht alles nur noch schlimmer … du weißt schon, Öl ins Feuer gießen …«

In dieser Hinsicht war Celeste offenbar wie Lila: Sie konnte Kränkungen viel leichter überwinden als ich. Wie machte sie das nur? Ich konnte sie nur darum beneiden.

»Danke«, sagte ich. »Ich hoffe, wir können wieder Freundinnen sein.«

»Ehrlich gesagt weiß ich gar nicht, wie das geht: Freundschaft.«

»Das weiß niemand. Oder jedenfalls ich nicht. Ich lasse es einfach auf mich zukommen und gebe mein Bestes.« Das war die Wahrheit. Ich war keine Freundschaftsexpertin, ganz im Gegenteil. Mein Verhältnis zu Zach war der beste Beweis dafür. »Ich habe einen Fehler gemacht, Celeste. Es tut mir leid.«

»Wir sind wieder gut, Mai. Danke, dass du angerufen hast. Ich hätte mich sonst die ganze Zeit mit der Vorstellung verrückt gemacht, wie du hinter meinem Rücken über mich gelacht hast, weil ich keine Freunde habe.«

»Ich lache nicht über dich und würde es auch nie tun. Außerdem stimmt es nicht, dass du keine Freunde hast. Was ist mit Noah und Zach und den ganzen anderen Leuten? Und jetzt hast du auch noch mich.«

»Voll mega«, sagte Celeste leise, mit einem Lächeln in der Stimme. Dann räusperte sie sich. »Und was ist jetzt mit deiner Rache?«

»Ach, nichts. Das war dumm«, sagte ich.

»Dann bist du also nicht mehr wütend auf Zach?«

Und ob ich wütend auf ihn war! Aber darüber wollte ich nicht mit Celeste reden. Wir hatten uns zwar wieder versöhnt, aber Zach war schließlich ein guter Freund von ihr.

»Brich ihm nicht das Herz«, sagte Celeste plötzlich ganz ernst.

»Wie kommst du denn darauf?«

»Ich meine, weil du ihm so viel bedeutest. Das weißt du doch, oder?«

»Was soll ich wissen?«

»Er liii-hieebt dich!« Sie lachte.

Mir blieb vor Schreck fast das Herz stehen. »Blödsinn! Tut er nicht.«

»Na, jedenfalls benimmt er sich so. Er redet die ganze Zeit nur von dir. Ich wusste schon fast alles über dich, bevor ich dich zum ersten Mal gesehen habe. Du hättest mal hören sollen, wie Noah ihn in der letzten Woche vor den Ferien aufgezogen hat. Er meinte, Zach sollte endlich dazu stehen und dir einen Liebesbrief schreiben. Aber wenn du mich fragst, war dieser ganze Sommer ein einziger Liebesbrief von Zach an dich.«

»W-w-was!«, stieß ich hervor.

»Er hat alle Geschenke, die er in Japan für dich gekauft hat, sorgfältig geplant. Du hast ja keine Ahnung, wie er uns damit auf die Nerven gegangen ist! Er konnte von nichts anderem mehr reden. Stundenlang hat er sich den Kopf zerbrochen, in welcher Reihenfolge er dir die Geschenke geben sollte! Es war total süß.«

Mir schwirrte der Kopf, obwohl Celeste natürlich voll danebenlag. Ich wusste doch, dass ich Zach nichts bedeutete. Und die Geschenke hatte er mir nur gegeben, weil es eine alte Familientradition bei den Koyamas war, genau wie bei uns. Außerdem änderte es nichts an der Tatsache, dass er unsere Freundschaft verraten hatte.

»Auf jeden Fall bin ich schon wahnsinnig gespannt auf deine Geburtstagsparty. Und vor allem auf Zachs Geschenk für dich. Er hat Noah und mir gesagt, wenn wir wissen wollten, was es ist, müssten wir zu deiner Party kommen.«

»Oh … ja, gut.« Ich wusste nicht, was ich sagen sollte, und wechselte schnell das Thema. »Zwischen uns ist alles okay, oder?«, fragte ich.

»Ja.«

Wenigstens etwas, das ich wieder in Ordnung gebracht hatte.

»Mai? Ich muss aufhören! Noah ist auf dem Weg hierher, aber wir sehen uns auf deiner Party.«

Sie legte auf, und Minuten später saß ich immer noch mit dem Telefon in der Hand da, ziemlich verwirrt von allem, was Celeste gesagt hatte.

20

Nach einem langen Moment stand ich auf und streckte mich, bis mein Rücken knackte. Dann fiel mir ein, dass das Geschenk noch unter meinem Bett lag. Celeste hatte gesagt, dass Zach sich wochenlang den Kopf zerbrochen hätte, was er mir schenken und in welcher Reihenfolge er mir die Geschenke geben sollte.

Ich riss die Tüte auf, drehte sie über der Matratze um, und heraus fiel eine kleine flache Schachtel. Sie war nicht verpackt wie die anderen Geschenke aus Japan. Ein zusammengefalteter Zettel lag darin.

Schau unter dein Bett. –Z

Ich ging auf die Knie und spähte hinunter. Eine größere flache Schachtel lag dort ziemlich weit hinten an der Wand versteckt. Ich zog sie heraus, und als ich sie öffnete und das Papier beiseiteschob, machte mein Herz einen Satz beim Anblick von sieben sehr vertrauten, sehr geliebten Gesichtern. Es war ein gerahmtes Bild von BTS auf dem Titelblatt einer japanischen Zeitschrift – ein Foto, das ich noch nie gesehen hatte.

Ich riss mein Handy heraus, machte ein Foto davon und schickte es Lila.

Mai
OMG! Schau mal, was ich von Zach bekommen habe!

Lila
Heiliger Trommelstock!
Das ist ja der Wahnsinn!
Ich krieg weiche Knie!

Mai
Ja, oder?
Ich kann es nicht fassen, dass Zach es extra für mich gerahmt hat!

Dann läutete mein Handy: ein FaceTime-Anruf von Lila.

»Lila!« Mein Herz hüpfte vor Freude, als ich ihr Gesicht sah.

»Mai!«

Wir starrten uns einen Augenblick nur an.

»Ich vermisse dich«, sagte ich schließlich und blinzelte meine Tränen zurück. »Ich will nicht, dass du sauer auf mich bist.«

»Ach, Mai, ich bin doch nicht sauer auf dich. Tut mir leid, dass ich so kratzbürstig war.«

»Ist schon gut, Lila. Ich bin nur froh, dass zwischen uns alles okay ist«, sagte ich. »Aber es tut mir leid. Ich hätte dir sofort von dem Kuss erzählen sollen. Ich will nicht, dass wir Geheimnisse voreinander haben. Ich war nur so verwirrt und wütend, dass ich gar nicht dran denken wollte.«

»Weil du ihn hasst.«

»Ja.«

»Aber stimmt das denn? Hasst du ihn wirklich?«, fragte Lila mit sanfter Stimme.

»Lila!« Ich warf ihr einen strengen Blick zu.

»Ich meine, er macht dir so ein tolles Geschenk, und du hasst ihn dafür?«

»Nein, doch nicht deshalb«, sagte ich stirnrunzelnd.

»Ja, aber ich frage mich, warum du immer noch so wütend auf ihn bist? Vielleicht war das damals nur ein Ausrutscher, Mai. Schließlich war er doch den ganzen Sommer immer nur nett zu dir, oder?«

Ich atmete aus. Ich wollte Lila nicht gegen mich aufbringen. Es war schwer genug, dass wir den restlichen Sommer wieder getrennt sein würden. »Ich werde darüber nachdenken, okay?«

Lila lächelte. »Mehr verlange ich gar nicht. Und jetzt muss ich mich für die Bandprobe fertig machen.«

»Und für Alex.« Ich wackelte mit den Augenbrauen.

Lila wurde rot und hielt ihren kleinen Finger ins Display. »Stay gold.«

»Stay gold.«

Ich schaffte es, Zach den ganzen Tag aus dem Weg zu gehen. Am nächsten Morgen ließ ich mir Zeit beim Anziehen. Die Zwillinge mussten heute wieder in ein Tagescamp, und ich wollte auf keinen Fall mitfahren, weil Zach mit Sicherheit auch dabei sein würde.

Ich war gerade in mein Paisleykleid geschlüpft, als ich Gepolter auf der Treppe hörte. Ich wappnete mich gegen den Ansturm, und im nächsten Moment hämmerten vier kleine Fäuste gegen meine geschlossene Tür.

»Mai-nesan! Lass uns rein!«

Ich öffnete die Tür, und die beiden Wirbelwinde stürmten herein und warfen mich beinahe um.

»Du spielst überhaupt nicht mehr mit uns!«, beschwerte sich Mason.

»›Überhaupt nicht mehr‹ ist ein starkes Wort«, sagte ich und setzte mich auf mein Bett, während die Zwillinge im Zimmer herumfegten.

»Was ist das?« Ethan zeigte auf das gerahmte Titelbild, das auf meinem Schreibtisch lag. Dann liefen sie beide hinüber und hielten ihr Gesicht dicht an das Glas.

»Bist du in die verknallt?«, fragte Mason. Es klang ziemlich eifersüchtig. Aber so süß!

»Nein!«, lachte ich. »Das ist nur eine Musikgruppe, auf die ich stehe.«

Ethans Nase berührte beinahe das Bild. »Dieser Junge da sieht aus wie Zach.«

Ich ging hinüber, um zu sehen, wen er meinte. Jungkook. Mein Idol. »Unsinn«, sagte ich und riss das Foto weg, um es vor schmutzigen kleinen Jungenfingern in Sicherheit zu bringen. »Sie haben überhaupt keine Ähnlichkeit miteinander.«

Mason sprang auf und ab. »Zach hat sich aber genau dieselbe Frisur machen lassen, direkt vor den Ferien.«

»Was?« Ich schaute wieder auf das Bild, betrachtete es mit zusammengekniffenen Augen. Okay, der Hairstyle hatte eine vage Ähnlichkeit mit Zachs. Komisch. »Wollt ihr mal ihre Musik hören?«, fragte ich die Zwillinge.

»Ja! Ja!« Begeistert sprangen sie in meinem Zimmer herum.

Hilfe! Ich stellte schnell das Bild auf meinen Nachttisch, wo es vor den Zwillingstornados in Sicherheit war. Dann öffnete ich meine BTS-Playlist und drückte auf Shuffle.

»Yippie!« Ethan und Mason tanzten wie Kängurus, hüpften wild durchs Zimmer. Sie hatten ein gutes Rhythmusgefühl, das musste man ihnen lassen, und ich machte mit, wirbelte mit ihnen herum und lachte über ihre verrückten Tanz-Moves.

Als die Eröffnungsakkorde von »Boy With Luv« einsetzten, griff ich hastig nach meinem Smartphone. Aber Mason packte meine Arme und hielt mich fest, sodass ich das Lied nicht überspringen konnte. »Das ist Zachs Lied!«, rief er.

»Was? Wie meinst du das?«, fragte ich.

»Das ist das Lied, das Zach immer anhört«, sagte Ethan.

»Das kann ich mir nicht vorstellen.« Ich war mir sicher, dass sie etwas durcheinanderbrachten.

Aber nein. Ich traute meinen Augen nicht, als Ethan und Mason plötzlich perfekt getimte Schulterlifts bei *oh yeah, oh yeah* vorführten. Das war so süß! Ich lachte und klatschte Beifall.

Plötzlich stürmte Zach ins Zimmer und packte die Zwillinge. »Da seid ihr ja! Mom ruft euch schon die ganze Zeit! Ihr kommt noch zu spät zu eurem Tagescamp!«

»Zachy, wir haben deinen Tanz gemacht«, verkündete Ethan.

»Was? Ha! Nein! Ihr durchgeknallten Monster!« Zach scheuchte seine kleinen Brüder aus dem Zimmer und sagte etwas auf Japanisch zu ihnen, als sie protestieren wollten. Ihre Stimmen verhallten im Treppenhaus, dann hörte ich, wie die Hintertür zuknallte.

Ich schüttelte den Kopf. Also das war mehr als komisch gewesen.

21

Das Wochenende verflog in einem einzigen Wirbel von Familien-Unternehmungen: Besuch des Seaport-Museums in Mystic, Wandern auf Barn Island, Strandtage und unser traditioneller Ausflug nach Watch Hill, Rhode Island, wo wir Karussell fuhren, einen Schaufensterbummel machten und das köstliche Zitronengranita von Del verspeisten. Der nächste Samstag war für meine Geburtstagsparty reserviert, und am folgenden Wochenende würde ich mit meinen Eltern nach Hause zurückfliegen.

Normalerweise machte mich der Gedanke traurig, Mystic verlassen zu müssen. Aber diesmal konnte ich es kaum erwarten, von Zach wegzukommen. Traurig war ich trotzdem. Ein bisschen zumindest. Das Leben hatte sich verändert. Dieser Sommer in Mystic hatte mir gezeigt, dass nichts jemals so blieb, wie es war. Wes war nur selten zu Hause. Dad fast immer online. Die Zwillinge platzten vor Energie wie eh und je, aber sie waren unabhängiger geworden und wollten manchmal einfach nur für sich sein.

Und schließlich Zach. Zach hatte sich von allen am

meisten verändert. Er sah anders aus, zog sich anders an. Und seine Frisur – nachdem die Zwillinge mich extra darauf hingewiesen hatten, konnte ich es nicht länger abstreiten – hatte definitiv einen K-Pop-Touch.

Zach sprach Japanisch. Er fürchtete sich nicht mehr vor Spinnen und wollte die ganze Welt erkunden. Das war ein völlig anderer Zach als der Junge, den ich so gut gekannt zu haben glaubte.

Nur Mom und Holly erschienen mir unverändert. Sie waren genauso vertraut miteinander wie früher und praktisch unzertrennlich, seit wir hierhergekommen waren. Die beiden Moms waren das Paradebeispiel einer gelungenen Freundschaft. So wie Lila und ich es hoffentlich auch in zwanzig Jahren sein würden.

Ich wälzte mich auf meinem Bett herum und seufzte. Obwohl ich mich in meinem Zimmer verkrochen hatte, seit wir aus Watch Hill zurück waren, wollte ich die restlichen zwei Wochen, die mir in Mystic noch blieben, nicht wie eine Eremitin verbringen. Außerdem freute ich mich auf meine Geburtstagsparty. Dieser Sommer sollte nicht mit einem Misston enden, so wie der vor zwei Jahren. Ganz zu schweigen von den Geschenken! Wer kann schon Geschenken widerstehen? Ich verdrängte den Gedanken an die Überraschung, die Zach sich für mich ausgedacht hatte. Und dass er Noah und Celeste gesagt hatte, sie müssten unbedingt herkommen, um diesen grandiosen Moment nicht zu verpassen.

Ich setzte mich auf und streckte mich. Also gut. Es wurde Zeit für mich, wieder ins Leben zurückzukehren. Ich wollte meinen restlichen Sommer hier genießen. Dad hatte angekündigt, dass er morgen seine Graphic Novel abliefern würde, und danach konnte er endlich entspannen. Er wollte sogar Vögel mit mir beobachten.

Ich streckte kurz meinen Kopf ins Jungenzimmer, um nachzusehen, ob die Zwillinge da waren. Nein.

Bssssss. Ich tätschelte meine Tasche, aber das Geräusch kam nicht von meinem Handy. Ich folgte dem Summen bis zu Zachs Nachttisch, und tatsächlich, sein Smartphone hing am Ladekabel ... völlig unbeaufsichtigt! Ich warf einen Blick über die Schulter, fragte mich, wo er sein konnte. Und ob die Zeit ausreichte, um mir endlich meine Rache zu verschaffen? Ich zog mein Handy hervor und klickte die Datei mit den peinlichen Fotos von Zach an, ein Ohr immer an der Tür, falls er unerwartet heraufkommen sollte.

Ich grinste zufrieden. Endlich war es so weit! Endlich würde ich mich rächen! Aber als ich dann sah, was auf Zachs Display erschien, verging mir das Grinsen. Stattdessen rümpfte ich verwirrt die Nase.

Es war ein Text von Lila.

Lila Tan
Alles gebongt! Ich bin so froh!

Im ersten Moment dachte ich, dass ich vielleicht die Handys verwechselt und Lila an mich geschrieben hatte. Aber nein, es war definitiv eine Nachricht von Lila an Zach. Lila und Zach chatteten miteinander! Lila hatte Zachs Telefonnummer!

Was hatte das zu bedeuten?

Ich schüttelte mich. Wenn schon. Das war im Moment nicht wichtig. Endlich bekam ich meine Chance, hier und jetzt. Mit klopfendem Herzen klickte ich die Fotos in meiner Datei an, um sie auf Zachs Handy zu schicken. Vor lauter Aufregung musste ich Zachs Passwort zweimal eingeben. Und während ich nach seiner Instagram-App suchte, ploppte ein neuer Text hoch.

Lila Tan
Mai wird total überrascht sein. Und so glücklich! Genialer Plan, Zach.

Ich starrte blinzelnd auf die Nachricht. Was ging hier vor? Weshalb sollte ich überrascht sein? Im Treppenhaus näherten sich Stimmen. Wenn ich diese Bilder auf Zachs Handy posten wollte, dann jetzt. Sofort.

Aber im selben Moment blitzte Lilas Botschaft durch meinen Kopf. Überrascht. Glücklich. Und plötzlich erfüllte mich der Gedanke, die peinlichen Bilder von Zach zu posten, nicht mehr mit derselben Genugtuung. Okay, natürlich wollte ich meine Rache, das auf jeden Fall. Ich war immer noch wütend auf Zach. Aber jetzt mischte sich etwas anderes in meine Wut. Ich ließ Zachs Handy auf den Nachttisch fallen und schaffte es gerade noch in mein Zimmer zurück, bevor die Zwillinge ins Jungenzimmer stürmten. Erleichtert schloss ich die Tür hinter mir.

Dann rief ich Lila auf FaceTime an, und sie antwortete sofort, strahlend wie eine Sonne, als hätte sie mich gerade selbst anrufen wollen.

»Warum schreibst du Zach?«, fragte ich scharf.

Lilas Strahlen erlosch, und sie schaute mich zerknirscht an. »Oh, Mai, es ist nicht so, wie du denkst!«

»Ich weiß nicht, was ich denken soll. Du hast gesagt, dass ich total überrascht und glücklich sein werde. Was hat das zu bedeuten?«

»Nichts Schlimmes, Ehrenwort.«

Das wusste ich doch. Lila war schließlich meine beste Freundin. Ich vertraute ihr. Aber Zach vertraute ich kein bisschen. »Was habt ihr beide vor?«

»Das ist eine Überraschung.« Lila hielt das Display ganz dicht vor ihr Gesicht, als wollte sie mich umarmen. »Und ich verspreche dir, dass es eine gute Überraschung ist. Du wirst es bald verstehen, Ehrenwort. Und du wirst begeistert sein, da bin ich mir sicher.«

Mein Gesichtsausdruck verriet offenbar, was ich fühlte.

»Mai, ich würde nie etwas tun, womit ich dich verletzen könnte. Das weißt du doch.«

»Ja, das weiß ich«, gab ich zu. Aber von Zach konnte ich nicht dasselbe sagen. Warum schaffte ich es nicht, endlich loszulassen? Noch vor wenigen Sekunden hatte sich mir die Chance geboten, den perfekten Abschluss zu finden. Mit einem einzigen Knopfdruck. Ich hätte meine Rache bekommen und Zach endlich hinter mir lassen können. Für immer.

Aber noch während ich das dachte, brodelte etwas in mir hoch. Schmerz? Ich drängte es schnell zurück.

»Warum bist du eigentlich nie traurig?«, stieß ich unvermittelt hervor.

Lilas Augen weiteten sich vor Überraschung. »Wer sagt denn, dass ich nie traurig bin?«

»Ich habe dich jedenfalls noch nie traurig gesehen.«

»Doch, natürlich. Als ich meinen Platz als erste Cellistin verloren hatte, schon vergessen? Und als ich meine Lieblings-Drumsticks verschlampt hatte und mein ganzes Taschengeld sparen musste, um mir neue zu kaufen?«

»Ja, aber du warst nicht lange traurig, höchstens ein paar Minuten. Ich meine ja nur. Wenn ich das doch auch könnte – so leicht über eine Enttäuschung hinwegkommen!«

Lila sah mich eine Weile schweigend an, während ich mich innerlich krümmte. »Ich bin schon manchmal traurig«, sagte sie schließlich. »Aber dann stelle ich mir vor, ich wäre eine Raupe.«

»Eine was?«

»Na, du weißt schon, eine Raupe, die sich verpuppt und in einen Schmetterling verwandelt? Ich stelle mir vor, ich wäre eine Raupe, und lasse mich ganz von meiner Traurigkeit einspinnen. Aber irgendwann kommt der Moment, in dem ich das alles abstreifen und wegfliegen kann. Und wenn ich das mache, fühle ich mich leichter. Aber meine Traurigkeit bleibt bei mir, auch wenn ich sie nicht mit mir herumtrage. Sie ist ein Teil von mir, der mich zu der Lila macht, die ich geworden bin.« Lila schüttelte den Kopf und wurde rot. »Das klingt vielleicht ein bisschen kitschig.«

»Nein«, sagte ich nachdenklich. »Das ergibt einen Sinn.«

Wir saßen eine Weile schweigend da, und Lila ließ mir Zeit, alles zu verarbeiten.

»Ich habe es satt, wütend zu sein«, sagte ich schließlich. »Ich will überhaupt nichts mehr fühlen. Wenn ich Zach doch nur vergessen könnte, vergessen, was er gemacht hat, alles einfach vergessen.«

»Ich verstehe ja, warum du so sauer bist, Mai. Was Zach dir angetan hat, war nicht nett. Aber er hat doch keine Ahnung, dass du da warst und alles mitgehört hast. Vielleicht war es einfach leichter für ihn, diesen beiden Typen nicht zu widersprechen.«

»Er hätte mich verteidigen müssen«, beharrte ich.

»Ja, klar. Aber wir machen alle Fehler. Und was ist schlimm daran, wenn man jemand anderem verzeiht?«, sagte Lila leise.

»Er hat mit diesen rassistischen Blödmännern über mich gelacht, Lila!«

»Ich weiß. Aber nicht jeder ist wie du.«

»Was soll das heißen?«

»Du stehst für die Dinge ein, die du richtig findest. Du bist toll! Weißt du noch, wie mich diese Mädchen in der Sechsten gemobbt haben? Ich hatte Angst, und ich hätte nie was zu ihnen gesagt. Ich wäre ihnen einfach aus dem Weg gegangen, in der Hoffnung, dass es ihnen bald langweilig werden würde und ich dann meine Ruhe vor ihnen hätte. Aber du bist für mich eingetreten. Du hast den Mund aufgemacht und ihnen die Meinung gesagt. Du hast mich beschützt.«

»Freunde halten eben zusammen.«

»Ja«, sagte Lila. »Aber nicht jeder ist so mutig wie du. Wenn es damals umgekehrt gewesen wäre, weiß ich nicht, wie ich reagiert hätte. Ob ich den Mut gehabt hätte, diese Mädchen direkt anzusprechen, so wie du es gemacht hast. Aber ich wäre auf andere Weise für dich da gewesen, das auf jeden Fall. Ich hätte dich in deine Stunden begleitet, damit du ihnen nicht allein die Stirn hättest bieten müssen.«

Ich nickte.

»Und wenn es so gewesen wäre, Mai, hättest du mich dann gehasst? Wenn ich nicht für dich eingestanden wäre?«

»Natürlich nicht! Ich könnte dich nie hassen!«

»Das sagst du jetzt, aber wie war es bei Zach, als er dich nicht verteidigt hat?«

»Das ist was anderes«, murmelte ich.

»Wieso?«

Ich schnitt eine Grimasse, und Lila lächelte, wie sie immer lächelte, wenn sie überzeugt war, dass sie recht hatte.

»Ich muss mich jetzt für die Bandprobe fertig machen«, sagte sie. »Aber ich sag ab, wenn du mich brauchst.«

»Nein, nein. Alles gut. Mir geht's jetzt viel besser. Danke, Lila. Stay gold.«

Ich schob mein Handy in die Tasche und spielte mit meinem Kleidersaum. Lila hatte gesagt, ich sei mutig, aber das war ein Irrtum. Ich war nicht mutig, jedenfalls nicht, wenn es darum ging, Gefühle zuzulassen.

Aber vielleicht war es an der Zeit, einen Versuch zu wagen.

22

Ich traf Zach in der Festung an, in eines seiner Reisebücher vertieft. Er schaute auf, als ich hereinkam, und schenkte mir ein vorsichtiges Lächeln. Wir waren keine Sekunde mehr allein gewesen, seit Lila nach Mystic gekommen war.

Er schob ein Lesezeichen in sein Buch und legte es weg, dann kam er zu mir an den Tisch.

»Wir müssen reden«, sagte ich.

»Ich weiß.«

Das überraschte mich. Und was er als Nächstes sagte, überraschte mich noch mehr.

»Es tut mir leid«, sagte er, während er sich mit der Hand durch die Haare fuhr, das Kinn auf die Brust gedrückt, so wie früher immer, wenn er etwas angestellt hatte.

Wollte er sich endlich für den Verrat entschuldigen, den er vor zwei Jahren an mir begangen hatte? Aber falls er glaubte, mit einem »Tut mir leid« sei alles wieder in Ordnung, hatte er sich geirrt.

»Das reicht mir nicht«, sagte ich mit harter Stimme.

»Ich weiß, aber was soll ich denn noch sagen? Es tut mir wirklich leid, dass du so wütend auf mich bist, und okay, ich hab's verstanden. Ich meine, ich dachte, wir wollten es beide, aber das war ein Fehler. Ich hätte es nicht einfach voraussetzen dürfen.« Zachs sonnengebräunte Wangen wurden rot.

»Moment mal. Wovon redest du?«

Unsere Blicke trafen sich, und mein Herz setzte einen Schlag lang aus, während ich zuschaute, wie seine Lippen eine Antwort formten. »Na, von dem Kuss.«

Diesmal wurde ich rot. »Ach so. Ja. Der Kuss.«

»Deshalb bist du doch so sauer, oder?«, fragte Zach verwundert. »Seit diesem Tag gehst du mir die ganze Zeit aus dem Weg.«

Also ja, natürlich, der Kuss hatte mich total überrumpelt. Aber das war nichts im Vergleich zu dem, was Zach vor zwei Jahren getan hatte.

»Dann bist du also gar nicht wütend, weil ich dich geküsst habe?«, fragte Zach hoffnungsvoll und riss mich aus meinen Gedanken.

Ich schüttelte den Kopf, dann nickte ich, dann schüttelte ich wieder den Kopf. Ich kam mir vor wie diese Mädchen im Fernsehen, die keinen klaren Gedanken mehr fassen können, sobald ein Junge mit im Spiel ist. Aber so war ich nicht. Und Zach war nicht irgendein Junge. Dieses Gespräch über den Kuss, genauso wie der Kuss selbst, brachte nur alles durcheinander, was wichtig war.

»Es tut mir leid«, wiederholte Zach. »Ich meine, es tut mir nicht leid, dass ich dich geküsst habe, das nicht. Es tut mir nur leid, falls ich dich damit gekränkt habe.« Er klang so unglaublich verwirrt und aufgeregt. Seine Hände flatterten in der Luft wie zwei aufgescheuchte Vögel, bevor er sie wieder in seine Taschen steckte.

Ich starrte auf meine eigenen Hände hinunter. Lange Zeit fiel kein Wort mehr, obwohl es alles andere als still um uns herum war. Eine Meise schimpfte draußen, und in der Ferne bellte ein Hund. Und das Blut, das in meinen Ohren rauschte, übertönte alles andere.

»Ich bin nicht hergekommen, um darüber zu reden«, fing ich schließlich an.

»Okay«, sagte er vorsichtig. »Und worüber willst du reden?«

Plötzlich wurde mir alles zu viel. Hierherkommen, Zach unter die Augen treten, über die Vergangenheit reden. Ich war mir so sicher gewesen, dass ich es schaffen würde. Die Wut loszulassen. Aber vielleicht war das einfach nicht möglich. Ich hatte mich zu lange daran festgeklammert.

Ich brauchte eine Reset-Taste. »Du magst jetzt japanischen Rock?«

Zach blinzelte mich an. »Ähm. Ja.«

Das Schweigen dehnte sich endlos zwischen uns aus.

»Wolltest du darüber reden?« Zach sah ziemlich verwirrt aus, was ich verstehen konnte.

»Na ja, warum nicht? Mit Lila hast du doch auch über deine Musik geredet.« Das klang pampig, also ruderte ich schnell zurück. »Ich meine, ich habe immer die Musik, die ich mochte, mit dir geteilt.«

»Ja, stimmt. So wie BTS. Und dieses Lied, das dir so gut gefallen hat. ›Boy With Luv‹.« Er lächelte, als wäre jetzt alles wieder in Ordnung.

Dieser BTS-Titel aus Zachs Mund war für mich wie ein Schlag ins Gesicht.

»Ich mag dieses Lied überhaupt nicht. Jedenfalls jetzt nicht mehr. Seit du es mir verdorben hast!«

Diesmal sah Zach aus, als hätte er einen Schlag vor die Stirn bekommen.

»*Ich* soll dir dieses Lied verdorben haben? Wie denn?« Fassungslos stieß er die Luft aus. »Du hast doch gesagt, dass du immer noch auf BTS stehst!«

»Tu ich auch! Das hat nichts damit zu tun!«

»War ›Boy With Luv‹ nicht der Song, zu dem du vor zwei Jahren den ganzen Sommer lang getanzt hast?«

»Genau.« Ich knallte meine Hand auf den Tisch. »In *diesem* Sommer. Der Sommer, als du alles zerstört hast, Zachary Koyama!«

»Ich versteh gar nichts.«

»Du hast dich nicht an deine eigenen Regeln gehalten. Du hast diese Typen in unsere Festung gebracht. In unser ganz privates Reich, das sonst niemand betreten durfte!«

»Was für Typen?«, fragte Zach verwundert. Und dann,

ganz langsam, dämmerte es ihm. »Ach, du meinst die beiden Jungs, die hier mal Urlaub gemacht haben? Die hatte ich schon ganz vergessen.«

Wirklich? »Ryder und Colt.«

»Was? Du weißt sogar noch ihre Namen?« Zach klang belustigt, als würde er das irgendwie süß oder niedlich finden.

»Hör bloß auf«, knurrte ich ihn an. »Diese Typen waren wirklich das Letzte, aber du warst noch viel schlimmer.«

Zach zuckte förmlich vor mir zurück. »Was? Wie meinst du das?«

»Ich habe alles gehört.«

Zach wurde allmählich auch wütend. »Amai, ich weiß nicht, wovon du redest. *Was* hast du gehört? Haben sie was zu dir gesagt?«

»Nicht zu mir! Zu dir. Über mich!«

»Aber was hat das mit dem Lied zu tun?«

Oh mein Gott! Ich holte tief Luft. Offenbar musste ich wieder ganz von vorne anfangen. Und das machte ich. Listete alles haarklein auf, was er mir angetan hatte.

Verrat Nummer eins: »Du hast zwei fremde Typen in unsere Festung gebracht, obwohl du selber bestimmt hast, dass außer uns niemand reindarf.«

Verrat Nummer zwei: »Du hast einfach zugelassen, dass sie mir beim Tanzen zugeschaut haben. Ich dachte, ich wäre allein. Wie übergriffig ist das denn, einfach in meine Privatsphäre einzudringen!«

Verrat Nummer drei: »Du hast mich in dieser Woche vollkommen links liegen lassen. Du hast diese Jungs, die du kaum kanntest und nach den Ferien nie wiedersehen würdest, deiner ältesten und besten Freundin vorgezogen, mit der du nur in den Sommerferien zusammen sein konntest.«

Und schließlich der absolute und unverzeihliche Gipfel des Verrats:

»Ich wollte zwei Muffins in der Bäckerei für uns holen, und da habe ich dich mit deinen neuen Freunden draußen sitzen sehen«, fing ich an. Die ganze Hitze, die bei der Aufzählung der ersten drei Punkte in mir hochgekocht war, wich plötzlich aus meiner Stimme. Das hier ließ sich schwerer in Worte fassen, als ich gedacht hatte. Wenn ich darüber redete, musste ich mich daran erinnern, und das war das Letzte, was ich wollte.

Zach blieb stumm. Er hatte die ganze Zeit kein einziges Wort gesagt. Er war wie vor den Kopf geschlagen.

»Ich wollte mich von hinten an dich anschleichen«, fuhr ich fort. »Aber beim Näherkommen habe ich gehört, was die beiden zu dir gesagt haben.«

Zachs Augen weiteten sich, als würde er sich jetzt auch an die Szene erinnern.

»Ryder hat sich über mein Tanzen lustig gemacht. Und du hast nichts gesagt, du hast mich mit keinem Wort verteidigt. Dabei hast du mir immer erzählt, Freunde müssen füreinander einstehen. Aber das hast du nicht getan.«

Eine neue Welle von Schmerz und Kummer schwappte über mich hinweg. »Und dann haben sie meine Musik auch noch als ›Ching-Chong‹ bezeichnet, was nicht nur rassistisch ist, sondern total bescheuert, weil es überhaupt nicht wie Koreanisch klingt oder was auch immer.«

Zach blinzelte.

»Und du? Was hast du gemacht, Zach? Erinnerst du dich?« Ich ließ ihm keine Zeit für eine Antwort. »Du hast gelacht! Du hast mit ihnen über meinen Tanz gelacht, und du hast über ihren rassistischen Müll gelacht, als ob du ihnen nicht nur zustimmen, sondern es auch noch lustig finden würdest, dumme Witze über Asiaten zu machen. Du hast doch selbst asiatische Wurzeln, Zach!«

Endlich sah er zerknirscht aus. Gut!

Aber dann fauchte er mich an: »Ich habe ihnen nicht zugestimmt!«

»Und warum hast du dann nichts gesagt? Schweigen heißt zustimmen.«

Zachs Gesicht wurde feuerrot. »Und du? Was ist mit deinem Schweigen? Zwei Jahre lang hast du das alles für dich behalten, statt gleich mit mir darüber zu reden.«

»Dreh jetzt nicht den Spieß um, Zach! Ich dachte, du wärst mein bester Freund!«

»Amai, ich wusste nicht, dass du da warst. Ich wusste nicht, dass du mich gehört hast.«

»Na und? Das spielt doch keine Rolle.«

Zach verschränkte die Arme, und sein Gesicht nahm

einen harten, verschlossenen Ausdruck an. Aber so war er schon immer gewesen. Zach kann einfach keine Kritik ertragen. Er kann nie zugeben, dass er etwas falsch gemacht hat.

»Und es hat dir nicht mal was ausgemacht, dass ich in dieser letzten Woche kein Wort mit dir geredet habe«, stieß ich hervor. »Du hast es überhaupt nicht gemerkt!«

Zach verschränkte seine Arme noch fester und runzelte die Stirn. »Und ob ich es gemerkt habe! Ich bin doch nicht blöd. Oder hältst du mich wirklich für so dickfellig? Aber ich wusste nicht, was los war. Ich dachte einfach, du hast Angst vor der neuen Schule – du bist doch damals in die Middle School gekommen.«

Ich schnaubte. Wie konnte er nur so ahnungslos sein?

»Du hättest etwas sagen müssen«, beharrte ich.

»Wieso ich? *Du* hättest was sagen müssen! *Du* warst doch wütend auf mich! Und dabei haben wir uns geschworen, dass wir immer über unsere Gefühle reden würden. Ich wusste nicht, dass du gehört hast, was ich mit den beiden Typen geredet habe. Und damit das klar ist: Ich war überhaupt nicht mit ihnen einig. Ich fand ihre Kommentare total bescheuert, aber ich wollte nicht mit ihnen darüber reden.«

»Und warum bist du dann die ganze restliche Zeit mit ihnen herumgezogen?«

»Weiß nicht.«

»Eine dümmere Antwort hättest du wirklich nicht finden können.« Ich fühlte mich, als wäre ein Fischadler auf mich heruntergeschossen und hätte mir mit seinen Krallen das Herz durchbohrt. »Du hast immer gesagt, Freunde müssen zusammenhalten. *Du* hast das gesagt! Und ich habe es geglaubt.« Ich verstummte, und endlich kamen die Tränen. »Du hast mir gesagt, ich sei deine beste Freundin und wie wichtig ich für dich wäre. Aber das war gelogen! Ich war dir nie wichtig – unsere Freundschaft hat dir nichts bedeutet.«

Ich raste zur Tür und stürzte hinaus. Ich hörte noch, wie Zach meinen Namen rief. Aber nicht seine Stimme verfolgte mich, sondern die Erinnerung. Ich lief schnell, sehr schnell, und trotzdem nicht schnell genug, um zu verhindern, dass sie mich mit voller Wucht erwischte, diese Erinnerung. Ich schaffte es irgendwie in mein Zimmer, aber es war zu spät.

Ich hätte nie gedacht, dass einem das Herz ein zweites Mal gebrochen werden kann und dass es genauso wehtut wie beim ersten Mal.

Bitter

Zwei Sommer davor

Ich kauerte noch immer in der glühenden Augusthitze hinter der Terrassenmauer der Bäckerei, meine Kniekehlen waren ganz klebrig vom Schweiß. Ich wollte wegrennen, traute mich aber nicht. Wie konnte Zach über mich lachen? Wie konnte er so herzlos sein? Ryder hatte sich über meinen Tanz lustig gemacht. Nein, schlimmer noch – er hatte einen bescheuerten, rassistischen Witz gemacht. Und. Zach. Hatte. Gelacht. Ich presste meine Handflächen auf den warmen Boden, um mich hochzustemmen und nach Hause zu laufen.

»Alter«, sagte Ryder, was mich sofort erstarren ließ. »Dieses Mädchen ist total in dich verknallt.«

»Wer? Amai?«, sagte Zach. »Nein!«

Ich runzelte die Stirn.

»Na klar doch, so wie sie dich anhimmelt, das sieht doch ein Blinder. Sie hat echt Herzchen in den Augen.« Ryder lachte. »Zach hat eine Freundin!«

»Nein! Das ist krass!« Zach würgte demonstrativ.

»Du li-hiiebst sie!«, johlte Ryder.

»Vergiss es, Alter. Nie und nimmer!«

Seine Worte trafen mich wie ein Keulenschlag. Ich musste kreidebleich geworden sein, denn kurz darauf kam eine Frau zu mir herüber und fragte, ob alles in Ordnung sei.

Nein. Nichts war in Ordnung. Aber ich nickte, obwohl mir bereits die Tränen aus den Augen purzelten. Der Schmerz war vom Magen in die Brust hochgestiegen. Mein gebrochenes Herz verwandelte sich in Staub. Ich wischte mir die Augen ab und schlängelte mich durch die Menge zu der Buchhandlung, vor der ich auf Dad warten sollte. Ich zwang mich, ruhiger zu werden, versuchte mit aller Kraft, mich wieder zu fangen.

Unterwegs im Auto drängte ich die Tränen zurück, aber sobald Dad in die Einfahrt eingebogen war und angehalten hatte, stürmte ich in mein Zimmer hinauf, drehte meine Musik voll auf und schluchzte hemmungslos. Ich hatte mein gebrochenes Herz in der Bäckerei zurückgelassen, und trotzdem spürte ich es in meiner Brust. Es hämmerte wie verrückt.

All die Sommer mit Zach, die Erinnerungen, die wir uns geschaffen hatten – wie wir Geheimnisse austauschten, Abenteuer erlebten, Filme anschauten, Wanderwege erkundeten, nachts miteinander tuschelten, lachten, redeten –, das alles hatte mir unendlich viel bedeutet. Aber Zach bedeutete es nichts, das wusste ich jetzt. Kein Wunder, dass er lieber mit diesen Jungs herumgezogen war.

Kein Wunder, dass er mich nicht verteidigt hatte. Zach war nie auf meiner Seite gewesen, und daran würde sich auch nichts ändern.

Ich schaffte es, Zach die ganze Woche aus dem Weg zu gehen, aber es war praktisch unmöglich, ihn auf meiner Geburtstagsparty zu meiden. Als die beiden Familien sich zum Mittagessen um den Tisch versammelten, quetschte Zach sich irgendwie neben mich, obwohl ich mit Ethan und Mason rechts und links von mir am Kopfende des Tisches saß. Der Stuhl quietschte, als er ihn zu sich herzerrte und neben meinen schob. Ich vertiefte mich in mein Essen, als wäre es das einzig Interessante auf der Welt, schaute stur auf meinen Teller und kaute mit voller Konzentration.

Als die Teller abgeräumt waren, kramte Zach in einer Tüte herum, die zu seinen Füßen stand.

»Happy Birthday, Amai«, brüllte er und setzte mir den Tortenhut, den er an seinem eigenen Geburtstag zu Anfang des Sommers getragen hatte, auf den Kopf.

Ich runzelte die Stirn und stieß den Hut herunter. Als er auf den Boden fiel, stürzten sich die Zwillinge darauf und stritten miteinander, wer von beiden ihn tragen durfte. Zach beugte sich vor, um mir ins Gesicht zu schauen.

»Bevor es Kuchen gibt, habe ich euch noch etwas mitzuteilen«, sagte Wes und stand von seinem Platz am Tisch auf.

Ich war froh über die Unterbrechung. Aus irgendeinem

Grund griff Zach nach meiner Hand. Ich riss mich so heftig von ihm los, dass ich mir den Ellbogen an der Stuhllehne anstieß, und schnappte laut nach Luft.

»Amai!«, rief Zach. »Hast du dir wehgetan?«

Bevor ich ihm ins Gesicht sagen konnte, wie sehr er mich verletzt hatte, verkündete Wes, dass er einen Zwei-Jahres-Job in Japan angenommen hatte. Und das bedeutete, dass die Koyamas im nächsten Monat nach Japan ziehen würden.

Ich sprang vom Tisch auf, unter dem Vorwand, dass ich auf die Toilette müsse. Ich blieb lange dort. Lange genug, dass Mom hinter mir herkam, um nach mir zu sehen.

»Mai«, sagte sie und klopfte an die Tür. »Alles gut?«

Ich wischte mir die Tränen ab und öffnete die Tür. Ich war fest entschlossen, ihr zu erzählen, was Zach mir angetan hatte.

»Ach, Schätzchen.« Mom lehnte sich an die Wand und schaute mit einem traurigen Lächeln zu mir herunter. »Ich weiß. Mir geht es genauso. Wir werden sie schrecklich vermissen, aber sie kommen ja zurück! Komm jetzt. Zeig ihnen ein glückliches Gesicht. Für Wes ist es eine große Chance.«

Ich machte, was Mom mir gesagt hatte. Zwang mich, meine restliche Geburtstagsparty über zu lächeln, aber ich redete kein Wort mit Zach. Damals nicht und überhaupt nie wieder.

Es war der schlimmste Geburtstag aller Zeiten.

23

Diese Erinnerung machte mir bewusst, dass sich nichts geändert hatte. Zach bereute kein bisschen, was er mir angetan hatte. Ich hatte versucht, mit ihm zu reden, wie Lila es mir geraten hatte, aber das hatte alles noch schlimmer gemacht.

Mom glaubte mir, als ich ihr sagte, dass ich nach diesem anstrengenden Tag todmüde sei, und ich musste nicht zum Abendessen dableiben. Ich hatte zwar behauptet, dass ich nicht hungrig sei, aber sie brachte mir trotzdem ein Putensandwich und eine Schale mit frischen Himbeeren aus dem Garten der Koyamas herauf.

Ich versuchte Musik zu hören, weil mich das normalerweise aufmunterte, aber an diesem Abend halfen auch meine Lieblings-BTS-Songs nichts. Am Ende blieb mir nichts anderes übrig, als meinen Pyjama anzuziehen, die Klimaanlage aufzudrehen und ins Bett zu schlüpfen. Das Weinen hatte mich erschöpft, und ich fiel in einen tiefen Schlaf.

Ich träumte, dass ich in Zachs Kanu auf dem Teich war.

Ich wusste, dass ich Ärger bekommen würde, weil ich allein hinausgefahren war. Das Paddeln war anstrengend. Ich konnte mich noch so sehr ins Zeug legen, das Kanu bewegte sich einfach nicht vorwärts. Und trotzdem war ich so weit vom Ufer entfernt, dass ich das Haus nicht mehr sehen konnte. Mein Magen flatterte vor Angst. Wie sollte ich jetzt nach Hause zurückkommen? Ich zog das Paddel durchs Wasser und legte meine ganze Kraft hinein, aber es half nichts. Das Kanu blieb vollkommen still.

»Hilfe!« Ich wollte in den Nebel rufen, der sich über die Wasserfläche wälzte, aber meine Stimme gehorchte mir nicht.

Dann hallte ein Gewehrschuss durch die Luft, und ich schreckte hoch. Meine Arme verhedderten sich im Bettzeug, und ich kniff die Augen gegen die Helligkeit in meinem Zimmer zusammen.

»Sie schläft immer noch!«, rief Mason und rannte wieder die Treppe hinunter.

Nein, jetzt nicht mehr.

Die Schüsse in meinem Traum waren von Mason gekommen, der meine Schlafzimmertür zugeknallt hatte. Ich schaute auf meine Handyuhr und stöhnte. Es war elf Uhr vormittags. Wie hatte ich nur so lange schlafen können? Und wie kam es, dass ich nichts anderes wollte, als mich auf die andere Seite zu drehen und weiterzuschlafen?

Ein leises Klopfen riss mich aus meinen Gedanken.

»Geht weg«, rief ich und zog mir die Decke über den Kopf. Ich war nicht in der Stimmung, mich von den Zwillingstornados überrollen zu lassen.

»Mai?«

Ich riss meine Decke herunter. Es war Mom. »Komm rein«, sagte ich.

Sie kam herein und stellte einen Becher heiße Schokolade auf meinen Nachttisch. Mom hielt nichts von Klimaanlagen und drehte den Schalter ein bisschen zurück. Dann beugte sie sich zu mir herunter und legte ihren Handrücken auf meine Stirn. »Geht's dir nicht gut?«

»Doch, alles in Ordnung«, sagte ich und nippte an der heißen Schokolade. »Mhm. Das ist gut. Danke.«

Mom setzte sich zu mir aufs Bett. »Ist etwas zwischen dir und Zach passiert?«

Ich schüttelte den Kopf und schaute sie mit großen, unschuldigen Augen an.

»Er war die ganze Zeit so still«, sagte Mom. »Laut Holly hat er seit gestern kein einziges Wort gesagt. Und seit wann lässt du einfach das Abendessen aus? So kenne ich dich gar nicht.«

Ich war nicht in der Stimmung für ein erzwungenes Friedensgespräch und nahm noch einen Schluck von meiner heißen Schokolade, obwohl ich gar keinen Durst hatte. »Alles ist gut, Mom. Ehrlich.«

Statt auf meinen Wink mit dem Zaunpfahl einzugehen und mein Zimmer zu verlassen, wie ich gehofft hatte, strich Mom mein Kopfkissen glatt, ohne mir dabei in die Augen zu sehen. »Freundschaften können manchmal kompliziert sein«, fing sie an. »Besonders wenn sie schon so lange bestehen.«

Na toll. Das Letzte, was ich jetzt brauchte, war ein Vortrag, dass ich nett zu Zach sein sollte und bla bla bla. Moms Freundschaft mit Holly war perfekt. Nicht wie meine mit Zach.

»Und wenn man lange getrennt war, macht das die Dinge wahrscheinlich noch schwieriger.«

Oh mein Gott. *Musste* sie unbedingt mit mir darüber reden? Und wozu? Es gab sowieso nichts, was meine Freundschaft mit Zach jetzt noch retten konnte.

»Gibt es einen bestimmten Grund für den Streit zwischen euch beiden, oder fällt es euch einfach schwer, nach der langen Trennung wieder zusammenzufinden?«

Ich stellte meinen Kakaobecher auf den Nachttisch und zog meine Knie an die Brust hoch. »Ich hab dir doch schon gesagt, Mom, alles ist gut.«

Sie lächelte mich an, aber ihr Blick war tief besorgt. Schließlich streckte sie die Hand aus und strich mir eine Haarlocke aus den Augen. »Holly und ich haben alles getan, um über die Jahre in Verbindung zu bleiben«, sagte sie und ließ ihre Hand zurück in den Schoß fallen. »Das war nicht einfach. Und während unserer Collegezeit haben wir eine Zeit lang überhaupt nicht mehr miteinander geredet.«

Das ließ mich aufhorchen. »Wirklich?«

Mom nickte. »Wir haben fast zwei Jahre lang kein Wort gewechselt.«

»Aber warum?«

»Wir hatten uns zerstritten. Damals erschien uns das alles ungeheuer wichtig und endgültig. Aber wenn ich heute daran zurückdenke, waren es nur dumme Missverständnisse und verletzte Gefühle. Hätte Holly mir nicht irgendwann die Hand gereicht, wer weiß, was daraus geworden wäre. Ich kann ziemlich stur sein.«

»Komisch, ich kann mir gar nicht vorstellen, dass ihr nicht mehr miteinander geredet habt«, sagte ich. »Ich meine, ihr seid doch so gute Freundinnen.«

Mom zuckte mit den Schultern. »Wie gesagt, wir arbeiten daran. Wir reden über unsere Gefühle. Wir sprechen es aus, wenn wir uns zurückgesetzt oder übergangen fühlen. Und manchmal müssen wir uns entschuldigen. Alle Beziehungen haben ihre Höhen und Tiefen.«

Ich hatte noch kaum den Schock verarbeitet, dass Mom und Holly sich zerstritten hatten, als Mom die nächste Bombe platzen ließ. »Vor zwei Jahren haben wir uns auch gestritten. Ich war gekränkt, dass die Koyamas einfach nach Japan gingen, ohne dass Holly mir etwas davon gesagt hatte.«

»Ja, genau!« Ich hatte dasselbe gefühlt wie Mom. Aber ich wäre nie auf die Idee gekommen, mich zu fragen, wie sie damit zurechtkam.

»Ich war schockiert«, fuhr Mom fort. »Also habe ich Holly beiseitegenommen und sie praktisch zur Rede gestellt, dass sie mich nicht in ihre Pläne eingeweiht hatte. Holly war natürlich am Boden zerstört. Sie wollte es mir erzählen, wollte mit mir darüber sprechen, aber Wes hat es ihr ausgeredet. Er wollte, dass es in der Familie bleibt. Außerdem war er so stolz und glücklich über seine Beförderung, dass er uns die gute Nachricht selbst ankündigen wollte, und deshalb sollte Holly nichts verraten. Holly konnte ihm das nicht gut verweigern.«

Ich runzelte die Stirn. Holly hätte es Mom erzählen müssen! Beste Freunde hatten keine Geheimnisse voreinander, erst recht nicht solche.

Mom sah mein Stirnrunzeln und tätschelte mir das Bein. »Ich war tief gekränkt, aber als ich darüber nachdachte, wurde mir klar, dass ich für Dad dasselbe getan hätte. Und wenn ich Dad etwas versprochen hätte, hätte ich es auch gehalten.«

Dann hätte Holly es eben nicht versprechen dürfen. Sie hätte wissen müssen, wie sehr sie Mom damit verletzte. Und Zach hätte es mir auch erzählen müssen. Obwohl sich inzwischen herausgestellt hatte, dass Zach und ich nie wirklich Freunde waren und es folglich keine Rolle spielte, ob er mit mir redete oder nicht.

»Aber«, fuhr Mom fort, »es war ja auch wirklich eine große Chance für die beiden, die sie sich natürlich nicht entgehen lassen konnten. Wie hätte ich ihnen das übel nehmen sollen? Ich war zwar gekränkt, dass Holly mich nicht ins Vertrauen gezogen hatte, aber letzten Endes konnte ich sie verstehen. Sie schuldet mir nichts, nur weil wir befreundet sind. Das ist nicht der Sinn einer Freundschaft. Trotzdem war es ein Schock für mich, dass sie mich vor vollendete Tatsachen gestellt haben.«

»Bist du immer noch gekränkt?«, fragte ich.

Mom lächelte. »Natürlich nicht. Wir haben uns noch am selben Tag versöhnt. Wir haben im College zwei Jahre lang nicht miteinander geredet, und keine von uns legte Wert darauf, dass sich das wiederholte. Unsere Freundschaft bedeutet uns einfach zu viel. Wir machen unsere Aufgaben, Mai. Wir entschuldigen uns und verzeihen einander, wie man das von Freunden erwarten kann.«

»Aber was ist, wenn jemand etwas Unverzeihliches gemacht hat?«

Mom legte den Kopf zur Seite und schaute mich an. Sie hielt meinen Blick so lange, bis ich mich innerlich wand.

»Ich denke, das kommt darauf an. Willst du mit mir darüber reden?«

Auf keinen Fall. Das war einfach zu demütigend. Zu schmerzlich. Ich schüttelte den Kopf.

Mom sah überrascht und verletzt aus. »Ich weiß, dass du nicht mit mir darüber sprechen willst, was in dir vorgeht. Ich nehme an, das ist in deinem Alter ganz normal, aber du sollst wissen, dass ich für dich da bin.«

»Ja, aber nur, wenn es was Gutes ist«, sagte ich und quetschte mein Kissen zusammen.

»Wie meinst du das?«

»Du willst nur hören, dass ich glücklich bin.«

»Was? Nein, Mai, das stimmt nicht. Wie kommst du denn auf so was?«

»Weil du immer erwartest, dass ich sofort darüber hinwegkomme, wenn ich mal traurig bin.« Ich tätschelte mein Kissen.

»Na ja, natürlich gefällt es mir nicht, wenn du traurig bist, aber das bedeutet doch nicht, dass du nicht mit mir darüber reden kannst.«

»Weißt du noch, als Becca mich in der Sechsten nicht zu ihrer Geburtstagsparty eingeladen hat? Ich wollte mit dir darüber reden, aber du warst in einer Videokonferenz in der Küche. Ich stand da und wartete, bis du fertig warst.«

Mom nickte. »Ja, und als ich dich mit Tränen in den Augen da stehen sah, bin ich aus der Konferenz raus, um mit dir zu reden.«

»Ja, und ich habe dir erzählt, warum ich weine, und dann bist du gleich wütend geworden.«

Mom erstarrte, ihre Augen bewegten sich hin und her, als würde sie einen Film ansehen. Dann erschlaffte ihr Gesicht. »Oh, Mai, jetzt erinnere ich mich. Es war das erste Meeting, das ich geleitet habe, und mein Chef war zugeschaltet. Ich war deswegen sowieso schon nervös. Aber du kommst natürlich immer an erster Stelle. Es hat mir nichts ausgemacht, dass ich unterbrechen musste, aber wahrscheinlich bin ich erschrocken und dachte, du wärst verletzt oder irgendwas. Es tut mir leid. Ich hätte nicht so ungeduldig sein dürfen.«

Ich blinzelte. »Du sagst mir immer, dass ich nicht traurig sein soll, selbst wenn ich nur mal traurig schaue. So wie nach Wes' Ankündigung – da hast du gesagt, du seist traurig, aber dass wir so tun müssten, als würden wir uns über die gute Nachricht freuen.«

Mom starrte mich an. »Ach du liebe Güte. Und deshalb willst du mir nicht erzählen, warum du traurig bist?«

»Nein, deshalb *bin* ich nicht traurig.« In diesem Moment wurde mir etwas Entscheidendes klar: Ich verdrängte meinen Kummer und ersetzte ihn durch Wut. Das gab mir ein Ziel statt der schrecklichen Leere in mir. Und so gesehen war ich gar nicht wütend auf Zach. Ich war traurig. Weil er meine Gefühle verletzt hatte.

Mom nahm mich fest in den Arm. »Es tut mir leid. Das war wirklich nicht so gemeint.« Sie löste sich von mir, packte mich an den Schultern und schaute mich an. »Siehst du? Auch an der Beziehung zwischen Mutter und Tochter muss man arbeiten. Ich mache einen Fehler, ich entschuldige mich, und du kannst mir hoffentlich verzeihen. Es tut mir leid, Mai. Ich werde in Zukunft besser zuhören, wenn du traurig oder wütend oder glücklich bist … oder was auch immer. Verzeihst du mir?«

Ich nickte.

»Bist du sicher, dass du nicht noch über etwas anderes mit mir reden willst?«

Ich schüttelte den Kopf. Es war nicht so, dass ich Mom bestrafen wollte, aber nachdem ich jahrelang meine Gefühle unter Verschluss gehalten hatte, würde es eine Weile dauern, bis ich fähig war, darüber zu reden.

»Also gut.« Mom stand auf. »Dann komm jetzt runter und bring dich wieder in die Familie ein. Zach sieht so niedergeschlagen aus – was nicht heißen soll, dass es deine Aufgabe wäre, ihn aufzumuntern. Aber ich denke, ihr beide solltet wenigstens miteinander reden.«

Wir hatten bereits miteinander geredet. Mit dem Erfolg, dass alles schlimmer war denn je.

Mom ging aus dem Zimmer, und ich dachte über alles nach, was sie gesagt hatte. Dass man an einer Freundschaft arbeiten müsse.

Lila hatte mir gesagt, ich sei mutig.

Und Celeste hatte gesagt, verzeihen sei besser.

Also gut. Ich musste eine Entscheidung treffen. Ich musste Zach entweder vergeben oder ihn für immer loslassen.

24

Noch vier Tage bis zu meiner Party, sieben bis zu meinem Geburtstag, an dem wir einen Ausflug in den Zoo von Rhode Island machen, und elf, bis wir nach Hause zurückfliegen würden.

Als ich endlich auf die Veranda kam, waren alle bereits mit dem Frühstück fertig. Dad sah wieder wie er selbst aus, keine Ringe mehr unter den Augen, keine Sorgenfalten auf der Stirn.

Die Zwillinge umarmten mich, um mir Hallo und Tschüss in einem zu sagen, dann flitzten sie zu ihrem Baumhaus davon.

Mom warf mir einen vielsagenden Blick zu. Ich seufzte.

»Wo ist Zach?«, fragte ich.

»Er macht eine Radtour«, sagte Holly. »Ich habe ihn gebeten, auf dich zu warten.«

Ich schüttelte den Kopf. »Nein, nein, ist schon gut.«

Wir redeten über das Essen für meine Geburtstagsparty. Ich war froh, dass Holly für mich kochen würde. Sie hatte schon immer gern neue Rezepte ausprobiert, aber durch ihre Kochkurse in Tokio war sie unschlagbar geworden. Mom stellte sich bereitwillig als Küchenhilfe zur Verfügung. Ich hoffte insgeheim, dass sie bei dieser Gelegenheit ein paar Kochtipps aufschnappen und mit nach Hause bringen würde.

Ich beobachtete Mom und Holly wie zwei seltene Vogelarten, achtete auf jede Nuance in ihrem Verhalten. Aber sie waren wie immer, lachten und redeten so vertraut miteinander, wie es zwischen zwei Menschen nur möglich war. Wenn Mom mir nichts von ihrer Sendepause mit Holly erzählt hätte, wäre ich nie auf die Idee gekommen, dass sie sich jemals streiten könnten. Vielleicht war die Freundschaft zwischen Mom und Holly einfach etwas ganz Besonderes und Seltenes.

Ich ging zur Festung hinüber und stellte erleichtert fest, dass Zach nicht da war. Als ich mich mit meinem Fernglas hinsetzte, fiel mir plötzlich ein, dass ich Margie noch nicht angerufen hatte. Ich zog ihre Visitenkarte hervor und tippte ihre Nummer in mein Handy ein, dann drückte ich auf die Ruftaste. Ältere Leute telefonierten lieber, als im Internet zu chatten, außerdem war ich gespannt auf ihre Reaktion.

Im selben Moment, als Margie den Hörer abnahm, spazierte Zach in die Festung herein. Mir rutschte das Herz in die Hose. Er zögerte eine Sekunde, aber als er sah, dass ich telefonierte, nickte er und ließ sich mit einem Buch in seinem Sitzsack nieder.

»Mystic Nature Center und Camp. Margie am Apparat.«

»Hi, Margie! Hier ist Mai, von dem Haus am Reiherteich.«

»Hallo, Mai. Schön, von dir zu hören. Hast du Neuigkeiten für mich?«

»Ja! Ich habe die Schleiereule gesehen!«

»Das ist wunderbar. Erzähl mal.«

Ich rasselte sämtliche Details herunter, die ich an der Schleiereule wahrgenommen hatte, und versuchte, mich nicht von Zachs Anwesenheit aus dem Konzept bringen zu lassen.

»Was bist du für ein Glückspilz, dass dir so eine magische Begegnung geschenkt wurde!«, sagte Margie, als ich mit meiner Schilderung fertig war. »Danke, dass du mich benachrichtigt hast.«

»Ich habe die Eule aber seither nicht mehr gesehen.«

»Das bedeutet nicht, dass sie nicht mehr da ist. Vielleicht wirst du sie irgendwann noch einmal sehen.«

»Ja, hoffentlich!« Allerdings war ich seit Tagen nicht mehr im Wald draußen gewesen. Bei allem, was passiert war, hatte ich keine Zeit gehabt, an meine Vogelbeobachtungen zu denken. Der Sommer zerrann mir unter den Fingern.

»Du hast die Schleiereule gesehen?« Zach setzte sich neben mich auf die Bank, als ich den Anruf beendet hatte, achtete aber sorgfältig darauf, dass er mir nicht zu nahe kam.

Ich schluckte. Ich war mir noch nicht sicher, wie ich mich ihm gegenüber verhalten sollte. Meine Wut war jetzt keine wilde Stichflamme mehr, sondern eher wie ein abgebranntes Streichholz. Und in Wahrheit war ich erschöpft. Ausgelaugt. Es strengte mich unglaublich an, die ganze Zeit so viel Zorn und Groll mit mir herumzuschleppen. Das allein war jedoch kein Grund, ihm zu verzeihen, geschweige denn, dass es mich dazu bringen konnte, einfach alles zu vergessen.

Aber in vier Tagen würden Celeste und Noah zu meiner Geburtstagsparty kommen. Und da ich mich dann nicht mehr länger verstecken konnte und Mom und Holly zumindest ahnten, dass etwas zwischen Zach und mir passiert war, musste ich die Dinge entweder vorher klären oder mich damit abfinden, dass es äußerst peinlich werden könnte. Ganz zu schweigen von der Geburtstagsüberraschung, die Zach und Lila für mich planten.

»Amai?«

Ich war zu lange stumm geblieben. Jetzt holte ich tief Luft und sagte: »Ja. Du hast ja gehört, was ich zu Margie gesagt habe. Ich habe die Schleiereule letzte Woche gesehen.«

»Das ist super«, sagte Zach leise.

Ich fummelte an den Riemen meines Fernglases herum.

Zach räusperte sich, und ich erstarrte. »Hey, Amai?«

»Was?«

»Können wir noch mal über alles reden?«

»Nein.«

»Ich kann es nicht ertragen, dass ich dir wehgetan habe.«

»Ist schon gut. Ich bin darüber weg.«

»Wirklich? Bist du sicher?«

Ich schaute ihn an, sah die Besorgtheit in seinem Blick. »Ja, wirklich.« Das war eine Lüge, okay, aber ich arbeitete hart daran, eine Wahrheit daraus zu machen. »Können wir das einfach hinter uns lassen?«

»Ich weiß nicht.« Zach verschränkte seine Arme so fest, als müsse er sich an sich selbst festklammern.

»Lass uns einfach einen Waffenstillstand schließen, okay?« Na bitte. Erledigt. Noch elf Tage. Ich musste nur noch elf Tage überstehen. Vielleicht blieb mir letzten Endes die Entscheidung erspart, ob ich Zach verzeihen konnte oder nicht. Vielleicht genügte es, einfach so zu tun, als wäre alles in Ordnung. Vielleicht konnten wir unsere Familien lange genug an der Nase herumführen. Genauso wie uns selbst.

»Mir gefällt das nicht«, sagte Zach. »Es kommt mir so vor, als ob wir keine Freunde mehr wären.«

Ich schüttelte den Kopf.

»Ich weiß, dass ich es vermasselt habe«, sagte Zach. »Und das tut mir leid.«

Ich stand auf. »Okay. Gut.«

»Gut?«

Ich wusste, dass Zach genauso wenig über diese Sache reden wollte wie ich. »Ja, gut.«

In der Ferne hörte ich Mason nach mir rufen.

Um Zach zu beweisen – und natürlich auch mir selbst –, dass ich ganz normal mit ihm umgehen konnte, sagte ich: »Ich habe Mason ein Picknick im Garten hinten versprochen. Willst du mitkommen?«

Ich sah die Verwirrung in seinem Gesicht, ignorierte es aber. Mir war es egal, ob er mitkam oder nicht, aber eins stand fest: Ich war nicht bereit, ihm zu verzeihen. Und daran würde sich vielleicht nie etwas ändern.

Trotzdem konnten wir so tun, als wäre alles okay. Schließlich war es nicht das erste Mal in diesem Sommer, dass wir heile Welt spielten. Zach und ich machten also Sandwiches für das Mittagessen, unterstützt von unseren beiden Küchenhilfen Mason und Ethan, dann picknickten wir und schauten einen Film zusammen an. Als die Zwillinge schließlich nach oben gingen, um ihren Mittagsschlaf zu halten, hatte ich schon eine Ausrede parat, um Zachs Gesellschaft zu entkommen.

»Ich muss mir noch überlegen, was ich auf der Party anziehen soll«, sagte ich. Nicht, dass ich so wild darauf war, mich aufzustylen, wie Zach in letzter Zeit. Ich wollte nur weg von ihm. Den ganzen Sommer über hatte ich mich verstellt und Gefühle vorgetäuscht, die ich nicht wirklich hatte, was auf Dauer ziemlich verwirrend und anstrengend war.

Zach legte die Fernbedienung auf den Couchtisch und drehte sich zu mir um. »Können wir einfach mal über diesen Sommer reden? Damit ich dir erklären kann, was damals wirklich passiert ist?«

»Du brauchst mir nichts zu erklären, Zach. Ich war da. Und ich habe dich gehört.«

Zach legte den Kopf zurück, ein bisschen zu heftig. »Wie oft soll ich mich noch entschuldigen, Amai? Was muss ich tun, um dir zu beweisen, dass es mir leidtut?«

»Nichts«, warf ich über die Schulter zurück, während ich zur Treppe ging. »Du kannst gar nichts tun.« *Außer vielleicht die Zeit zurückdrehen und beweisen, dass dir unsere Freundschaft in jenem Sommer vor zwei Jahren tatsächlich etwas bedeutet hat.*

Als ich in mein Schlafzimmer kam, ging ich direkt zu meinem Kleiderschrank. Mom machte immer eine Million Fotos an meinem Geburtstag. Insofern war es besser, wenn ich gut aussah. Vielleicht war das mein letzter Sommer in Mystic. Ich wusste noch nicht, wie, aber irgendwie musste ich meine Eltern dazu bringen, dass ich im nächsten Sommer zu Hause bleiben durfte. Vielleicht konnte ich bei Lila wohnen. Oder Dad würde mit mir dableiben. Er musste vielleicht sowieso arbeiten.

Ich riss an der Kette, mit der das Schranklicht eingeschaltet wurde. Aber ich hatte vergessen, wie vertrackt dieser Messingzug war und dass man nur ganz sanft daran ziehen durfte. Der Knauf hängte sich aus und fiel herunter, purzelte in die andere Ecke des Schranks, wo die Decke steil abfiel und auf den Holzboden traf.

Ich seufzte und ging auf Hände und Knie hinunter, um den Knauf wieder aufzulesen. Als ich danach griff, glitzerte etwas auf dem Boden. Ich beugte mich vor, und da fiel mir etwas Silbriges ins Auge.

Es war das kleine Kaninchenamulett, das Zach mir in jenem verhängnisvollen Sommer geschenkt hatte. Ich hatte es mir in meiner Wut vom Handgelenk gerissen und in den Schrank geschleudert. Jetzt hielt ich es in meiner Handfläche und streichelte es. Mein Herz zog sich zusammen bei dem Gedanken daran, wie herzlos ich dieses Kaninchen behandelt hatte und wie verloren sich das leise Klirren angehört hatte, als es an die Wand geprallt war.

»Es tut mir leid, dass ich dich im Stich gelassen habe«, flüsterte ich.

Natürlich war es dumm, ein schlechtes Gewissen gegenüber einem leblosen Gegenstand zu haben, aber ich konnte nichts dagegen tun. Ich hatte das kleine Kerlchen weggeworfen, obwohl es mir die Welt bedeutete.

Minuten verstrichen, bis mir bewusst wurde, dass meine Schuldgefühle nicht wirklich dem Amulett galten.

Bitter

Zwei Sommer davor

Am Morgen meines elften Geburtstags wachte ich nicht voller Vorfreude auf so wie sonst immer. Stattdessen war ich mürrisch und gereizt, und am liebsten hätte ich diesen Tag einfach übersprungen.

Zach hatte die ganze Woche versucht, mit mir zu reden, aber ich hatte ihn ignoriert. Wie konnte er so tun, als wären wir noch Freunde, obwohl er sich geweigert hatte, mich zu verteidigen?

Ich schlüpfte aus dem Bett, vorsichtig, um mir nicht den Kopf an der Decke anzustoßen. Als ich zum Schrank hinübertappte, um mir ein paar Kleidungsstücke herauszunehmen, bemerkte ich etwas unter meiner Tür. Ein weißer Umschlag. Ich drehte ihn um, und als ich meinen Namen in Zachs vertrauter Druckschrift darauf sah, machte mein Herz einen kleinen Freudensprung, und ich lächelte beinahe. Ich war fast glücklich.

Bis ich mich an seinen Verrat erinnerte. Nichts, was er mir in seiner Geburtstagskarte sagen konnte, würde das je wiedergutmachen. Selbst wenn er sich entschuldigte, wäre das nicht genug. Unser ganzes bisheriges Leben lang hatte er mir geschworen, dass er für mich einstehen würde, komme, was wolle, und wie viel ihm unsere Freundschaft bedeutete. Aber das war eine Lüge. Handlungen verraten mehr als Worte, und mit seinen Handlungen hatte er alle guten Gefühle zerstört, die ich je für ihn gehabt hatte. Ich zerknüllte den Umschlag, so fest ich konnte, und warf ihn in meinen Schrank. Dort konnte er zusammen mit dem dummen Kaninchenamulett verrotten.

25

Die Erinnerung, die so plötzlich in mir aufgestiegen war, überraschte mich. Ich hatte die Karte völlig vergessen. Ich steckte das Kaninchenamulett in meine Tasche, kroch im Schrank nach hinten und tastete mit meiner Hand am Boden herum. Und dort, ganz in der anderen Ecke, von Wollmäusen bedeckt, lag der zerknüllte Umschlag. Ich packte ihn, während ich rücklings wieder aus dem Schrank herauskroch, und setzte mich auf mein Bett.

Dann legte ich den Umschlag auf meinen Schoß, strich ihn glatt und fuhr mit den Fingern die Buchstaben meines Namens nach. Amai war der Name, den meine Eltern mir gegeben hatten, aber außer Zach nannte mich niemand so, und deshalb war es etwas ganz Besonderes.

Was immer in dieser Karte stand, konnte die Lage nicht noch schlimmer machen, als sie es jetzt schon war. Außerdem war ich neugierig. Ich holte tief Luft, um mir Mut zu machen.

Bevor ich es mir anders überlegen konnte, zog ich schnell die Karte heraus. Auf der Vorderseite fand ich eine

Tintenzeichnung von einem Kaninchen mit einem Geburtstagshut. Und als ich die Unterschrift las: *Heute hat ein ganz besonderes Kaninchen Geburtstag,* musste ich unwillkürlich lächeln.

Ich brauchte einen zweiten tiefen Atemzug, um meine flatternden Nerven zu beruhigen, und endlich konnte ich zu lesen anfangen:

Einen schönen elften Geburtstag, liebe Amai! Ich hoffe, du bekommst alles, was du dir wünschst – und noch viel, viel mehr, weil du immer nur das Beste verdienst.
Ich weiß, du bist nervös, weil du bald in die Middle School kommst (und deshalb warst du auch ein bisschen kratzbürstig in der letzten Woche, wenn ich das mal sagen darf). Aber du bist klug und mutig und nett. Du schaffst das, Amai!
Ich bin froh, dass du meine beste Freundin bist. Und Freunde haben keine Geheimnisse voreinander, deshalb sage ich dir jetzt etwas, worüber ich eigentlich nicht reden darf. Wir ziehen für zwei Jahre nach Japan, weil Dad dort eine neue Stelle bekommen hat. Ich will nicht weg von hier. Aber es ist eine große Chance für Dad (sagt Mom). Es ist nicht gerade die beste Geburtstagsüberraschung, aber ich wollte nicht, dass du aus allen Wolken fällst, wenn Dad nachher die Bombe platzen lässt. Und ich verspreche dir, dass wir zurückkommen. Vielleicht können wir uns schreiben, während ich in Japan bin? Das wäre toll. Altmodische Briefe wie diese Karte hier. Was meinst du?
Alles Gute zum Geburtstag meiner allerbesten Freundin – für immer.

♥ Zach

Ich las Zachs Karte zweimal hintereinander und dann noch ein drittes Mal. Also hatte er mir doch gesagt, dass er mit seiner Familie nach Tokio ziehen würde. Und wenn ich die Karte gelesen hätte, statt sie einfach wegzuwerfen, wäre ich damals nicht völlig überrumpelt von Wes' Ankündigung gewesen. Okay, es waren nur Worte, aber diese Worte von Zach bedeuteten mir sehr viel. Hätte ich sie vor zwei Sommern gelesen, wäre es mir vielleicht gelungen, meine Wut und meine Enttäuschung zu überwinden. Vielleicht hätte ich sogar mit Zach über die schrecklichen Dinge reden können, die ich mitangehört hatte. Und vielleicht hätte ich dann nicht zwei ganze Jahre lang meinen Hass und Groll mit mir herumschleppen müssen. Vielleicht.

Aber Handlungen sagen mehr als Worte. Und als ich mir Zachs Handlungen in diesem Sommer vor Augen führte, kroch mir eine unangenehme Hitze im Nacken hoch, und ich schämte mich entsetzlich. Zachs sorgfältig ausgewählte Geschenke aus Japan, die Art, wie er immer wieder versucht hatte, Kontakt mit mir aufzunehmen, und meine Zurückweisungen beharrlich ignoriert hatte. Zach hatte sich nie verstellt, er hatte nicht so getan, als ob ich ihm etwas bedeutete. Er log nicht und spielte mir nichts vor. Ich war diejenige, die sich die ganze Zeit verstellt hatte. Wer war also hier die Heuchlerin?

Lila täuschte sich: Ich war nicht mutig. In Wahrheit, und es tat weh, mir das einzugestehen, war ich vielleicht nur feige und voller Vorurteile. Mir wurde jetzt auch klar, dass ich Zach nicht verlieren wollte. Seine Freundschaft war wichtig für mich. Deshalb hatte ich so wütend und verletzt reagiert, als er sie damals (zumindest in meinen Augen) einfach weggeworfen hatte. Aber das stimmte nicht. Die Karte hier war der Beweis dafür.

Und tief in meinem Inneren wusste ich, dass ich Zach verzeihen musste. Ich wollte ihm auch verzeihen. Aber ich war mir nicht sicher, ob es nicht zu spät war, um den Bruch zwischen uns wieder zu kitten.

Als ich am Tag meiner Geburtstagsparty erwachte, hatte ich noch immer nicht den Mut gefunden, mit ihm zu reden.

Dad war mit den Zwillingen weggefahren, um meine Geburtstags-Eistorte abzuholen. Wes baute das große Pavillonzelt auf dem Rasen auf, während Zach die Tische und Stühle aus dem Keller herausschleppte. Mom und Holly arbeiteten schon seit dem Morgengrauen in der Küche. Der Geruch nach *Karaage*, gebratenem Huhn, meinem japanischen Lieblingsgericht, driftete auf die Veranda heraus, wo ich saß und so tat, als würde ich in meinem Vogelbuch lesen.

Zach trug eine blassgrüne Shorts mit einem weißen Polohemd, dazu weiße Socken mit weißen Kicks. Er war gestylt, sah aber trotzdem noch ein bisschen wie der alte Sommer-Zach in Shorts aus, obwohl die hier schöner waren als seine schlabbrigen alten Cargos.

Mir war es etwas peinlich, dass wir so aussahen, als hätten wir, ohne es zu wissen, unsere Outfits aufeinander abgestimmt. Ich hatte fast den ganzen Sommer über Kleider getragen und wollte auf meiner Party anders aussehen, also hatte ich eine hellrosa Shorts angezogen, die ein bisschen wie ein Minirock aussah, dazu einen mintgrünen kurzärmeligen Hoodie und weiße Retro-Kniestrümpfe mit pinkfarbenen Streifen und weiße Sneakers.

Immer wenn Zach auf seinem Weg in den Keller und zum Zelt zurück an mir vorbeikam, warf er mir ein Lächeln zu. Ich lächelte zurück, obwohl ich ein schlechtes Gewissen dabei hatte. Ich hatte ihm gesagt, dass alles okay wäre, aber das stimmte nicht. Ich hatte meine ganze Wut auf ihm abgeladen, ohne ihm die Möglichkeit zu geben, darauf zu antworten. Nicht wirklich jedenfalls. Wenn es mir ernst damit war, dass es in einer Freundschaft um Loyalität und Ehrlichkeit ging, musste ich das ändern. Ich musste mit ihm reden, bevor alle anderen eintrafen und bevor ich das Geschenk öffnete, das er sich mit Lila zusammen für mich ausgedacht hatte. Sonst konnte es passieren, dass meine Freude darüber von Schuldgefühlen überschattet wurde. Und ich wollte endlich wieder glücklich sein, mehr als alles andere auf der Welt.

Während ich zuschaute, wie Zach die beiden letzten Stühle aufstellte, tätschelte ich meine Tasche – in der ich seine Geburtstagskarte von vor zwei Jahren aufbewahrte – und verließ meinen sicheren Verandaplatz.

»Hey«, rief ich zu ihm hinüber.

Zach richtete sich auf und wandte mir sein Gesicht zu. Er lächelte wieder, aber ein Lächeln, das nicht bis zu seinen Augen reichte. Er blieb auf der Hut, versuchte sich so zu verhalten, wie ich es seiner Meinung nach von ihm erwartete. Und vielleicht war genau das unser Problem. Ich hatte den ganzen Sommer lang die Rolle der falschen besten Freundin gespielt, und Zach merkte das jetzt. Ich wusste nur nicht, wie ich es anstellen sollte, dorthin zurückzufinden, wo wir vor diesem Bruch gewesen waren. Vielleicht war das auch nicht möglich. Vielleicht hatten wir das, was unsere Freundschaft ausgemacht hatte, für immer verloren.

»Ich muss mit dir reden«, sagte ich.

Zach schenkte mir seine volle Aufmerksamkeit, seine braunen Augen wurden wachsam und scharf wie die eines Falken.

Ich fummelte in meiner Tasche herum. »Also … ich habe dir gesagt, dass zwischen uns alles in Ordnung wäre, aber …«

»… das stimmt nicht?« Zach klang gekränkt.

»Nein. Ich meine, ja. Es stimmt schon, nur war ich nicht ganz ehrlich mit dir.«

»Inwiefern?«

»Ach, es ist kompliziert. Ich habe das hier gefunden …« Ich zog die Karte heraus, um sie ihm zu zeigen, aber im selben Moment bog ein fremder Wagen in die Einfahrt ein. Noah und Celeste kletterten heraus, und als Celeste mich sah, rannte sie los, schlang ihre Arme um mich und drückte mich so fest, dass mir fast die Luft wegblieb. Mit einem Grinsen ließ sie mich los und rief: »Happy Birthday, Mai!«

»Danke.«

Noah legte mir ein Geschenkpäckchen in die Arme. »Happy Birthday. Und danke für die Einladung.«

»Nein, *ich* danke euch, dass ihr gekommen seid!«

»Hey! Hier wird nicht geraten!« Celeste lachte, riss mir das Päckchen wieder weg und lief damit zu einem Tisch, der bereits mit Geschenken von meinen Eltern und von Zach vollgetürmt war. Ich war froh, dass zwischen Celeste und mir alles wieder gut war. Ich war in diesem Sommer die ganze Zeit so sehr auf meine alte Freundschaft fixiert gewesen, dass ich die neuen gar nicht richtig zu schätzen gewusst hatte. Und Celeste war definitiv eine Freundin.

Allerdings hatte ich meine Chance verpasst, mit Zach zu sprechen, bevor die Party anfing. Das musste ich jetzt auf später verschieben. Als ich den Umschlag wieder in meine Tasche steckte, fing ich Zachs Blick auf. Er stand mit offenem Mund da. Noah schlang seinen Arm um Zachs Hals, eine Begrüßung, die wie eine Kombination aus Umarmung und Schwitzkasten aussah, und damit war der letzte günstige Moment verstrichen.

Noahs Mom wendete und rollte aus der Einfahrt hinaus, und stattdessen kam Dad angefahren.

Sobald er angehalten hatte, sprang Mason aus dem Auto. »Happy Birthday, Mai-nesan!«

»Nein, ich zuerst!«, brüllte Ethan und stürzte hinter seinem Bruder her.

Dann warfen sich alle beide auf mich, eine Doppelumarmung, die mich zum Lachen brachte. Mom und Holly trugen das Mittagessen heraus, während Wes die Zwillinge packte und auf ihre Plätze am Tisch niederrang. Celeste fasste mich am Arm und zog mich herüber, damit ich zwischen ihr und Zach sitzen konnte. Holly hatte sich wieder einmal selbst übertroffen – das Essen war supersuperlecker. *Karaage gyoza*, Kartoffelsalat, *Chirashizushi*, *Inarizushi*. Alle meine japanischen Lieblingssnacks. Celeste war neugierig wie immer, fragte mich über das Essen aus, probierte alles und fand es gut. Zach und Noah redeten pausenlos über irgendein Online-Game, das sie die ganze Woche gespielt hatten. Von Zeit zu Zeit spürte ich Zachs Augen auf mir. Ich drehte mich zu ihm, fing seinen Blick auf, in dem eine bange Frage stand, und ich antwortete mit einem beruhigenden Lächeln. Zu dumm, dass wir im entscheidenden Moment unterbrochen worden waren! Ich schwor mir, dass ich die Sache direkt nach der Party in Ordnung bringen würde, wenn ich endlich die Gelegenheit hatte, ihn allein zu sprechen.

»Geschenke oder Kuchen?«, fragte Holly mich nach dem Essen.

»Kuchen!«, brüllte Ethan.

Und Mason: »Geschenke!«

»Hört mal, ihr beiden, ihr kennt die Regeln«, ermahnte Wes die Zwillinge.

»Dann lasst uns zuerst den Kuchen essen«, sagte ich, obwohl ich pappsatt war. Aber ich merkte plötzlich, dass meine Nerven mich im Stich ließen. Lila hatte etwas von einer Überraschung gesagt, die sie sich mit Zach zusammen ausgedacht hatte, und ich war mir im Moment nicht sicher, ob ich wirklich wissen wollte, was es war.

Celeste und Noah waren in ein Gespräch über das kommende Schulhalbjahr vertieft, anscheinend hatten sie nur ein Fach zusammen. Okay. Das war meine Chance, mit Zach zu reden.

Ich drehte mich um, aber Zach saß nicht mehr neben mir. Bevor ich mich auf die Suche nach ihm machen konnte, tauchte Wes wieder draußen auf. Aber statt meiner Eistorte brachte er seinen Laptop und kabellose Lautsprecher aus dem Haus heraus.

»Zuerst was Feines, dann das Süße«, sagte er lächelnd.

Dad half den beiden Moms, den Tisch abzudecken, während Wes den Laptop vor mir aufbaute. Dann tauchte Zach wieder auf und beugte sich über mich, um eine Datei anzuklicken. Seine Haare streiften meine Wange – sie rochen nach Kokosnuss.

Zach drückte auf Play und trat zurück, und meine Augen weiteten sich, als ich das Gesicht in dem Video sah.

26

»Hey, Mai, Happy Birthday!« Lila saß an ihrem Schlagzeug. »Ich habe das hier für deinen Geburtstag komponiert.«

Dann schaute sie mit ihrem konzentrierten Drummergirl-Blick in die Kamera und fing mit einem Wirbel auf der Basstrommel an. Ihr Knie wippte, als sie das Pedal bediente. Sie schlug die Becken mit einem metallischen Scheppern zusammen, ihre Stöcke tanzten über die Trommeln, bis ich im Takt dazu den Kopf bewegte. Die rhythmischen Schläge vibrierten an meinen Rippen. Nach ein paar Minuten wechselte sie zu einem Drumfill über, wie sie das nannte, und ich lächelte, als ich die überschäumende Freude in ihrem Gesicht sah. Als sie zum Hauptteil zurückkehrte, hätte ich für immer dasitzen und ihr zuhören können. Schließlich wirbelte sie ihre Stöcke herum, von dem hämmernden Bassrhythmus untermalt, und trommelte sich in ein grandioses Finale hinein.

Ich johlte und klatschte Beifall, obwohl sie mich natürlich nicht hören konnte. Alle um mich herum johlten und klatschten mit. Erst in diesem Moment bemerkte ich, dass Celeste Zachs Handy hochhielt.

Lächelnd reichte sie es mir herüber. Es war Lila auf FaceTime.

»AHHH!«, brüllte ich. »Das war der Hammer!«

Lila grinste. »Danke! Hat irre Spaß gemacht. Und das Beste war, dass ich dich dabei beobachten konnte, wie du das Video angeschaut hast. Alles Liebe zum Geburtstag, Mai!«

»Wahnsinn, Lila! Dass du das für mich gemacht hast! Du bist so gut geworden, Lila! Die *Hot Pinx* werden die Talentshow so was von rocken, und …« Ich verstummte, als hinter mir ein Tumult entstand.

»Hey, Mai?«, sagte Lila schnell, um meine Aufmerksamkeit wieder auf sich zu lenken.

»Hm?«

»Das war mein Geschenk für dich, aber jetzt kommt Zachs.«

»Ach ja?«

»Gib Celeste das Handy zurück und dreh dich um.«

Ich machte, was sie sagte. Als ich auf meinem Stuhl herumwirbelte, stand zu meiner Überraschung Zach in der Einfahrt, mit dem Rücken zu mir. Er hatte ein langes weißes Leinenshirt an, das wie ein Mantel herunterhing.

Plötzlich schmetterten die Eröffnungsakkorde von »Boy With Luv« aus den Lautsprechern, und bevor ich reagieren konnte, fing Zach mit den Moves aus dem BTS-

Video an. Mir blieb der Mund offen stehen. Aus dem Augenwinkel sah ich, wie Noah sein Handy hochhielt, um meine Reaktion aufzunehmen, und dann das Display wieder auf Zach richtete. Aber ich konnte meine Augen nicht von Zach losreißen, war völlig fasziniert von der Art, wie er seine Schultern bewegte und Jimins Part vorführte. Ich johlte mit den anderen mit. Zach war gut. Richtig gut.

Als der Refrain einsetzte, suchte er meinen Blick und winkte mich mit gekrümmtem Finger zu sich, ohne auch nur eine Sekunde lang aus dem Takt zu kommen. Ich blinzelte. Unmöglich. Ich konnte auf keinen Fall mittanzen. Ich hatte das alles seit zwei Jahren nicht mehr geübt.

Aber Celeste schubste mich vorwärts, und ich hörte, wie Lila mit einer blechernen, fernen Stimme aus dem Handy rief: »Na los, Mai! Geh schon! Los!«

Ich konnte nicht widerstehen. Ich sprang auf, stürzte zu Zach hinüber und übernahm Jungkooks Part, so wie ich es immer gemacht hatte. Zach und ich bewegten uns vollkommen synchron, die Moves kamen wie von selbst zu mir zurück. Ich strahlte wie ein Honigkuchenpferd, und ich konnte mir nicht vorstellen, dass ich jemals noch glücklicher werden könnte als jetzt, in diesem Moment. Aber dann, beim letzten Refrain, sprangen Mason und Ethan zu uns herein, und wir beendeten den Tanz zu viert, während unsere Eltern und Freunde uns begeistert anfeuerten.

Als der letzte Ton verklungen war, rang ich nach Atem.

Zach warf mir ein verschmitztes Lächeln zu und zog seine Augenbrauen hoch. Ich stürzte mich in seine Arme, während Mason und Ethan unsere Beine umklammerten.

Nach ausgiebigem Gelächter, Abklatschen und einer Menge begeisterter Komplimente schnappte ich mir Zachs Handy von Celeste, um eine Minute lang mit meiner besten Freundin zu telefonieren.

»Danke, Lila. Das war der schönste Geburtstag, den ich je hatte.«

»Eigentlich musst du dich bei Zach dafür bedanken«, sagte sie. »Es war alles seine Idee, sogar mein Schlagzeugsolo.«

Wir sagten Tschüss, und mein Herz hämmerte noch, lange nachdem der Adrenalinrausch verflogen war. Dann wurde das Geburtstagslied gesungen, die köstliche Torte verspeist (nicht dass ich viel davon schmeckte) und die Geschenke geöffnet, und die ganze Zeit behielt mein Herz einen stetigen Rhythmus bei.

Noah, Celeste, Zach und ich spielten drei Runden Cornhole, aber irgendwie fühlte es sich so an, als würde ich von ferne zuschauen. Ich konnte einfach nicht im Hier und Jetzt bleiben, meine Gedanken kehrten sofort wieder zu Zachs Geschenk zurück und wie toll wir miteinander getanzt hatten.

Es war bereits später Nachmittag, als Mrs Murdocca in die Einfahrt rollte, um Noah und Celeste abzuholen. Ich umarmte Celeste stürmisch und versprach ihr, dass wir in

Kontakt bleiben würden. Und dann, kurz bevor sie ins Auto einstieg, flüsterte sie mir zu: »Brich ihm nicht das Herz.«

Während alle anderen aufräumten, legte ich mich in Moms Hängematte. Hoch oben, zwischen den Ästen des Apfelbaums, segelten weiße Wattewölkchen über einen weiten blauen Sommerhimmel.

»Hey«, sagte Zach, der plötzlich neben mir auftauchte.

Ich lächelte ihn an. »Hey.« Auf einmal war ich schüchtern, und ich konnte mich nicht erinnern, dass mir das je bei Zach passiert war. »Das war wirklich toll. Danke. Und – bitte nicht Lila sagen –, es war das schönste Geschenk, das ich je bekommen habe.« Obwohl ich wusste, dass Lila mir nur zustimmen würde.

»Kann ich zu dir reinkommen?«, fragte Zach.

Und wie früher, als wir noch jünger waren, teilten wir die Hängematte miteinander. Weil wir jetzt größer und schwerer waren, rutschten wir in der Mitte zusammen, sodass unsere Schultern und Beine aneinandergepresst wurden.

Ich wusste nicht so richtig, wo ich anfangen sollte. »Zach, ich …«

»Lass mich zuerst reden, Amai, okay?«, unterbrach er mich.

Ich nickte, und wir starrten beide in den Himmel hinauf.

»Es tut mir leid«, sagte er. »Es tut mir leid, dass ich nicht zu dir gehalten habe, als diese Typen so abfällig über dich geredet haben. Aber es war eine Lüge, als ich Ryder gegenüber so getan habe, als ob ich dich nicht wollte. Ich fand es schrecklich, wie er über dich geredet hat, und ich wollte einfach, dass er aufhört, also habe ich das Thema gewechselt. Natürlich war das falsch, ich hätte für dich einstehen müssen, und es tut mir leid.«

Zach holte tief Luft, und ich spürte, dass er mich ansah.

»Ich habe natürlich gemerkt, dass du in dieser letzten Woche wegen irgendwas total durcheinander warst, aber darauf wäre ich nie gekommen. Ich hatte keine Ahnung, dass du unser Gespräch mitgehört hast. Was natürlich keine Entschuldigung sein soll. Ich hätte es besser machen müssen.«

Wir schwiegen eine Weile, und mein wild schlagendes Herz war das einzige Geräusch, das ich wahrnahm, während ich mir überlegte, was ich sagen sollte. Aber Zach kam mir zuvor.

»Ist das die Karte, die ich dir in diesem Sommer zum Geburtstag geschrieben habe?«

Ich zog sie aus meiner Tasche. »Ja.«

»Warum hast du nichts dazu gesagt? Ich meine, okay, unser Umzug war natürlich ein Schock für dich, aber es wäre besser gewesen, wenn wir darüber geredet hätten. Und uns Briefe geschrieben hätten, während ich in Japan war. Ich habe dich so vermisst, Mai. Und als der nächste Sommer kam und wir nicht hier in Mystic sein konnten –

du und ich zusammen –, wurde mir klar, wie viel du mir bedeutest. Ich habe immer darauf gewartet, dass du mir schreibst.«

Mir schoss die Hitze ins Gesicht. »Ich habe deine Karte nicht gelesen.«

Die Hängematte schwankte, als Zach sich zu mir herüberbeugte. »Was? Wie meinst du das?«

»Na ja, ich war immer noch wütend auf dich – wegen allem, was du zu Ryder gesagt hast –, und deshalb habe ich die Karte in den Schrank geworfen. Ich habe sie erst letzte Woche wiedergefunden und gelesen.«

Wir schaukelten eine Weile schweigend in der Hängematte. Irgendwie war es leichter, so zu reden, Seite an Seite, als wenn wir einander gegenübergesessen hätten.

»Mir tut es auch leid, Zach. Ich hätte sofort mit dir reden müssen, oder zumindest bevor der Sommer zu Ende ging. Aber ich war so traurig, und ich habe zugelassen, dass meine Traurigkeit sich in Wut verwandelt hat, weil ich damit besser umgehen konnte. Ich habe mir eingeredet, dass ich nichts mehr von dir wissen wollte, aber das ist nicht wahr. Du bist und bleibst mein allerbester Freund.«

Ich spürte, wie die Hängematte sich verlagerte, und im nächsten Moment tauchte Zachs Gesicht über meinem auf. »Bei mir war es genauso. Ich dachte die ganze Zeit nur an dich, als ich in Japan war, deshalb habe ich auch diese ganzen Geschenke für dich gesammelt. Alles hat mich an dich erinnert, und ich habe mir so gewünscht, dass du mit uns gekommen wärst.«

Ich lächelte zu ihm hoch. »Wir haben nur noch eine Woche, bis ich nach Hause zurückmuss. Lass uns das Beste daraus machen. Ich verzeihe dir, Zach. Und du? Verzeihst du mir auch?«

»Ja, Amai, ich verzeihe dir.« Er schaute zu mir herunter und räusperte sich. »Aber ich will nicht, dass wir nur beste Freunde sind. Vielleicht können wir … mehr füreinander sein?«

»Was …? Ich meine … bist du …? Ja …« Die Worte verhedderten sich in meinem Mund, als unsere Blicke sich trafen. Zach lächelte mich an.

»Hey? Darf ich auch rein?« Ethan stürzte sich auf die Hängematte und brachte sie gefährlich ins Schwanken.

Zach lachte und schlang schützend einen Arm um mich.

»Ich will auch!« Mason zerrte an der Hängematte, bis sie umkippte und wir alle miteinander ins Gras purzelten. Wir lachten, als wäre es das Komischste, was wir je erlebt hatten.

Als wären die hässlichen Erinnerungen, die so schwer auf uns gelastet hatten, mit dem Wind davongeweht.

Als würde der Sommer niemals enden.

Mein Herz platzte fast vor Glück.

Amazuppai
Süß und bitter

Die letzte Sommerwoche

Süß

Flauschige Wölkchen spiegelten sich in der schimmernden Wasserfläche, in der die Kräuselwellen von unseren Paddeln sich vollkommen synchron ausbreiteten, während wir wie ein Schwanenpaar durch den Teich glitten. Wir näherten uns den Birken, und Zach wendete geschickt das Kanu.

Ich hatte in den letzten beiden Tagen drei neue Vögel in meine Liste aufgenommen, aber den Fischadler hatten wir nicht noch mal gesehen. Trotzdem blieb ich zuversichtlich. Denn eins hatte ich in diesem Sommer gelernt: Man darf nie die Hoffnung aufgeben, dass Wünsche eines Tages doch noch wahr werden.

Zach und ich hatten auf dieser Kanufahrt kein einziges Wort miteinander gewechselt. Alles war still, nur die Vögel zwitscherten, begleitet vom leisen Wasserplätschern von unseren Paddeln, während wir stetig zum Ufer zurückglitten. Aber es war ein vertrautes Schweigen, ein Schweigen voll unausgesprochener Dinge, guter Gefühle und einer tiefen Verbundenheit – mit der Natur und miteinander.

Vor den Steinstufen stieg Zach aus, hielt das Kanu fest und nahm meine Hand, um mir herauszuhelfen, so wie immer in den letzten beiden Tagen. Aber dieses Mal ließ er meine Hand nicht fallen, als wir zum Haus zurückgingen. Und ich zog sie nicht aus seinem Griff.

Süß

Margie gab Zach und mir eine private Führung durch das *Mystic Nature Center*. Sie zeigte uns sogar die Tierklinik, in der sich ein geretteter Fischadler erholte. Er hatte sich in einem Büschel Wasserpflanzen verheddert, aber Margie meinte, dass er mit Geduld und der richtigen Pflege wieder gesund werden konnte.

Das Beste war, dass wir mitkommen durften, als der Fischadler wieder freigelassen wurde. In ehrfürchtigem Schweigen schauten wir zu, wie der Vogel mit den Flügeln schlug und sich vom Boden aufschwang, dann immer höher und höher in die Luft aufstieg, bis er hinter den Bäumen auf der anderen Seite des Flusses verschwunden war.

Vielleicht würde ich eines Tages, wenn ich erwachsen war, einen Job wie Margie machen. Wildbiologie oder Ornithologie studieren. Die Möglichkeiten erschienen mir grenzenlos.

Bitter

Am Tag bevor ich nach Hause zurückfuhr, faltete ich meine Kleider zusammen und packte sie so langsam in meinen Koffer ein, dass Mom mich dreimal bitten musste, mich ein bisschen zu beeilen. Ich wollte noch nicht weg. Ich wollte unseren ganzen Sommer noch einmal von vorne beginnen.

»Hey.«

Als ich mich umdrehte, stand Zach in meiner Tür und lächelte. »Hey.«

Er zog fragend die Augenbrauen hoch, und ich nickte, um ihm zu signalisieren, dass er hereinkommen durfte.

»Das hier kommt auf jeden Fall mit«, sagte ich und zeigte auf das Zeitschriften-Cover, das er mir geschenkt hatte.

Zach grinste. »Muss ich eifersüchtig sein?«

Ich wollte zuerst mit einem Scherz antworten, aber dann merkte ich, dass ich es nicht übers Herz brachte, mich über ihn lustig zu machen, egal, was er sagte. Nicht in diesem Moment. Ich schüttelte den Kopf. »Nein.«

Zach setzte sich auf mein Bett, neben mich und den offenen Koffer.

»Warum habe ich nicht gleich zu Anfang des Sommers mit dir geredet?«, sagte ich. »Das kommt mir jetzt wie eine einzige Zeitverschwendung vor.«

Zach schaute zu mir auf, mit seinen warmen braunen Augen, die mein Herz so seltsam in meiner Brust flattern ließen.

»Es tut mir leid«, sagte ich, und meine Kehle wurde eng, ein Zeichen, dass bald die Tränen kullern würden.

»Mir auch, Amai.« Zach nahm meine Hand und drückte sie sanft. »Aber jetzt ist alles gut zwischen uns.«

Ein Versprechen. Eines, an das ich glauben wollte. Ich hatte schon einmal Zachs Versprechen nicht vertraut, und das hatte zu nichts als Kummer und Herzschmerz geführt. Was, wenn sich durch die lange Trennung wieder alles ändern würde? Oder wenn Zach sich verändert hätte, wenn ich nächsten Sommer nach Mystic zurückkam? Wenn ich mich selbst verändern würde? Oder unsere Gefühle füreinander sich verändern würden? Meine Hand in seiner, das gab mir Hoffnung, aber irgendwie hatte ich auch Angst.

Süß

Unser letzter Tag stand ganz im Zeichen unserer alten Rituale. Mom und Holly verbrachten ihre letzten Stunden draußen in ihren Hängematten. Der Abschied am Flughafen war ihnen zu schmerzlich, deshalb fuhr Wes uns immer hin. Zach und ich verschanzten uns für ein letztes intensives Zusammensein in unserer Festung.

»Letztes Geschenk«, sagte Zach.

»Was? Ich dachte, du hast mir schon alle Geschenke gegeben?« Ich konnte mir beim besten Willen nicht vorstellen, was den Tanz auf meiner Geburtstagsparty jetzt noch toppen sollte. Ich hatte Noahs Video von uns heruntergeladen und mindestens eine Million Mal angeschaut.

»Das hier habe ich letzte Woche gefunden.« Zach hielt ein Amulett hoch, das genauso gestaltet war wie das Kaninchen, das er mir vor zwei Jahren geschenkt hatte. Nur war es dieses Mal eine Eule. »Schau mal auf die Rückseite.«

Ich nahm ihm das Amulett aus der Hand und drehte es um. Auf der Rückseite war ein winziges Z eingeritzt. Ich dankte ihm mit einem Lächeln, nahm mein Armband ab und fädelte die Schnur in das neue Amulett ein, während ich einen Knoten zwischen den beiden Amuletten – der Eule und dem Kaninchen – zu machen versuchte.

»Jetzt hast du das Kaninchen mit dem A, das für dich steht, und die Eule mit dem Z für mich«, sagte er.

»Ich werde sie niemals abnehmen«, versprach ich ihm.

»Was ist das eigentlich für ein Zeichen, das ihr beide immer mit dem kleinen Finger macht?«

»Du meinst, Lila und ich? Das ist so etwas wie ein Versprechen.« Ich hielt Zach meinen gekrümmten kleinen Finger hin, und er schlang seinen hindurch. »Wir sagen dann immer: Stay gold, was Loyalität und Freundschaft bedeutet.«

Zach schlang seinen Finger fester um meinen. »Stay gold, Amai.«

»Stay gold, Zach.«

Wir lösten unsere Finger nicht. Zach schaute mir tief in die Augen, und mein Herz klopfte schneller.

»Daisukidesu«, sagte er.

»Ja«, sagte ich mit brennenden Wangen. »Ich mag dich auch, Zach. Sehr.«

Lächelnd beugte er sich vor und hielt erst inne, als unsere Nasen nur noch millimeterweit voneinander entfernt waren. Diesmal kam ich ihm das letzte winzige Stück entgegen, und wir küssten uns. Ein richtiger erster Kuss. In meiner Brust explodierte ein Feuerwerk, versprühte Funken der Liebe und Freundschaft, der Wahrheit und der Vergebung, vergangener und künftiger Erinnerungen. Ihre Wärme würde mich am Leben erhalten, bis wir das nächste Mal zusammenkamen.

Als wir uns in der Einfahrt verabschiedeten, erneuerten Zach und ich noch einmal unser Versprechen, miteinander in Kontakt zu bleiben. Und dieses Mal meinten wir es ernst. Alle beide. Worte und Handlungen konnten in die Irre führen, konnten missverständlich und in der Erinnerung verzerrt sein, aber Zach und ich würden von jetzt an unser Bestes geben, um ehrlich und offen miteinander umzugehen, das wusste ich.

Nächsten Sommer würden wir uns wiedersehen. Vielleicht würde sich bis dahin manches ändern. Vielleicht auch nicht. Aber eins stand fest: Wir würden wieder zusammen sein, würden neue Erinnerungen schaffen – amazuppai.

Süß und bitter.

Dank

Dieses Buch wurde während der Covid-19-Pandemie konzipiert und geschrieben. Ich war dankbar, dass ich mich Tag für Tag in Mais und Zachs Welt flüchten konnte. Dankbar bin ich auch zahlreichen Menschen und nicht zuletzt dir und allen anderen, die meine Bücher gelesen und geteilt haben.

Es ist ein großes Glück für mich, Jenne Abramowitz als Lektorin und Freundin zu haben. Sie bringt mich zum Lachen und macht mich zu einer besseren Schriftstellerin. Wir haben denselben Bücher- und Filmgeschmack, weshalb es kein Wunder ist, dass wir so gut zusammenarbeiten. Ich danke dir, Jenne! Ein großes Dankeschön auch an meine Agentin und Freundin Tricia Lawrence, die mir immer zur Seite steht und meine Träume wahr werden lässt. Und Dank auch an die Erin Murphy Literary Agency für all ihre Unterstützung.

Danke an alle, die mir während der Niederschrift dieses Buches etwas Gutes getan haben: Jo Knowles und Cindy Faughnan, meine Schreibpartnerinnen, für ihre täglichen

Nachfragen, ihr Feedback und ihre Freundschaft; Kristy Boyce für lange Gespräche über alles und jedes, einschließlich Bücher und Schreiben – du verstehst mich wirklich; Susan Tan für ihre Autoren-Retreats und -Zusammenkünfte und unsere gemeinsame Vorliebe für das ganze leckere Essen; und schließlich Andrea Wang, meine Seelenschwester, die mich ermutigt und inspiriert hat und einfach für mich da war. Auf unser Präsenz-Retreat mussten wir ja leider verzichten, aber unser virtuelles Retreat hat mir durch den ersten Entwurf geholfen. Danke auch an anam cara Lynn Bauer für ihre allwöchentlichen Anrufe in den letzten neun Jahren und an die Autorinnen Josie Cameron, Jason June und Winsome Bingham – eure Unterstützung ist unbezahlbar. Vielen Dank an die Highlights Foundation, George Brown und das unglaubliche Team, die mir den perfekten Schreibraum zur Verfügung gestellt und mich in die Fakultät aufgenommen haben (ein weiterer Traum, der wahr geworden ist). Fingerherzen und jede Menge Respekt für BTS und ARMY.

Ein großes Dankeschön an meine #AsianAmerican-KidLit-Gruppe – Sarah Park Dahlen, Jung Kim, Betina Hsieh, Mike Jung, Paula Yoo Minh Le und Gene Luen Yang für Zoom-Meetings, Unterstützung und Gelächter – und Chat-Verläufe, die oft bis in eure Nächte hineinreichen, sodass ich beim Aufwachen 661 Nachrichten vorfinde.

An Scholastic, wo ich mich aufgehoben fühle wie in

einer Familie. Ich bin so glücklich, dass meine Bücher eine Heimat bei euch gefunden haben. Großen Dank an das Team »Der Sommer, der nie enden soll«, einschließlich Abby McAden, Shelly Romero Jordana Kulak, Rachel Feld, Janell Harris, Nikki Mutch, Lizette Serano und Danielle Yadao, und für ein großartiges [Original-]Cover: Jacqueline Li, Stephanie Yang und Yaffa Jaskoll.

Ich danke den Lehrern und Bibliothekaren, die meine Bücher gelesen und mit ihren Schülern geteilt haben. Ein besonderes Dankeschön an Mr Schu für seine Bücherliebe – und für die Fotos von meinem Buch, die er auf seiner Frankreichreise gemacht hat.

Danke an die »Lehigh Zoo« – meine Freunde von der zoologischen College-Fakultät, ehemalige Mitbewohnerinnen und Kolleginnen vom UC-Davis Raptor Center, die mich angefeuert haben: Diane Kisich Davis, Stephanie Burns, Cicely Muldoon und Becky Waegell, mit einem besonderen Dankeschön an Dolly, die Schleiereule. Und danke an das Denison Pequotsepos Nature Center für seine Unterstützung, als ich einen Fischadler aus dem Wasser gerettet habe.

In den ersten sechzehn Jahren meiner Ehe sind wir für die berufliche Laufbahn meines Mannes achtmal umgezogen. Erst in Mystic haben wir unser Zuhause gefunden – home, sweet home. Ein herzliches Dankeschön an unsere Nachbarn Bill und Nancy, Michael und Christine, Arlene und Anita und Paul für ihre Freundschaft und

Hilfsbereitschaft. Liebe und Dank an das gegenwärtige und vergangene Team von Bank Square Books, einschließlich der Besitzerin, Annie Philbrick; Kelsy; Anastasia; Katie; Doug; Dan; Ruth; Elissa; John (Franny) und Kate. Ein Danke an Pamela Zagarenski, die Künstlerin, die die Walskulptur vor dem Buchladen bemalt hat. Vielen Dank an Nana's Bakery und Pizza, deren Besitzer James Wayman und Aaron Laipply; Dave (das Brot!!!); Corey; Madeline; Peter und alle anderen talentierten Bäcker und Bäckerinnen, die für mein leibliches Wohl sorgen. Ein großes Dankeschön an Rick Koster von der Day, der sich die Zeit genommen hat, meine Bücher zu loben!

Und während alle Fehler und Irrtümer allein mir zuzuschreiben sind, großen Dank an alle kompetenten Leser, Freunde und Verwandte, die meine Fragen beantwortet haben: Gia Pineda und Caitlin Schumacher für ihre BTS-Kenntnisse, Junko Mikami für die Unterstützung bei den japanischen Namen und Bedeutungen in all meinen Büchern und Jerry Craft, der meine Fragen über das Leben eines Graphic-Novel-Autors beantwortet hat. Besonderen Dank an Greg und Jess Andree, die mir erlaubt haben, ihren Töchtern Novalee und Willow Fragen zu stellen.

Die Familie ist alles für mich. Es gibt süße und bittere Momente, aber Liebe ist immer dabei.

Mein Mann, Bob Florence, hat mich auf meinem ganzen Publikationsweg unterstützt und nie den Glauben an mich und meine Geschichten verloren. Ohne ihn und seine Liebe und Ermutigung wäre ich nicht hier, eine publizierte Autorin.

Danke an meine Tochter, Caitlin Masako Schumacher, die mich schon als Kind zum Schreiben ermutigte, weil ich, wie sie meinte, unerträglich sei, wenn ich nicht jeden Tag schreiben könne, und die immer daran geglaubt hat, dass ich es schaffen werde.

Es ist schwer, die Höhen und Tiefen einer Schriftstellerlaufbahn wirklich zu verstehen, und doch hat meine Familie mir das Gefühl gegeben, dass ich einen noblen Weg eingeschlagen habe. Dank und Liebe an Bob; meinen Stiefsohn Jason Florence; meine Mom und meinen Stiefdad, Yasuko und Bob Fiordani; meine Schwester, meinen Schwager und meine Nichte, Gail Hirokane, John Parkison und Laurel Parkison; und an meine Onkel, Tanten und Cousinen. Und schließlich an meinen verstorbenen Vater, Denta Hirokane: Ich wünschte, du wärst noch da. Danke, dass du mir vorgelesen hast, als ich ein Kind war. Ich vermisse und liebe dich.